Best Time

白 马 时 光

SAL

姐　姐

〔英〕米克·基德森　著

程静　译

百花洲文艺出版社
BAIHUAZHOU LITERATURE AND ART PRESS

图书在版编目（CIP）数据

姐姐 /（英）米克·基德森著；程静译 . — 南昌：
百花洲文艺出版社，2020.7
  ISBN 978-7-5500-3735-9

  Ⅰ . ①姐… Ⅱ . ①米… ②程… Ⅲ . ①长篇小说－英
国－现代 Ⅳ . ① I561.45

中国版本图书馆 CIP 数据核字（2020）第 078844 号

江西省版权局著作权合同登记号：14-2020-0053
SAL By Mick Kitson
Copyright © 2018 by Mick Kitson
Licensed by Canongate Books Ltd. and arranged with Andrew Nurnberg Associates
International Limited.
Chinese Simplified Character translation Copyright © 2020 by Beijing White Horse Time
Culture Development Co., Ltd.
All Rights Reserved.

姐姐 *JIE JIE*

〔英〕米克·基德森 著　　程静 译

出 品 人	李国靖
特约监制	王　瑜
责任编辑	叶　姗　刘玉芳
特约策划	王云婷
特约编辑	王云婷
封面设计	林　丽
版式设计	赵梦菲
封面绘图	郝小好
出版发行	百花洲文艺出版社
社　　址	南昌市红谷滩世贸路 898 号博能中心 I 期 A 座 20 楼
邮　　编	330038
经　　销	全国新华书店
印　　刷	三河市金元印装有限公司
开　　本	880mm×1230mm　　1/32
印　　张	8
字　　数	180 千字
版　　次	2020 年 7 月第 1 版第 1 次印刷
书　　号	ISBN 978-7-5500-3735-9
定　　价	42.00 元

赣版权登字：05-2020-51
版权所有，侵权必究
发行电话　0791-86895108　　　　网　址　http://www.bhzwy.com
图书若有印装错误，影响阅读，可向承印厂联系调换。

献给我的父母——芭布丝和特里·基德森

1 索套

佩帕说了声"冷",安静片刻后,又说:"冷,索尔,我冷。"她的声音如耳语般又低又弱,和平时完全不同,我真担心她得了低温症。得了低温症,人会变得迟钝、沉默,它有多厉害,我见识过。我伸手摸了摸,她的后背是暖的,肚子也是。这时候,她又说了一句,"别欺负我们——你这个恋童癖。"这下我知道了,佩帕没事。

不过确实很冷。自打我们来到这儿,数今晚最冷。这儿常年刮西风,我们搭的庇身棚面朝东南,看看指南针,我知道现在变成了北风。风从头顶吹过来,佩帕连顶帽子也没有,尽管身下铺着云杉树枝,但作用很有限。我本来打算,只要套着一只兔子就给她做顶帽子,可现在索套还没有布下。我取下自己的帽子，盖在了她头上。

"这样暖和点吗？"我冲着她的小耳朵低声问，可她已经沉沉睡去了。我睡不着，干脆起来想心事。过去我会在手机上设好闹钟，叫自己别想太久，一般来说，每天早晨最多想上十分钟。但是在过去的几个星期，花在这上面的时间越来越长，因为在逃跑之前有太多事要安排，有太多问题要解决。我估计天就要亮了。虽然周围还是一片漆黑，但我就是有这种感觉。我估算时间特别准，我也不明白自己是怎么做到的，但是掌握这个本领曾经十分重要。比如，我知道妈妈和罗伯特总是晚上十一点刚过就会回来，所以给佩帕的房门装上锁之后，我得确保在他们回来之前佩帕已经在自己的房间里睡着，她的房门已经锁好。

他们不知道我给佩帕的房门装了锁，也不知道我从百安居偷了一把小钻机和两把凿子：我用指甲钳把这几样东西的防盗扣给剪断了。我还在阿斯达买了一把锁，在 YouTube 网站看了五个教学视频，然后成功地把它给装上了。他们甚至没发现我为钥匙钻的小孔。房门上的油漆连磨损带震动，早就脱落得差不多了。钥匙在佩帕手里，就算罗伯特意图不轨，他也进不去，不过他还没这么干过。要是在我的门上装锁，罗伯特准会一脚把门踹开，那会吵醒佩帕的。妈妈是吵不醒的，她总是醉醺醺的，不省人事，谁也吵不醒她。

他还没有闯进过佩帕的房间，但是我知道那一天总会来的，他亲口说过。佩帕十岁了，罗伯特就是在我十岁那年对我下手的。

我估计自己有十分钟时间用来犯愁。天就要亮了。《英国皇家特种部队生存手册》里说，应该沿单坡庇身棚点燃一堆与自己身高等长的篝火，然后用树枝在它后面筑起一道火墙，用来反射热量。我们还不确定是否在这里安营扎寨，所以没生那么大的火。这地方其实不错。有一条小溪和一块比小溪稍高一些的平地，被许多高大的桦树团团围住。我们把油布绑在两棵桦树上，搭了个庇身棚。油布是迷彩色的，掺杂着棕色和米黄，像淡黄色的沙漠。不过它很管用。我从油布旁跑开，跑进林子里，爬上树向下看，根本看不出那儿有块油布，除非你本来就知道那儿有人。

这时候，我听到佩帕在大喊："索尔……快来看呀！"我跑回去，她正在抚摸一只蟾蜍。我说："它背上会喷毒液，保护自己不被捕食者吃掉。"

她说："我不吃它，索尔。你会吃吗？我不想吃它。我要给它建所房子。"于是，她就用平石和鹅卵石搭了一所小房子，把蟾蜍放进里面。她说这只蟾蜍的名字叫康纳，她在学校里喜欢的男孩就叫这个名字。

我担心火，担心火光被人看到，白天还好，最担心的是晚上。如果柴火足够干燥，那么一个小型金字塔火堆不会冒太多烟，但如果木头是湿的或者过于新鲜，烟可就多了。还有风，风会把烟吹走。我们身处英国最后的伟大荒野中，离最近的人类聚居地8英里，离最近的林间步道大约4英里，离公路大约5英里。我从图书馆偷来了一张英国地形测绘详图，上面有不列颠群岛所有的地形测量地图，经过一番仔细的研究，我最终选择在这里落脚。我们往树林里深入了半英里的距离。这片树林长在一道山脊后面的山坡上，山脊一直向上延伸，顶峰海拔将近 3000 英尺。实际上，比它高出 28 英尺的地方就是一座门罗山峰①，是许多穿着防风衣的登山者和傻 × 趋之若鹜的地方。

山顶上没有树，但从地图上来看，有一个石圈。这座山有一个盖尔语②名字。我问过克尔太太，她说那个名字念作"麦格纳布拉"。麦格纳布拉，我告诉了佩帕，她很想去看看，因为我告诉她"麦格纳"在拉丁语里是"大"的意思，她兴奋得一蹦老高，嚷嚷着"大胸罩……大胸罩"。③她可真是个思想肮脏、满口脏话的小浑蛋。

不过，到了晚上，隔着老远就能看到我们的火光，不是从油布那边，而是从另一边看到。所以我想，如果按照《英国皇家特种部队生存手册》所说搭建一道火墙，它就能从东边把光挡住。假如有人来找我们，虽然不知道他们到底会怎么来，但是从东边来的可能性最大，因为高速公路在我们的东边。但我想不出他们怎么能或是怎么会知道我们在这里。

我想了好一会儿，最后决定今天先把火墙建好，然后去布索套。我们的食物还够吃两天的。如果我不吃，全给佩帕，能吃三天。所以我们必须行动起来，布索套，打猎。我把罗伯特的气枪带来了，它很

---

① 门罗山峰，登山家休·门罗爵士在地图上标定了苏格兰地区的 77 座海拔高于 3000 英尺（约 914 米）的山峰，苏格兰山峰分级的标准由此定下了雏形，这些位于第一梯队的高峰便被称为"门罗山峰"。

② 盖尔语，是苏格兰地区最古老的语言。

③ 麦格纳布拉，英文为 Magna Bra，其中的 Bra 在英文中是"胸罩"的意思。

短，要先泵上气才能射击。子弹口径为 0.22 英寸，共有两罐。我不会让佩帕用枪的，以防她不小心走了火，打死我或是她自己。但我是个好射手。我在公寓的大堂练习过，还琢磨出了用帕拉贝伦手枪子弹进行远距离射击时调整准星的方法。在我们离开的三天前，我在 YouTube 上看了一段视频，泵压七次后，这种枪能够打穿 9 毫米厚的胶合板。我从学校的更衣室找到一个带拉链的曲棍球棒盒，把气枪装在里面，带到了这儿。

天渐渐亮了。现在是十月，所以时间应该是早上七点二十分左右。佩帕在睡袋里睡得很沉，我小心地从睡袋里钻出来，免得把她吵醒。落叶是浅黄色的，当阳光透过林子照进来，它们会闪闪发亮。桦树也在发亮。桦树是白色的，白色反射光和热，是用来搭火墙的好材料。我把柴灰吹开，添进一些易燃的小木棍。昨晚我已经在平石上晾了一堆干草，我把干草点燃，又在上方搭了一个金字塔火堆。等火堆开始"噼噼"燃烧，而且冒起烟来，我在上面摆好钢架，放上小水壶烧水。我们带了茶包，还有糖和超高温灭菌牛奶，从麦当劳拿的，管够。

太阳升起来了，透过树林缝隙洒进来的阳光很明亮，林地里往外冒出一缕缕白色的蒸气，树杈上和树叶的边缘凝结着点点霜花。风已经停了，所以烟笔直地向上飘。四下里很安静，只有火焰微弱的"呼呼"声，还有鸟叫声和乌鸦的"呱呱"声，别的就没有了。没有从路上传来脚步声，没有汽车的轰鸣和车轮的"隆隆"声。没有"砰砰"声，也没有"哔哔"声。没有人说话，没有人嚷嚷。

我有四个用细铁丝扭成的索套，金黄色铁丝弯成一个带活扣的环，用绿色的绳子绑在木栓的楔口上，把它们放在兔子的必经之路上，过一夜再去看。我在 YouTube 的野外生存网站见别人做过。看起来很简单，等第二天去看的时候，兔子已经死了，但我也不介意亲手杀了它。我还没杀过生，准确地说，除了罗伯特之外，没杀过生。

据说要把这些装备在土里埋上几个小时，掩盖上面沾染的人味儿。我把四散的树叶扫到一起，拢成一堆，然后从佩帕的背包里拿出索套，埋在树叶堆里。这是我在镇上一家渔具店买的，用的是罗伯特的银行卡。罗伯特无论去哪儿，总会带回银行卡。我常常趁他醉得不省人事时把卡偷走。

妈妈和罗伯特的问题就在于他们对任何事都不上心，家里有什么东西发生了变化或是换了地方，他们根本看不出来。我不一样。我的房间里，甚至是家里每个角落里的每一样东西，我都清清楚楚。我知道我们有多少个杯子、多少把汤匙，还知道家里还剩多少牛奶、多少洗涤液。我对这一切时刻保持着关注，从小养成的习惯。我关心这东西是什么、放在哪里，留意它什么时候换了地方、什么时候发生了改变。可是妈妈和罗伯特什么都看不出来。

妈妈甚至比罗伯特更糟，她连自己的啤酒还剩几罐都不清楚。以前我常常把啤酒藏起来，冰箱里本该有三罐啤酒，却只剩下两罐，她却浑然不觉。有时候，只要喝上两罐她也就满足了。好多年前我就注意到了，所以就藏两罐，只给她留下两罐。她想再喝一罐的时候，我就说"你只剩两罐了"。她会说"我记得有四罐"，我说"那一定是被你喝了"，她会说"也许是吧"。后来佩帕开始偷她的烟，她一样没有发现。

罗伯特也是一样，对一切视而不见，因为大部分时候，他都醉醺醺的。况且，就算他使劲瞪着眼睛，盯着某样东西看上老半天，也看不出少了什么，或者什么被我偷偷拿走了，又去买了什么东西。罗伯特的眼睛总是半睁半闭，就像眯缝眼一样，药物和啤酒使他的眼里充满红血丝，就连余下的那一点眼白也是黄色的。

防水布、猎刀、水壶架，甚至佩帕的健步运动鞋，都是在亚马逊买下来邮递到家的，用的是罗伯特带回来的银行卡。他把它们放在床头的抽屉里。从他那儿偷银行卡或钱包时，我总是很小心的。有一次他昏昏沉沉地躺在沙发上，我想把卡从他裤子的后兜里拿出来，他半梦半醒地抓住我说"我非得把你那只该死的手给剁了"，然后往后一倒，继续呼呼大睡。当然，那一次我得手了。

他唯一留心的对象就是我。"还好吗，我的宝贝？"他常这样说。有一次，在一家炸鱼薯条店里，他对一个家伙说我是他的女儿。我当时想说"妈的，我才不是"，可是他正在对一个大个子介绍我，还用胳膊搂住我的肩膀说"这是我的小妞儿，索尔"。如果我反驳，他恐怕会把事情搞得更糟，所以我干脆闭上嘴，只是盯着那家伙。

佩帕醒了，她说："康纳还在吗？"我走过去，把压在它房子上的石头拿起来。"它还在。"对一只蟾蜍来说，趴在那堆潮乎乎的树叶和泥巴上应该很舒服。佩帕说："太棒了！"她从睡袋里跳出来，开始穿鞋。那双鞋在亚马逊网上卖84英镑，鞋底是威伯伦生产的，最适合步行和爬山。

佩帕是全世界跑得最快的人。她有一双长腿，跑起来就像一阵风似的。她比学校里的男孩跑得都快，就连比她年长的男孩也甘拜下风。事实上，她做每件事都快极了。她要么像石头一样一动不动，要么飞快地干这干那。她吃东西快，说话也快。

佩帕什么都吃，动不动就饿。我们小的时候，妈妈常常不在家，或是喝醉了，或是没钱，所以我们总是饿肚子，佩帕就去附近的公寓讨吃的。她养成了什么都能吃的习惯，不像大多数孩子，他们讨厌沙拉，只爱吃薯片。

不过，以前佩帕常常在卖炸鱼和薯片的店里讨吃的，还在学校向同学们要吃的，还找老师要过，后来我叫她别这么干了。我必须给她弄点吃的，因为要是有人把这事说出去，社工就会把我们带走。社工总是把孩子们带走，并且总是把他们分开，所以这些事我从没对任何人提起。妈妈也提醒过我们，千万别被带走，否则他们会把我们拆散的。所以我常常给佩帕偷东西吃。我给她弄过一袋一袋的沙拉和胡萝卜，还有一次是装在塑料袋里的熟甜菜根，她吃得可香了。她不再向别人要吃的了，也没有人会告发我们。

刚开始对我下手的时候，罗伯特说，如果我把这事捅出去，哪怕是告诉妈妈，我们也会被带走，然后被分开。他说佩帕会被非洲人领养，然后被他们抚养长大，因为她有一半非洲血统，而我会被老人领养，我们就再也不能在一起生活了。这种事绝对不能发生。

所以，为了活下来，能够像佩帕那样什么都吃，是件好事，如果做不到的话，就只能像她一样动不动就肚子饿了。她说："啊，我要饿死了，索尔。"我给她邓迪蛋糕，还有四块焙朗饼干。我说："我们要用索套逮兔子。"她问我"逮了吃吗"。我说"是的"。她说"好"。

她去看了看石头下面的康纳，还把它抓起来放在手上，跟它说话。她告诉康纳自己的名字，还有我的名字，我们从哪儿来，为什么会在树林里。然后她把它放回房子里，穿上了自己的海丽汉森防水衣。

兔子不冬眠，加洛韦森林公园里到处都是，大部分住在山脚和山坡下的兔窝里，那些生长着繁茂的灌木和杂草的地方。兔子最爱吃的是草，不像电视里的彼得兔那样爱吃胡萝卜或莴苣。现在是秋季，很多网站都说，兔子在秋季活动频繁，先得在草丛里找到它们常走的路线，然后在路上放索套。我没放过索套，没杀过兔子，没剥过兔皮，但是在 YouTube 上已经看过无数次了。

我把索套从树叶和泥巴里拿出来，放进我的外套口袋里。我在腰带上的套子里装了一把匕首。

我们离开庇身棚，沿着小溪往下游走，踩着垫脚石横过小溪，然后爬上一个山坡，那儿的树木比较稀疏，长着杂草和羊齿蕨。羊齿蕨已经成了棕色，但是依旧高高地挺立着。佩帕跑了起来，她跑进了羊齿蕨丛中，我看到她的红发从叶片的缝隙中一闪而过。我盯着地面，寻找兔道。这儿有一些被动物踩出来的小道，泥土里有鹿的脚印，还有一些说不上是什么动物的脚印，回头我得查查《英国皇家特种部队生存手册》，才知道是什么动物留下的。我们一直往上走，最后地势变得平坦起来，更远处又是一道长长的斜坡，朝下延伸，坡底是一片湖水。佩帕拔腿就朝下坡冲去，我担心吓到小动物，本想阻止她，可是她跑得实在太快，这种时候是阻止不了的。她一路猛冲，从一个个树桩和羊齿蕨树墩上一跃而过，我从前见过她这样狂奔，脚下像是装了轮子，又轻盈又敏捷。突然，她停在半路上，一动不动，大声喊着："索尔！"

我朝佩帕所在的地方走去。那儿的树木更加稀疏，都是些老桦树和老橡树，有的树枝比我的身体还要粗壮，面朝草地耷拉着。草丛中耸立着一块灰色的大石头，她站在旁边，指着石头前的地面说："瞧！"

那儿有些兔子洞，其中三个洞的周围布满了粪便。我走到跟前，看到了更多的洞，其中一些离一棵老橡树更近一些，而且洞口盖着草叶。一共有九个洞，周围没有粪便的那些是废弃的，还有一些洞口堆积着新鲜的黑泥。我看到一条条兔道从那些洞口延伸出来，细细的浅色凹痕在草丛中蜿蜒，大部分是朝着下方的湖水伸去。越是往下走，杂草就越浓密，而树木和羊齿蕨则越稀疏。

"这是个兔窝。"我说。

"那就放索套吧。"佩帕说。

"不能在兔窝旁边放索套，它们会绕过去。贝尔·格里尔斯①说过，得顺着一条兔道离开兔窝，走出一定距离后才能放索套。"

"我看了那个视频，索尔，他一只兔子也没逮着！最后只能买只兔子充饥。傻×。"她说。

她说得没错。可他仍然是个脑子清醒的人，因为他在英国皇家特

---

① 贝尔·格里尔斯，英国著名探险家，著名户外探险节目《荒野求生》的主持人。

种部队里服过役，而且不管在哪儿都能活下来。他敢跳进沼泽和冰湖，哪怕不是必须的。但他也是个傻×，那兴许是因为他是个上等英国人。大多数在电视里玩野外生存的都是上等的英国人，就像雷·米尔斯和埃德·斯塔福德，而大部分上等英国人都是傻×。不过，我从亚马逊买了一把贝尔·格里尔斯刀，那把刀很棒，带一个完整的柄脚，和他用的一模一样。

"别说贝尔是傻×，佩帕。"我说。

她又说了一次"傻×"，便冲下了山坡。

我选了一条兔道，顺着它穿过茂密的棕色羊齿蕨，并不时回头看看那块大石头。走出大约 50 米远的时候，我的眼前出现一片草地，浅绿色的草叶光滑肥厚，那条兔道径直从草地中间穿了过去。这时候我听到佩帕大喊一声："兔子！"她转过身，追着一只兔子朝我这边跑来。兔子慌慌张张地从羊齿蕨中钻过来，冲进我站的那块草地。眼看着佩帕就要追上它了，可是它一见我，马上转了个急弯。佩帕带着她跑步时常见的表情，咬住下唇，好像要把舌头从嘴唇下顶出来似的。兔子转了个弯，佩帕也想跟着转，可是因为跑得太快，一跤跌倒，滚进了羊齿蕨里，压得草丛哗哗作响。

"浑蛋。"她说。

我说："跑到那棵树旁边去，找些小树杈来。"

她乖乖地朝那棵橡树跑了过去。我需要小树杈把索套撑开放在兔道上，而且要把它设在离地面一个手掌高的地方，才能与兔子头部的高度保持一致。我把第一个索套拿出来，抓起一把泥巴在上面擦了擦盖住人的气味儿。不过，兔子的嗅觉不如老鼠和鼹鼠那样灵敏，它们听觉很出众，通过用脚刨地的方式给同伴发警告。它们视力也很不错，所以我用长草叶裹住发亮的黄铜，这样能伪装得更像一些。

佩帕拿着树杈跑回来，我把它们插进地里，帮助索套在小径上保持张开的状态，然后用刀把木栓敲进地里。

佩帕问："能抓到吗？"

我说："能。得让它在这儿留一晚，但是一定能抓到兔子。"

我对这一点深信不疑，因为只要你相信某件事会发生，它就一定会发生，所以对自己相信的事情千万要当心。这一年来，我一直相信自己能够阻止罗伯特，保护妈妈的安全，我真的做到了。

我们接着把剩下的三个索套也一一设好。一个还设在刚才那条兔道上，但是距离第一个索套隔了一段距离，另外两个设在一条平行的兔道上，那条小道同样也通往坡底的湖泊。然后我们远远地离开那块兔子出没的区域，以免它们受惊，不敢沿着山坡跑到湖边去。

佩帕说："我们到湖边去吧。"她又一次拔腿飞奔，穿过羊齿蕨和树丛，朝着湖边跑去。我试着估算自己与湖之间的距离，大约有70米，而且我知道自己的步幅是90厘米，因为我量过。计算结果是，如果朝湖边沿直线走77步，这段距离刚好为70米左右。估算距离是我拿手的本领，而且我数学很好，会背乘法表，还会心算，所以若有必要的话，我能算出某样东西离自己有多远，或是赶到那儿要多久，对于野外生存而言，这一点很重要。我沿着直线往下走了77步，来到一小片湖滩旁边，上面散落着平整的石头，我停下的地方离水面大概还有 50 厘米远。不错。

湖面很长，而且拐了个弯，所以站在这片湖滩上看不到湖的另一头，在坡顶时反而能看到。岸边长满了树，只有我们所在的地方除外。我们脚下是一小块岸滩，综合考虑身后斜坡的角度，我估计水深在一米半，之所以不特别确定，是因为水下的石头里可能有坑洞或是沟壑，那样的话水会更深。水面平滑而宁静，一丝波纹也没有。北风从早上开始就已经停了，湖水像是一块玻璃或是打磨得非常光滑的钢材。它的颜色是棕黄色，但是很清澈，能够看到很深的地方，至于原因，是因为这个地区有三周左右没有下过大雨了。来这儿之前我每天都查天气预报。

佩帕正摇摇晃晃地站在 3 米开外的一块石头上，一些踏脚石从湖滩一直延伸到石头旁，她是踩着它们一路跳上去的。

"佩帕，别把运动鞋弄湿了。"我说。

"好的。嘿，索尔，这儿能看见鱼……很小的带条纹的鱼。"

她其实是可以把运动鞋面弄湿的，因为它们用了戈尔特斯面料，既防水，又透气，但是如果水漫过鞋面，涌进鞋子里，就得拿去在火上烤干。长时间穿着湿鞋很危险，可能引起脚癣或其他真菌感染。我们得小心，千万不能感染，我告诉过她。

甚至连轻微的割伤和擦伤最好也别发生，因为我只带了四片阿莫西林，那是我在卫生间的橱柜里找到的。我的急救包里有创可贴、碘酒、药棉、两卷绷带、安全别针、剪刀、沙威隆万用膏，还有一些抗抑郁的药，叫西酞普兰。我想，假如佩帕变得像妈妈一样抑郁，这种药可以派上用场。虽然对于妈妈来说,这种药似乎不管用,但那可能是因为她总是喝太多酒,导致药失效了。举例说吧,你不能把抗生素和酒精混在一起吃,因为酒精会阻止抗生素杀死引起感染的细菌。可是我们没有任何酒精,也不可能得到酒精,哪怕是用来治病的酒精也没有。

我还带了退热净、布洛芬和可待因,都是很好的止痛药,而且不用处方就能买到,万一我们扭伤脚踝或我来例假,它们就能管用了。我们在六年级学过例假的知识。我十三岁了,他们说这个年纪的女孩大部分都有过初潮了。我还没有,但是想要在野外生存下来,提前做好准备同样至关重要。而且我们还有水藓可以用,它们到处都是,可以用来给伤口消毒,就像在第一次世界大战时那样。

那种小鱼是鲈鱼。在盖尔语里,"湖"念作"杜布纳达"。湖里有梭鱼、鲈鱼、褐鳟和鳝鱼。这些鱼我们都打算试着钓一钓,我把从罗伯特那儿偷的钓鱼竿和卷线器都带了出来,反正他很可能也是偷来的。

那是一根 10 英尺的伸缩直柄钓鱼竿,带一个螺丝卷线器竿座,卷线器是禧玛诺牌的,带一个固定线轴,上面装了 10 磅的钓鱼线。我还有其他一些钓鱼的设备,10 号和 12 号的鱼钩、BB 型咬铅,还有一些塑料包装着的小型鳟鱼悬式诱饵和假饵,是我从一家渔具店偷来的。我还有两个梭鱼栓型饵和三根钢丝前导线,防止钓梭鱼时钓线被咬断。

罗伯特有时候会在夏天跑去钓鲭鱼。有一次，他钓了三条鲭鱼回来，吓得妈妈惊叫连连。罗伯特不会收拾鱼内脏，也不知道怎样把鱼肉做熟，只是手足无措地挥舞那三条鱼。妈妈掐着嗓子说："把那该死的东西扔了，罗伯特。"

　　后来我上 YouTube 找个视频看了一遍，然后把鱼给收拾好，抹上盐，用火烤一烤，被我和佩帕吃光了，那会儿妈妈和罗伯特正在"渔人区"酒吧呢。鲭鱼肉又香又甜，很好吃。

　　太阳已经爬得很高了，暖暖的阳光洒在我们身上。佩帕沿着石头蹦过去，跑上湖滩，拉开海丽汉森的拉链，把衣服扔在石头上，然后跳到草地上拨开小草，把一块块小石子儿和石头翻过来。

　　她才十岁，已经和我差不多高了。她的脸上长着雀斑。她的皮肤是深金色，在阳光下看起来成了金色。她的头发很蓬松，打着小卷儿，是姜黄色。她长大后会非常非常美丽。她的牙齿很白，她喜欢让牙齿干干净净的，喜欢用它们咬东西。她咬过罗伯特的手，那时候他在打妈妈，反手一挥就把佩帕扇到了房间对面，还骂她"小婊子"。我扑到佩帕身上，不让他再打她，他在我背上踢了两脚。我背上的瘀伤先是紫色，然后变成黄色，而且我又一次请假没去上学。

　　我经常不上学。我本来担心他们会派人来把我带走，但是从来没有人来。我们的公寓在林利斯戈宫的三楼。在镇子高处的一座小山上，一共有三栋以皇宫的名字命名的公寓楼，站在楼里的阳台上能俯瞰围墙和大海。另两栋分别叫福克兰宫和斯康宫。我们这栋楼的应门对讲机已经坏了，得用肩膀顶开一楼的大门才能出去。大堂是浅蓝色的，充斥着尿臊味儿，有时候会有瘾君子睡在一楼的混凝土台阶下。

佩帕和我一样，大概从八岁起就不哭了，从那时候开始，我们一次也没有哭过。她生气时会垂下眼皮，咬着下唇，就像跑步的时候那样，看到她难过的时候，我就用我的胳膊圈成"摇篮"摇晃她。

"索尔……虫子！"她大喊了一声，把找到的一条沙蚕高高地举了起来。沙蚕是用来钓鲈鱼和褐鳟的上好诱饵，我们所在的地方主要以酸性土壤为主，这种虫在这儿很不常见。佩帕沿着石头往回跳，来到位于湖水中的那块大石头上，捏着沙蚕，悬在水面上方。她朝我喊了句"看看它会不会吃……"然后用手指尖儿摇晃着虫子的尾巴，把它放进水里。我刚要说没有鱼钩根本没用，水中突然泛起一阵涟漪，在虫子的下方响起"哗啦"一声，佩帕嚷了一声"浑蛋！"。然后她远远地朝我望过来，一副目瞪口呆的样子。"它吃了！那是一条很大的鱼，索尔。再弄一条虫来！"

来到这儿这么久，我第一次怀念起自己的手机来。佩帕蹲在那块石头上，石头在平滑如镜的水面上，她眉开眼笑，浑身沐浴着阳光，真希望我能把她快乐的样子拍下来。我只能立刻把这情景牢牢地记在脑海里，以防以后再也看不见了。太阳照在她的脸上，她冲我喊："这儿真不赖，不是吗？"

我说"是啊"，然后跳到草地里，在浓密的草叶里找虫子。翻了好一阵，我才在一块石头下找到一条红色的、扁扁的，我不知道叫什么的虫子。我跳上小石头，一路跳上大石头，来到她身边。现在她可是专家了。她拿着虫，用唱歌一样的语调说："……你知道吗？要这样摇晃它，让小鱼们看到它在水里的尾巴……"

我说："它身上有斑点或是条纹吗？"

她说："有斑点，金色和红色的大斑点。那是什么鱼？"

"褐鳟。"我说。

"能吃吗？"

"能吃。我们也可以用旋式诱饵来钓。"

"要是把钓鱼竿带来就好了。它为什么吃旋式诱饵？"

"它不吃，只是以为它们能吃。"

"可是它们是金属做的。"

"是啊，但是它们会发亮，转动起来就像小鱼。"

她转过头看着我："你什么都懂。"

"没错。确实。"我说。

可是那条大鳟鱼没有再回来，我们把虫子扔进石头边的水里，看着一条小小的鲈鱼冲上水面，把它吞了下去。这应该是个垂钓的好地方，我们明天会带着钓鱼竿来的。

我们沿着山坡往回走，头顶艳阳高照。佩帕一直走到被羊齿蕨包围着的那片草地，那儿的草丛最绿、最茂盛，我们刚才在这儿设了一个索套。两只兔子从我们前方的草丛里"嗖"地弹出来，撒腿朝着兔窝跑去，佩帕拔腿就追。我看着她跟着兔子们一路飞奔着穿过羊齿蕨，那两团模糊的棕色跑在她的前方，两个白色的屁股若隐若现。

突然，佩帕停了下来，她扭头朝我喊，说有只兔子被我们的索套套住了。她说："索尔，索尔，快来看！"我像百米冲刺般跑了过去。

那是一只又长又肥的兔子，恰好被套住了喉咙，正在锁套和木栓上使劲挣扎、扭动。佩帕说："它被我追着套上的，我看着它被套上的。有血！"

一圈黑色的血迹从被铁丝扼得紧紧的喉咙里渗了出来。我跪倒在它旁边，鲜血随着兔子的挣扎往外喷涌，一滴滴地掉在我手上。我从没杀过生，除了罗伯特之外，但是我不怕干这种事。这是我们野外生存中的第一次杀生，但是我在电视里和 YouTube 上已经看过无数次了。我用手圈住兔子的脖子，把它举起来，索套和木栓也跟着一块儿拖了上来。它发出一声尖啸，像空气的嘶鸣。我挤压着它的脖子和索套，感觉温暖的血在我的手指上流淌。然后，我用另一只手捉住它踢腾的后腿，紧紧抓住它们，用尽全力拉开，直到它的喉咙处传来"咔嚓"一声，兔子发出一声哀鸣，浑身僵硬，然后瘫了下来。

佩帕说了句脏话。

我说："别说脏话。"我把兔子放在草地上，它浑身猛地一抽，又摔回地面，就再也不动弹了。这是只很大的公兔，我们的第一次索套行动非常成功。我感觉好极了。

佩帕抚摸着它的毛说："它身上暖暖的。是男孩还是女孩？"

"公兔还是母兔。"我说。

"哦，那是公还是母？"

"公兔。而且很快就会变成我们的茶点。"

"我把它追进来的，是不是？"

"没错，你的功劳。你追赶它，就像苏人①赶野牛一样。"

"真的吗？跟我讲讲他们的事吧。"

"晚一点再给你讲。晚上睡觉前。"

她说："好吧。"

我们朝坡上走，前方是茂密的树林和小溪。我抓着兔子的腿，很沉。这时候我想起来，还得让它把肚子里的粪便排干净，于是我改抓它的头，用另一只手顺着它的侧面往下捋，然后又去捋它的肚子。排泄物很快便从兔子的后腿之间一滴一滴地落了下来。

---

① 苏人，北美大平原上的印第安民族或民族联盟，说苏语，通常称为苏人。

2 射击

那天下午，我在火堆后方建了一道火墙，它会把热量反射到我们的庇身棚上来。佩帕吃了焙朗饼干，开始练习射弹弓。贝尔·格里尔斯刀锯齿状的刀刃可以锯木头，也可以拿一块石头作为锤子，将刀刃钝的那一侧敲进树枝的底部，敲到树枝快要被砍断的时候，就可以把它掰下来了。我用从桦树上掰下来的新鲜树枝作为立柱，把一头削尖，然后用一块石头把它们敲进地里，让它们在地面上露出1米左右的高度。然后我在上面穿插着放上树枝，大部分是小的桦树枝，有的是桤木树枝，还有一些从溪边一棵榛树上砍下来的榛树枝条。火墙大概有2米长，带着一点弧度，挡在庇身棚前方。我们的床下面架着由桦树和桤树枝做成的支架，上面铺着云杉树枝，云杉能使床变得软和，阻止热量流失，而且很好闻。

佩帕从溪边捡了一些小小的圆石头，用作练习弹弓的弹药。我向她解释子弹的轨迹是怎样形成的：随着子弹速度的下降，它受到的重力影响越来越明显，会以一定的速率下坠，所以它飞行时的降落速率就与速度有直接关系——也就是说，它越是飞得慢，往下落得就越快。如果能够算出在一段给定距离中，子弹从哪一点开始下坠，就能大致推算出它相对于射击目标的最终落点。因此，这就意味着我们能调整自己相对于目标的发射位置，好让子弹击中目标时达到最大的速度，或者上下调整瞄准的角度，使得子弹沿着先升后降的轨迹朝目标飞去。这意味着你能站到离目标更远处，计算要用怎样的角度击中它。不过站得越远，瞄准的角度就得越高，子弹击中目标时的速度也就越小。

我对佩帕讲了一通有关弹弓和轨迹的知识，她看着我，皱起眉说："知道啦，索尔。"然后开始用弹弓朝着焙朗饼干盒发射小石头。

只要足够努力，就能找到与目标之间的理想距离，确保以最小的下降幅度、最低的速度，在不至于惊吓到目标动物或鸟儿的距离外，把猎物杀死。我要佩帕尝试去寻找个距离。我想，如果能打穿焙朗饼干盒的硬纸板，这个力量用来杀死一只兔子、野鸡或松鸡应该都绰绰有余，不论她隔着多远的距离射击。

佩帕问："这能杀死一头鹿吗？"

我说不行，因为如果要使石头具有这样大的力量，你必须离那头鹿足够近，但我们不可能如此接近一头鹿。鹿的头骨十分坚硬。就算是想要打穿它的脖子，那也不太可能。我不知道用罗伯特的气枪是否能杀死一头鹿。在大约 20 米的距离之外，泵气十次后，它能够打穿 9 毫米的胶合板，我有理由相信它能打穿獐鹿的头骨，而且绝对能射穿脖子，但是我不太确定你是否能走到离鹿那么近的地方，除非是在鹿的下风向一声不吭地坐上很长时间。大部分猎鹿枪使用 0.30-06 或 0.30-30 步枪弹，这种子弹速度很快，射出很远后还能保持很强的杀伤力，比如 1 千米。那才是真正的子弹，是因为火药爆炸产生冲力或获得的能量，可罗伯特的不过是 0.22 口径的气枪，出膛速度还受法律限制，所以必须离猎物很近才行。但是我觉得试一试也无妨，杀一头鹿足够我们吃好几天的肉了，而且它们不冬眠。如果有一天能伪装起来悄悄地接近一头鹿也挺好的，我很期待。

埃德·斯塔福德逮到过一头鹿，当时他是在波兰还是哪个国家，在森林里探险。他用弯曲的树苗做了一个索套，索套被触发后，把那头鹿勒死了。他剥下鹿皮，做了一套连裤衫，把鹿肉埋在一个火坑里烤熟，然后悬挂在火堆上方，防止被熊吃掉。加洛韦森林里没有熊，所以这一点用不着担心。再过上几天，等我们彻底安顿好，确保没有人寻找我们之后，我打算动手做一个那样的索套。

我又去收集了一些柴火，大部分是从树上掉落的枯枝，这样的柴火是最干燥的。我沿着庇身棚搭了一个长长的火堆，然后在它旁边又堆了一堆柴，烤干备用。然后，我用桦树皮做火绒，用打火石和钢片打出的火星点燃了它，等它冒出火苗，再把枯草和小树枝添进去，火开始熊熊燃烧起来。我拿着点燃的树枝在火堆的末尾和中间又点燃两处，于是整个长长的火堆全都燃烧起来。几分钟之后，我坐在架高的床上也能感到火焰在火墙前跃动的热气。

然后，我开始给兔子开膛。虽然我自己没动过手，但见过无数次了，简单得很。我留下肝脏、心脏和肾脏用来做钓鱼的诱饵，它们适合用来钓鳝鱼。给兔子剥皮时，首先要割下它的头，然后割下爪子，顺着腿把皮往下拉，直到整条腿都露出来，然后把整张皮慢慢往后拉，最后把它完整地褪出来。

兔肉主要集中在四条腿和腰腿部。我把它切成两半，在上面撒上些麦当劳的盐，然后放在火堆上的一块大平石上烤。做完这一切后，我走到小溪边把手洗干净，一是怕感染传染病，二是怕食物中毒。

我看过一个阿拉斯加因纽特妇女的视频，讲她们是怎样利用桤木的幼苗做成圆形的撑子，鞣制兔皮，并且把它撑开。我割了一条长长的桤木枝，做成一个直径大约 1 米的圆环，用一根伞绳①绑住。然后我把兔皮放平，用贝尔·格里尔斯刀在周边戳出一些小孔，将伞绳从一个孔里穿出去，然后绕过撑子往回穿过下一个孔，这样缠绕一圈，兔皮便被撑子完全撑开了。

当我坐在火堆旁处理兔皮时，太阳渐渐西沉，渐起的北风吹得我手指发凉。我闻着火焰的气息，听着它不断地蹿动时发出的"噼啪"声，突然间感到自己仿佛一直在做这件事。仿佛撑兔皮这种事我早就

---

① 伞绳，通常由 32 股尼龙绳编织成，每股尼龙绳包含一定数量的细线，这些细线可以单独使用。它实用、牢固、体积小、易于携带，是一种重要户外求生工具。

驾轻就熟，而不是第一次尝试。

这感觉很有趣，那一刻我真的恍惚了：我真的做过，还是只在YouTube上看到别人做过？有那么一分钟，或许只不过十几秒，我感觉有些晕，我看着自己的手拿着线头穿过兔皮，绕过撑子，往回穿过兔皮，再次绕过撑子，然后把线拉紧。我感觉不到腿上的热气或双手的寒意，听不到"噼啪"声，也听不见佩帕朝焙朗饼干盒射击时发出的声音，我只是看着自己的手和线头，还有兔皮上的小孔和桤木环上黑色的树皮，还有我双手的动作，仿佛它们不是我身体的一部分。我仿佛化为一只巨眼，在看着这一切。在这只巨眼的后面，是一个广袤的黑色空间，我正通过这个空间中一个眼睛形状的洞里朝外窥探，看着我的手拿着线头穿过兔皮，绕过撑子。

突然间，我回来了。我仍旧坐在那儿穿线，兔肉正在石头上"吱吱"作响，佩帕一边拿着弹弓和饼干盒跑过来，一边说："我打中它了，但只能打出凹痕，瞧……"她把黄色硬纸壳上小小的凹痕指给我看。

我们把兔肉翻了个面，再撒上些盐，它闻起来已经很香了，而且变成了像太妃糖那样的棕色，还发出"吱吱"的响声。火烧得实在太旺了，佩帕在床上躺平，脱下了海丽汉森、运动鞋和运动长裤，只穿着内裤和背心，舒展着四肢，一边说"啊，真暖和，真舒服——它们扎得我好痒，索尔"，一边拍打着云杉的枝条。

兔子肉香喷喷的，而且完全烤熟了，佩帕吃了大部分，我吃了一条腿和许多脊背上的肉，他们管它叫脊肉。肉最好是现宰、现做、现吃，因为这时候的肉里含有少量人体必需的维生素C，能够防止得坏血症。

得了这种病的人牙齿会脱落，而且会发疯。从前的水手和去北极探险的人常常得这种病，所以后来他们开始吃富含维生素 C 的柠檬，吃紫甘蓝和红椒也可以。不过，我带了复合维生素，所以我们不会得坏血症，也不会得任何因为缺乏维生素而引起的疾病，比如骨质疏松、骨质缺乏和痛风之类的。

我们用水壶从小溪里打水，烧开，泡上茶，再加入麦当劳的牛奶和糖。我们各自有一个杯子，都是搪瓷的，我的是蓝色，佩帕的是绿色。

我新添了些柴火把火全部封住，佩帕蹦起来，跑到庇身棚后面去上厕所。到这儿的第一天，我就用木棍挖了一个便坑。她是光着脚跑过去的，回来时连蹦带跳地嚷嚷着："啊，冷死我了……"在这里建起营地后，我第一时间就挖了这个便坑，离我们的庇身棚大约 7 米远，地势比庇身棚稍微低一点，防止下雨时雨水倒灌。便坑离庇身棚很近，从那儿依旧能看到庇身棚的火光。便坑的后方一片漆黑，我们在上厕所时必须面对着庇身棚，看着火光，才能忍住不对背后的黑暗浮想联翩。擦屁股用的是草，我割了一大捆草放在便坑旁的一块平石上，到了那儿就能看见，现在草已经有些干了。

不到六点半，佩帕就钻进了床上的双人睡袋。我也脱了鞋和抓绒衣，和她一起钻进去。她扭来扭去地喊："太舒服啦！"我们有两床毯子，一床是从宜家买的抓绒毯，另一条是粉红色的纯羊毛旧毯子，边缘包着缎子，是我从家里拿来的，它一直被放在柜子里，好多年没人用过了。

撑子上的兔皮正平展地躺在潮湿的树叶上，皮面朝下，毛面朝上。我不希望它太快干透，明天我打算把皮上粘着的肉和油脂全部刮下来，然后用木屑、小便和橡树叶进行鞣制，这些材料里都含有单宁酸，可以让皮子变得柔软、有韧性。因纽特女人们会咀嚼动物的皮，混着唾沫把它们咬得软软的，这样就能阻止皮子变得干硬扭曲。通过咀嚼能够破坏皮肤组织，唾沫应该具有防腐的功能，她们就是那样鞣制动物皮毛的。但是你也可以用尿液、柴火灰和橡树叶让皮子变软，只要把它们混合成一团糊糊，涂抹在皮子上面，让它这样待上好几天就行。我在网上找到这个鞣制皮毛的方法，打算照着试一试，但拿不准到底能不能成功。

佩帕躺在靠近火堆的一侧，我躺在油布那一侧。虽然风越刮越大，吹得桦树上最后那点儿叶子"哗哗"直响，但是躺在这里真的很暖和。这阵风一定不是北风，因为它不像昨晚那样从头顶吹过来。它是从油布的后面吹来的，把它吹得一会儿鼓进来，一会儿突出去，所以它也许是西风，或者是西北风。我手头没有拿着指南针，没办法确认，而且困意也渐渐上来了。

佩帕说："给我讲讲苏人和野牛的故事吧。"她喜欢在睡觉前听我讲故事，我也喜欢讲给她听。有时候我是瞎编的，没办法，因为并非所有事实、日期和地点我都记得一清二楚，可是佩帕觉得我无所不知，所以我不能让她失望。而且，一般情况下我的确是无所不知，特别是关于苏人和野牛的故事，还有 19 世纪 60 年代发生在大平原上的印第安人战争[1]。

---

[1] 印第安人战争，殖民的白种人和美国原住民印第安人族群之间爆发的一系列冲突。

所以我给她讲了达科他苏人如何在18世纪迁移到大平原，建立一种以猎捕数百万头野牛为基础的狩猎文化。这些野牛成群地生活在这片平原上，牛群的规模非常大，一个人需要骑马跑上一整天，才能从一个完整的牛群旁经过，而且整个牛群密得根本透不出地面。我告诉她勇敢的人是怎样骑着马跟在这些牛群旁，然后驾着马儿把它们分成一小群一小群，驱赶着它们离开，穿越平原，朝着一处悬崖跑去。牛群跑到悬崖边就会纵身一跃，成百上千地摔死在下方的岩石上。这是猎捕野牛最危险的方法，凭借这样的壮举，勇者能够展示他的勇气和高超的骑术，所以苏人很乐意这么做。在秋天，如果有这么一次成功的狩猎，就能为整个部落的人提供足够维持一冬的食物、藏身处和衣物，大平原的冬天寒冷刺骨，积雪能够达到好几英尺厚，而且北风成天刮个不停。

　　讲到这里的时候，佩帕已经睡着了。我吻了吻她的耳朵，在她身后蜷曲着身体，听着风声和被风吹得"噼啪"作响的火焰声，闭上了眼睛。

3 鱼钩

刚睡醒，我就开始担心了。我们逃走已经有四天了，他们一定在到处找我们。他们应该已经发现了被锁在房间里的妈妈，她有一个手机能够打电话。但是房间从门外上了锁，钥匙在地毯上。要杀掉罗伯特，然后把自己从门外锁在房间里，这是不可能做到的事，所以能证明不是她干的。

他们还会发现躺在我床上的罗伯特，他浑身沾满了从喉咙里喷出的血。我在他的喉咙上刺了三刀。血还喷上了墙壁，喷到印着猴子图案的墙纸上。佩帕也不见了，她的房间却很正常。他们不会知道我们穿着什么样的校服、佩帕背着什么样的书包，不会知道装着枪和钓鱼竿的曲棍球棒盒。他们如果想要找出少了些什么，只会白费力气。我知道家里从前有什么、什么被我们带走了，但是警察和社工不知道。他们会发现我的 T 恤衫、牛仔裤和内裤，全都沾上了罗伯特的血，放在浴室的洗衣篮里，所以他们知道事情是我干的。他们会发现佩帕的门上有锁，但是并没锁上，钥匙在地毯上，所以他们会知道我把她锁起来了，也不是她干的。

　　不知道妈妈是不是已经上了电视，对我们说回家吧，不会有任何麻烦的。或者，他们会以为我绑架了佩帕。他们找不到那把匕首，因为我随身带了出来。查阅资料用过的所有手机，我都处理好了，而且在动手的前一天，我已经把平板电脑扔进一个垃圾桶里。我把手机从围墙边扔进了大海，就算是低潮期，海水也很深，而且总有鲭鱼在附近打转。

　　他们还会找到罗伯特弄回来的那些手机，还有银行卡。警察肯定认识他，因为他进过一次监狱，而且十一月还因为偷窃罪出过一次庭。他们会发现屋子里到处是大麻之类的药物，他们会知道这是罗伯特的。而且他们两年前去过我家，一次是罗伯特打了我和妈妈，一次是妈妈从斯帕尔店里偷了两瓶伏特加，她拿着它们回家，在路上被发现，有人向警察局举报了她。

　　在计划这次行动的过程中，我在过去八个月里买了很多东西，如果警察够聪明，他们会追踪我用来购物的那些偷来的银行卡。不过，我已经把这些卡全部放回罗伯特的抽屉或是直接扔掉了，其中有很多等我想用的时候早已经作废了。但是，如果有哪个警察足够聪明，追查一下罗伯特偷回来的那些卡的消费记录，就会发现我从亚马逊买了些东西，有油布、指南针、刀、饭盒，还有佩帕的运动鞋和背包。他稍加琢磨，也许能猜到我的打算。但是警察没有那么聪明，不管是我遇到的，还是在电视上看到的，大部分警察都非常迟钝，该抓的人他们不抓，只会抓些不该抓的。

那一次，罗伯特打了妈妈，警察来了。女警察问妈妈是否还好，妈妈回答说还好，她说不过是吵得凶了一些，罗伯特没有打人。女警察问："你确定吗？"妈妈说："确定。"女警察和妈妈说话的时候，男警察已经把罗伯特带到另一个房间。她从头到尾也没问过我，不过就算问了我也不会说的，因为他们会把社工带到我家来，我们一家会被拆散。那时候佩帕在看电视。

我们的公寓里什么动静都能听见。一个叫大个子克里斯的家伙住在我家楼上，他有时候从罗伯特手里买大麻之类的毒品。到了晚上，总能听到他砸东西的声音，大喊大叫的声音，还有哭声，不知道为什么。我们盗用他的宽带，因为罗伯特搞到了他的无线网络密码。罗伯特也有一些手机和手机卡，其中一些能够连上 4G 网络。用银行卡购物的时候，我一般会去麦当劳上网。我会要一个麦旋风，在面对大门的位置坐下，这样就能随时关注进来了什么人。

八月，我从一家慈善二手店买了两套校服，包括外套、衬衫、领带和半身裙。我的那套有点儿紧，不过佩帕的特别合身。买这些衣服我花了 10 英镑，我对店里的老奶奶说，是为了在学校里演出用的。

这是两套格拉斯哥①上等学校的校服，缝着金色和红色的徽章，上面绣着"Ad Vitam"，这是拉丁语，是"为了生命"的意思。

我们穿上自己的健步运动鞋，配上这身校服，看起来挺不错。我背着背包和曲棍球棒盒，佩帕背着书包。我们在清晨六点离开家，谁也没有看到我们。我们从后门穿过后院，拐进一条小巷，翻过栅栏后走上公园旁一直通往火车站的小路，整个过程都没有走大路，也没有出现在可能被人见到的地方。我们坐上六点二十五分开往格拉斯哥的火车，火车票是我用从罗伯特钱包里偷来的现金买的。我担心在火车上或到格拉斯哥后会碰到真正去那所上等学校上学的孩子，他们肯定知道我们去的不是他们学校，而且会记住我们。但是我们没有遇到。

在格拉斯哥，我们换乘了另一列火车。那儿人潮汹涌，成百上千的人一边打着电话，一边大步流星地朝四面八方赶路，没有人哪怕看上我们一眼。我们坐上了开往格文的火车，车厢里只有一位老婆婆，她冲着佩帕微笑，像是想说"她真是可爱极了"。我希望在别人眼中，我们不过是两个在上等学校念书的小女孩，乘火车去上学。他们的确是这样想的。

佩帕问我，我们说话时是不是也应该上等一点，我说，等进了树林再说话，或者等到警察发布相貌说明之后。妈妈会告诉警察我们可能穿什么样的衣服，然后人们就会按照那样的穿着寻找那两个女孩，而不是我们身上穿的校服。就算我们出现在监控画面中，看上去也只是两个穿着上等学校校服的女孩，而不是从我们的公寓走出来的那种

---

① 格拉斯哥，苏格兰地区第一大城市。

"廉租房孩子"。在车站时，我让佩帕一直低头盯着地面，所以他们应该看不见我们的脸。

背包很沉，里面装着睡袋、毯子、假饵和旋式诱饵、水壶架和水壶，但是摆放合理，包上还有一根腰带，扣上之后，背着它走路很轻松。大部分食物都装在佩帕的背包里，她的包里还有急救包、备用伞绳、弹弓、渔具和气枪子弹。

到格文之后，我们走进车站旁的一家咖啡馆，佩帕要了大份的苏格兰式早餐，我吃了培根、鸡蛋、香肠和烤面包片。咖啡馆的男侍者送餐过来，只是说了句"吃吧，女孩们"，就掉头走开了。我们付了钱，坐上了开往牛顿斯图尔特的 X22 路公共汽车。车子一直沿着加洛韦森林公园的外围开。我只能拿着地图，不时查看该在哪儿下车。汽车开到一个叫格伦特鲁尔的村庄附近，这里离我们的目的地不远，我按了下车铃。汽车停下，我们下车，司机连看也没有看我们一眼。

我们沿着一条通往村庄的小路往前走，看到一块绿色木牌，上面写着"加洛韦森林公园"。我们走进停车场，然后沿着一条小径穿过一片松树林。我们走进了丛林中，把衣服换下来，把校服和两个手机埋进地里。我事先把电池和手机卡取出来，扔在停车场的垃圾桶里，因为手机电池含锂，如果泄漏的话会对土地造成污染。

我们爬了一会儿山，然后沿着弯弯曲曲的小径走到开阔处，发现自己正俯瞰着一个面朝特鲁尔湖方向的山谷。山谷两侧都有长着树林的山脉向上延伸，对面有一个突出于湖面的地方，叫作"布鲁斯之石"，那是罗伯特·布鲁斯[①]在1307年带着一队人马抗击英国人的地方，他曾经在这里的群山和荒野之间生活，睡在山洞和窝棚里。

太阳把四下里照得很亮堂。综合太阳的高度，还有我们乘火车、汽车和走路的时间，我推算出这时候是将近上午十一点。

就在前一晚，我杀死了罗伯特，然后把妈妈锁在了她的房间里。

阳光带着微弱的热力，透过树枝的缝隙照了进来，可是天空还是一片漆黑，佩帕睡得正香。真冷。火堆里燃烧过的木柴凝上了霜，长长的火堆看上去只剩下暗淡的灰烬，但是我能看到火堆正中间正在冒烟，那儿有像木炭一样拱起的疙瘩。烤兔肉的石头已经裂开，成了三块椭圆形的平石头，像铺在屋顶的瓦板，好像特意削平了似的，当盘子用应该很不错。

我们有两顶头灯和一个太阳能充电器，不过我正学着适应黑暗，以及在黑暗里看东西。在黑暗中待的时间越长，就看得越清楚。哪怕在一片漆黑之中，也能像动物一样有所察觉。我不怕黑，佩帕也不怕。这里的夜晚很黑，没有城市和汽车的光污染，能够看到银河。就算没有月亮，也有星星能够提供一些亮光。星光只是微亮，和白天的自然光不同，太阳升起来，这种朦胧的光也就散去了。如果是晴朗的天气，可以靠这个方法判断黎明何时到来。

起风了，而且是冷风。我从睡袋里钻出来，找出运动鞋和运动

---

① 罗伯特·布鲁斯，即罗伯特一世，是苏格兰历史中最重要的国王之一，曾经领导苏格兰王国击退英格兰王国的入侵，取得民族独立。

长裤穿上，拉上抓绒衣的拉链，然后把火堆的灰烬吹开，露出火光，添进三根烧了半截的树枝，一个小火苗开始燃烧起来。我把干燥的桦树皮捏碎，放进火里，火焰噼啪作响，腾起更大的火苗。然后，我从干燥的柴火堆里拿过几根木柴，和烧过的木棍一起搭起一个金字塔形火堆，等着它全部烧着，一片漂亮的黄色火焰腾了起来。风卷着烟，朝与我相反的方向吹去，看来是西北风，而且刮得越来越猛了。

我拿起水壶跑到小溪边去打水。《英国皇家特种部队生存手册》里说，野外用水一定要经过过滤，哪怕是从流动的小溪里打来的水也不例外。不过我在其他地方读到过，只要把水烧开后再喝，也一样很安全，因为沸腾的过程能杀死类似于引起外耳氏病这样的细菌，它是通过被感染的啮齿动物的尿液传播的，而且还能杀死寄生虫和吸虫。

小溪冒着泡泡欢腾地流淌着。走出树林，恰好有一块石头，我可以跪在上面，将水壶放进从光滑的石头上快速流过的溪水里。就在跪下去灌水的时候，我抬头看了一眼。有一头鹿，纹丝不动地像块石头一样站在对岸，晨光勾勒出它的身影，在离我只有大概 6 米远的地方盯着我。那是一头年轻的雌鹿，我也跟它一样一动不动。

我们就这样静静地对望，像看影碟时按下了暂停键。我试着去感受自己的呼吸，静下心来，不去思考，也不动弹，这样就不会感觉到膝盖下石头的冰冷。我放慢了呼吸，很快就慢到连自己也无法察觉。这时候，我感到自己背脊的顶端似乎被人轻柔地拍打着，拍得很慢。我看到那头鹿周遭的事物开始瓦解成一丝丝刺眼的亮光，随着每一次缓慢的拍打，亮光纷纷坍塌。我感觉不到膝盖下的石头，听不见小溪的流水声和树叶晃动的声音。空气不再从我的肺里进出，我感觉到光，感觉自己不存在了，我再次朝那头鹿望去，还有那些一丝丝像是笔直的雨线一样落下的光。那头鹿走出了我的视线，就像一个人从一幅画中离开一样，它走得很慢，很平静，一点声音也没有。

这时候太阳出来了，它从森林上方山峰的最高处探出头来。我站起身，拿着装满的水壶回到庇身棚。

佩帕醒了，正蹲在火边吃邓迪蛋糕。她说："索尔，我想喝茶。"

她往火中添了些柴火，我把水壶放在火上煮开，拿起搪瓷杯，把茶包放进去。我们有的是茶包。

我说："我们不猎鹿。"

佩帕说："好啊。"然后又说，"我们到这儿有多久了？"

我想了一小会儿说："我不记得了。"我真的不记得了。

我知道一天一天过去了，但是想不起到底过去了几个白天和几个黑夜。我暗自把昨天发生的事回忆了一遍。烤兔子，在桤木撑子上撑开兔皮，佩帕练习弹弓，索套套住一只兔子，大鳟鱼，佩帕手指间捏着的沙蚕，发现兔窝，佩帕说贝尔是傻 ×，佩帕从洒满阳光的山坡上跑下来，穿过树林，吃焙朗饼干当早餐，醒来后摸摸佩帕看她冷不冷，然后是睡觉，然后是一天以前，我也许在那天搭了一个庇身棚，或者是在那天的前一天搭的，或者在那天的前一天挖了便坑，从格伦特鲁尔长途跋涉到这里，背着背包，顶着大太阳，流着汗，我不知道这些事到底发生在什么时候，或者是不是发生在昨天。

佩帕说："你还好吗，索尔？"

我可能有些慌张，因为我感觉自己的呼吸加快了，而且心里七上八下的。我只会在记不起必须记得的事情，或是不知自己身处何方，或搞丢了地图或指南针的时候才会慌。我想重温刚刚过去的这几天的记忆，但是它就像一大团软塌塌的玩意儿，我绞尽脑汁，也没办法把事情和画面整理清楚。不管心里多着急都没用，记忆就那样软塌塌地纠缠在一块儿。那些数字就是不肯像从前那样跑到我的脑子里来。

这时候，我又感觉有人在拍打我的脊背，开始看见小小的亮光缓缓落下，我变得平静起来。我努力去感觉自己的呼吸，越来越平静，小小的亮光落在佩帕脑袋后方的树林里，这时我感到温暖，我想要微笑。

我说："我记不得了。"

佩帕说："没关系啊，这又不重要。"

她说得对，这不重要。我得努力把重要的事情记清楚。我很清楚，10号和12号的鱼钩和咬铅装在背包顶部的内袋里，并且拉好了拉链，跟钢丝前导线和塑料袋装的旋式诱饵放在一起；我很清楚，我把兔子的心、肝和肾放在一块石头上，打算当诱饵用；我很清楚，钓鱼竿完全伸长后是 2.3 米。

而且，我知道该怎样打一个血结，把鱼钩绑在鱼线上，如何把一根分导线绑在前导线上，装上三个咬铅，组成一个适用于底钓的小型钓组。这一切都是从伊恩·莱基，也就是姆莉的爸爸那儿学来的，他在军队服过役，在渔船上工作过。有一次，他带着我和姆莉去围墙边钓鱼，钓上来一条鳕鱼和一条绿青鳕。

我对佩帕说："我们去钓鱼。"

湖边起风了，水面泛起一圈巨大的波纹。鱼沉在水底，不像昨天那样会浮出水面。寒风萧瑟，层云当空，整片蓝色天空都被遮住了。厚厚的云层意味着将要下雨或下雪，风从西北方向贴着湖面呼啸，感觉是要下雪。

我教佩帕怎样把假饵甩出去。我们钓上来两条褐鳟和一条小鲈鱼。然后她去挖虫子，我把兔肝钩在 10 号鱼钩上，尽量把它抛远、沉底。但是没有鱼咬钩。佩帕挖到虫子，我们用了三条，又钓上来一条鳟鱼，还有一条带黑纹的大鲈鱼，长着一个像船帆一样的背鳍。

但是风越来越狂，越来越冷，雨点夹着雪片飞下来，天色也黑了。我们回到庇身棚里，吃邓迪蛋糕和焙朗饼干，还喝了茶。然后，我们跑去收集了许多木柴，堆起一个很大的柴堆，我又生了一个长火堆。之后我走到羊齿蕨旁边，挖出一大串羊齿蕨根，我抠掉上面粘着的泥巴，又拿到小溪里洗干净。它们又长又圆，是纯白色的，富含碳水化合物，可以烤着吃。但是不能吃太多，因为会得癌症。羊齿蕨里的毒素叫作欧蕨伊鲁苷，受热后会分解。

开始下雪了。这时候天色已经全黑，风卷着雪花从庇身棚后方吹来，把它变成了白色，而且在伞绳末端系着的油布有些松了。

我把鱼和根块放在一块平石上烤，又给它们撒上盐。我们用裂开的石头当餐盘，烤过的蕨根味道跟炸薯条差不多，佩帕吃了好多。鱼也很香，鲈鱼的鱼皮带有锯齿，没法吃，但是鱼肉却白嫩香甜。然后我们喝了加了牛奶和糖的茶。

　　躺在庇身棚的睡袋里，盖着两床毯子，听着风声呼啸，看着雪花在火光中打着旋，实在舒服极了。

4 雪

我九岁的时候，佩帕六岁，那时候妈妈酗酒还不算严重，有时候她会跟我们讲爸爸的事情。那时候罗伯特还没有出现，另一个叫埃迪·比恩的男人常常来我家，和妈妈一起吃药物、过夜。

我出生的时候妈妈十六岁，我的爸爸叫吉米，有着一头金发，支持格拉斯哥流浪者队①，妈妈跟他在同一所学校上学。她说她爱他。我还在她肚子里的时候，他们就同居了。然后，我的爸爸在去格拉斯哥的途中遭遇车祸遇难。跟他一起去的还有三个年轻人，那三个人都活了下来，其中一个叫帕里的坐上了轮椅，有时候我会看见他坐着轮

---

① 格拉斯哥流浪者队，苏格兰超级联赛球队之一。

椅到斯帕尔店里去。我的爸爸死了，因为他坐在前座，而且没有系安全带，他们当时都喝醉了。

妈妈说她一直哭一直哭，最后市政给她分了一套新公寓——就是我们现在住的这套，在公寓的阳台上，能看见海湾和围墙，灯塔就在围墙尽头，到了晚上，它每过四十五秒会闪一次光。

我们的公寓有三间卧室，一个带淋浴和浴缸的卫生间和一间客厅，客厅有扇门通往阳台。我总是把洗过的衣服晾在阳台上。

我出生之后，妈妈把我带回这个家，她自己带了我两年。她说她那时不喝酒，不吃药物，而且在商业区一家叫"剪"的理发店做学徒，学习当一名美发师。

有时候她要出门，就把我托付给姆莉的爸爸照看，他叫伊恩·莱基。姆莉的奶奶叫帕特，他们认识我妈妈，因为姆莉的妈妈和我妈妈从前一块儿上学。姆莉比我早出生三个月，她的妈妈不在家，我问我妈妈她的妈妈去了哪儿，妈妈只是做个鬼脸说："这我可不能告诉你，宝贝，我只能说她情况很不好。"

我和姆莉还是小宝宝的时候，经常在一起玩。她家就在围墙旁，有一套玩耍护栏，有一个花园，还有个工棚。

妈妈说，她和佩帕的爸爸是在一家酒吧里认识的，他是个学生，来自尼日利亚东南部一个叫伊博的部族。他个子很高，棕色皮肤，很帅气。他在学习怎样做一名建筑师，在大学足球队踢球，会说英语、伊博语和其他四种尼日利亚语，还会法语、一点阿拉伯语和意大利语，而且他懂拉丁文。我想，这也许就是佩帕这么聪明，而且很快就学会了阅读的原因，她还对诅咒骂人的话特别感兴趣，她读书，我不读书，不过《英国皇家特种部队生存手册》除外。

佩帕的爸爸叫肯尼思，妈妈说肯尼思喜欢她，因为她有曲线，意思就是说，她有个丰满的胸部。而她也喜欢肯尼思，因为他是个绅士，说话声音很好听。她说佩帕像她的爸爸，我像我的爸爸，因为我个子高，一头金发，长着大眼睛和一张大嘴，简直和我爸爸一模一样，而且我胳膊上正生长着肌肉。佩帕的爸爸是一名天主教教徒，我的爸爸却信奉新教。

我对佩帕的爸爸有些印象，当时我只有三岁左右，我在阳台上，他也在。他大笑着把我举得老高，他身上有香水味儿，手很柔软，后来，他抱着我，我们一起看灯塔。

早上的积雪足足有10厘米厚，我们再一次点燃篝火，喝了茶，然后去查看索套，发现又有一只兔子被套住了。我在雪地上发现了兔子、赤鹿和狐狸的脚印，还在一棵橡树下发现一串可能是红松鼠的脚印。可是我记得松鼠要冬眠，所以那也许是一只鸟儿留下的。

我们还捡了些木柴回来。我得查看一下庇身棚的情况，因为积雪把油布压垮了。来这儿的第一天我就搭了这个庇身棚。那天下午，我们背着所有的物资，头顶烈日步行了5英里。我们走得很艰难，必须不时停下来喝水。我靠着地图和指南针确定路线，我们沿着一条林间公路走，爬上特鲁尔湖一侧山坡的最高处，对面能看到一条公路，路上有一些汽车从林间驶过。在林间公路行走很轻松，但是我们走到湖的尽头，必须继续向上爬 500 多米才能上到山脊的顶峰。在散落着石块的草坡上方先是出现了一条羊道，我们越是往上走，坡度就越陡峭，连佩帕也不得不常常停下来休息。我们只能一次往上走一点，并且走得很慢，网上说，这才是登山时该有的状态。

把伞绳拉直，系在两棵桦树之间，然后用粘扣带把油布固定在上面，再将油布往后拉，一直拉到地面，形成大约 60° 的角，这个坡度最适合排水。然后我用石头把油布的末端压住，又找了些石头在油布下方做了三个底座，然后用桦树树干来做床。佩帕又收集了一些桦树枝，我们把它们全部铺在树干上，我们用了很多树枝，铺得很厚，这样还能起到隔热的作用。刚开始它们会有点儿扎人，有点疼和痒，但是只要被压扁，躺上去就感觉柔软又舒服。为了防止热量流失，我们必须把床的架子架高。我们背着所有的东西走了 5 英里，来到我在地图上能找到的最偏僻的森林里，然后完成了这一切。这地方紧挨着水源，而且在树林里。

可是现在，油布被沉甸甸的积雪坠得快要垮了，靠近地面的部分变得皱皱巴巴的，伞绳被拉松了，油布的中间形成一个 V 字形，如果下雨的话，那儿容易积水。所以我决定搭一个拱形庇身棚。

拱形庇身棚是庇身棚的一种，用一些柔韧性比较好的小树苗，把它们压、搭在一起，就形成了一个拱形。《英国皇家特种部队生存手册》上有一张照片，据说这种庇身棚很不错，适合长期居住，这正是我们需要的。我可以用油布盖上它，然后用云杉树枝隔热。

我告诉佩帕，我们要搭一个拱形庇身棚，她咧嘴一笑，说："啊，我们要搭一个'拱形庇身棚'，因为你就是'弯的'！"①她咯咯地笑个不停。

她总说我是个女同性恋，但我不是，当然她这么说也只是开玩笑而已。可是这个词有点儿歧视的意味，但这并非因为我不是男同性恋，我要是梳个背头，或是戴上一顶帽子，看上去的确像个小伙子。

有些事情总是能把佩帕逗得乐不可支，她会笑得抱着肚子，浑身发抖，有时候简直像犯了癫痫。说起有什么能叫她大笑，"鹰嘴豆芝麻沙拉酱"这个词就是其一。小时候，我常常偷东西给她吃。我给过她一瓶鹰嘴豆芝麻沙拉酱，她很爱用面包来蘸它，后来她问我这是什么，我告诉了她，她笑得差一点尿裤子。还有，她听到"胎粪"这个词也会笑——这是指婴儿出生后的第一泡大便，里面满是危险的细菌。"拱形庇身棚"这个词也有"男同性恋"的意思，还有"月经"这个词，她也觉得好笑。她还喜欢骂人的字眼儿，比如"傻×"和"扯淡"，她很喜欢"屎"这个词，特别是用来说某个人是"屎"。六年级的时候她参加一次展出，在糖纸上写上"甘蒙太太是一坨屎"，还引起过一场风波。

如果在镇上或商业区看到一个胖子，她会说："快——把派藏起来！"这话我听了也会笑。有时候她说："哦……有人找到了钥匙，把装派的柜子打开了！"她还喜欢"屁眼儿"这个词，要是有人惹恼了她，或者一直说废话，她会说"别搞得像个湿漉漉的屁眼儿似的"。

她也喜欢苏格兰方言，比如"愣"这个词，意思是一个人傻张

---

① "拱形庇身棚"英文对应词为"bender"，也有"男同性恋者"的意思。

着嘴，反应迟缓，脑袋空空的样子。她喜欢"阴沉"这个词，还喜欢用"透了"代替"很"，如果哪天下着毛毛雨，很潮湿，天色很暗，这时候她会说"天气阴沉透了"！

她们班上有个孩子，长着很大的脑袋，名叫罗伯特·麦卡洛克，她管人家叫"海德"，这是苏格兰方言，是"脑袋"的意思。很快班里的其他孩子也叫他"海德·麦卡洛克"。那孩子很喜欢自己能有个外号，但是甘蒙太太说这是霸凌，佩帕说："是啊，但这个甘蒙太太的脑袋真是大透了。"

她在学校学了彭斯①的诗，其中有一首《致小鼠》，她有时候会背这首诗，最棒的那一段是这样的：可若是跟我比，你就是个幸运儿！目前伤害你的只有我而已。可是我呢？唉，看过去，是多么凄惨！看将来，虽然隐而未现，可只要一猜，就会不寒而栗！作者耕地时把小鼠们的窝犁翻了，然后对它们说了这么一番话。这话说得不错，我在公寓里过的就是这样的日子，我的人生就是这样。我更想当那只老鼠。佩帕管从事特殊行业的女人叫"母鸡"。如果妈妈喝醉了，她会说她是"奇怪的醉鬼"。

拱形庇身棚还有一个好处，就是只需要一个金字塔形火堆，而不是长火堆，就能够保持温暖，另一个好处就是用的柴火少。所以我把油布割下来，抖干净，然后找了些小树苗和细树枝。佩帕负责捡木柴，维持火堆的燃烧。

---

① 彭斯，即罗伯特·彭斯，苏格兰农民诗人，在英国文学史上占有特殊重要的地位。

我把一些树苗尖细的那头绑在一起，使它们的长度保持在 4 米左右，然后把末端削尖，使劲插进落满树叶的地里。地里有许多岩石和石块，插进去很困难，所以我在插进去的地方又压上一小堆石头。我让这些支架彼此之间隔开 2 米远左右，然后让它们从上往下弯，形成一个拱形。这也不像《英国皇家特种部队生存手册》里说的那样简单。

　　太阳出来，树上的积雪被晒软了，一滴一滴地落下来。我站在新的拱形支架下，把雪、树叶和烂泥从床的四周踢开，这时候我听到直升机的声音。

　　那一阵低沉的"突突"声，我一听就知道是什么发出来的。我想我可能一直等着这一天。我压低嗓门，厉声说："佩帕，趴下。"她正拖着一捆木柴朝我走来，听了我的话，赶紧往地上一趴，滚到一丛圣诞灌木底下。我也蹲了下来。透过拱形支架往上看，它正从我的头顶飞过，"突突"声变得更响了，变成"嗒嗒嗒嗒嗒"的声音。直升机的底是白色的，印着黑色的字"E90 救援"。它飞得很低，也许还不到 30 米，我拿气枪也能打中。它从躲在树下的我们头顶正上方飞过，然后低低地朝湖那边飞去了。

　　我待着没动，低声对佩帕吼了一句"待在那儿"，自己则朝着小溪冲了出去。我踩着石头跑到小溪对岸，顺着第一个山坡跑进树林里。直升机的噪声越来越轻了。我从羊齿蕨丛里冲出去的时候，它正飞到湖的中央位置，依旧飞得很低。佩帕也跟了上来，和我一块儿站在羊齿蕨丛里，抓住我的手说："它是来追我们的？"

我说："我不知道。像是山区救援。"直升机从另一侧消失在树林的后方。突然，我们又一次听到了它的声音，它从湖的另一侧远远地飞了出来，衬着树上的积雪，"嗡嗡"地往高处飞。它在掉头往回飞，我抓住佩帕滚进羊齿蕨丛里，躺下，把树枝使劲往我们身上拉。"嗒嗒"声越来越大，越来越响。它一定是打算沿着我们那片树林的边缘飞到正上方，然后朝北边的麦格纳布拉和沼泽飞去。"嗒嗒"声变小了。在羊齿蕨丛的积雪和树叶上躺着很冷，很湿，但是我们待着没有动。我叫佩帕从1数到180，每两个数字之间再说一次"大象"，这样刚好等够三分钟。

我说："我们回去吧。"

佩帕说："我们得搬家了是吗？"

我说："不。现在还不用。如果是山区救援的话，他们要到高处去找人。在雪地里。"

也就是说，在比我们的树林更高处的麦格纳布拉或沼泽地里还有其他人。

我说："走吧。"我们一路往回狂奔，回到庇身棚。我拿着地图，和佩帕一起坐在拱形架下看。麦格纳布拉在沼泽地的最高处，比我们要高。我们的树林距离沼泽地开始的地方还有1英里。

"我得去看看。"我从背包里拿出指南针。

"我也去。"佩帕说。

"不！佩帕，待在这儿等我，他们找的是两个女孩。"

她说了句"不"，马上就站起身，拔腿朝北边跑去。她跑进了树林。

我大喊一声，但是她太快了。我追不上她，只能跟着拼命地跑了过去。

小溪朝北边流，只要一直逆着它走，就能走到这片树林的最高处。我一路急匆匆地穿过枯枝、羊齿蕨和树丛，可就是看不到佩帕，哪怕是她的背影也没见到。这一路都在爬坡，越是往上，积雪越厚。我们只要待在树林里，就不会被直升机上或沼泽地里的人看见，树枝能遮掩我们的轮廓，我的抓绒衣是灰色，佩帕的是黑色，都是很好的掩护色，在林间雪地里也不太显眼，可是一旦登了顶，在开阔的雪地里，就不一样了。

沿着小溪往上游走，能感到树木渐渐变得稀疏，还能看到沼泽开始往上倾斜。我放慢脚步，压低了身体，跑得上气不接下气，而且一直没找到佩帕，我心里有些慌张。又开始起风了，凛冽的冷风一阵阵地往我身上撞。层云从北边飘过来，我不断查看指南针。风在我的耳旁呼啸个不停，我尽量压低身体，弯着腰往前跑。

树林彻底消失了，溪流拐进了另一条山谷，山谷两侧是陡峭的斜坡。我的上方是一道山脊，我看到佩帕正趴在山脊的最高处，望着远方。真希望天色快点黑下来，这样我们就有掩护了，除非他们有灯。我朝佩帕跑过去，再次听到远处响起"嗒嗒"的声音，佩帕正从一块石头旁朝山脊下窥探。

我在她旁边坐下，也朝下张望起来。沼泽地很广阔，旁边是覆盖着积雪的山脊，它的地势渐渐升高，在尽头处是一个小小的山峰，在山峰的上方又是另一座山。直升机已经降落在大约150米远开外，但是马达仍旧转动着，那些人外套上橘色和黄色的亮光绕着直升机晃动着，雪又下起来了。

透过飘落的雪花，我们看见他们抬出一副担架，那儿一共有三个人，两个穿着颜色鲜艳的外套，一个穿着蓝色的衣服，看上去他们正把另一个人往担架上放。

佩帕说："傻 × 登山者。"

我说："我们得赶在他们起飞前回到树林里去。"

我们掉头朝山坡下跑，跑回林子里，继续往树林深处跑，直到确定自己能够被遮住才停下脚步。我们听见直升机的桨叶飞快地转动起来，看着它在山脊上方升起。他们看不见我们。一场大雪开始铺天盖地地下起来了。

佩帕说："你知道我现在想要什么吗？"

我说："什么？"

佩帕说："香肠。"

我们没有香肠，但是有一只兔子，而且我们必须把拱形庇身棚搭完。于是我们顺着溪流往下走，走进了我们那片树林。

我们必须加快速度，赶紧搭好棚子，然后把油布盖在上面。我用拱形木棍做了一道门，拿伞绳把它固定好，然后我们用云杉树枝把棚顶铺得厚厚的，又在床上铺了些新树枝，因为床已经湿了。

天要黑了，雪下个没完没了，但是这儿的条件不像高处的沼泽地那么恶劣。在我们棚子的外面，有一个金字塔形的火堆在熊熊燃烧，我们在烤兔子，还喝了茶，佩帕把最后一点邓迪蛋糕吃光了。拱形庇身棚慢慢地被雪花覆盖起来，在里面感觉很暖和，因为雪是隔热的。

自从我们来到这里的那天起，除了那个公共汽车司机外，这还是头一次见到别人。尽管我努力叫自己不去想，但还是会忍不住担心这件事。我担心这儿有人，担心有登山者和穿着防风衣的人去攀登麦格纳布拉。不过他们还没有发现我们，他们还没有开始找我们。

5 鸟儿

第二天，我又做了一个撑子。我把新的兔皮刮干净，然后用柴灰、橡树叶和小便和了一团糊糊，给兔皮的正、反两面都抹上，让它这样待着鞣制一整天。然后我在溪水里把手洗干净。

至于吃的，我们还剩下两盒焙朗饼干、一个樱桃蛋糕、一包奶油鸡蛋卷、两包核桃仁和两包杏仁，还有一大包葡萄干。今天我们又得出去打猎，否则没有主菜吃。我决定试着用气枪打鸟。

这里的森林和沼泽里有各种各样的鸟儿。有红鸢、茶隼、雀鹰和鱼鹰，但鱼鹰是候鸟，现在应该已经飞走了。还有金鹰和白尾鹰，要是能看见一两只就好了。这儿还有猫头鹰，也许是灰林鸮。还能见到别的一些候鸟，比如灰伯劳和森林云雀。

　　能吃的鸟儿有黑松鸡，还有雷鸟。有钱人会在八月到这儿来，在沼泽最高处射杀松鸡。虽然我们没有猎枪，只有气枪，可我觉得兴许也能打到一只。如果地上的积雪更厚一点，要看见它们会容易得多。

　　我们得加件套头毛衣了。还是吹着北风，尽管晚上雪下得不大，但天气很冷，冷得刺骨。在野外，能杀死你的不是寒冷，而是风，因为风冷飕飕的，还会因为对流使体温下降，所以你要么加一层防风的衣服，要么躲在庇身棚里别出去。戈尔特斯是最好的防风布料，佩帕的海丽汉森就是用这种布料做的。戈尔特斯不仅挡风，而且透气，能够使身上的汗气从内向外排出去，避免湿气在一层层衣服里聚积起来。在很冷的情况下，汗水甚至会结冰，同样能够杀死你。我们的抓绒衣也有挡风的功能，我在 T 恤衫和格子衬衫外又加了一件套头毛衣，然后是我的抓绒衣。佩帕有一件紫色羊毛套头毛衣，她穿在抓绒衣的里面，这样就多了一层能锁住空气的衣服，更暖和了。我很快就会用兔皮给她做一顶帽子，现在我先把自己的毛线帽给她戴，手套她自己带来了。

　　我们朝小溪出发了。我带着气枪，佩帕带着弹弓。我背着的包里装着子弹、焙朗饼干、葡萄干、地图、指南针，因为担心会下雨，我还带了两件雨衣。我已经选好一条路线，先顺着有湖的山谷底走，然后翻过山脊，绕着麦格纳布拉周围的那片沼泽走。这段路有 4 英里，最后我们能回到这片树林的最高点，主要是沿着树林和小片种植林的外围走，有那么一小段路要经过开阔的沼泽地。4 英里的路程，我估计要花掉一整天的时间，因为我们得用走的，不能跑。第一段路很长，是顺着山谷往南走，所以从北边吹来的雪应该比较少。我们还得时不时停下来，尽量试试看能不能打下一只鸟儿来。

空中还是有层云，而且还是刮着北风，但是风变轻了，简直像阵阵微风。我们越过小溪，穿过树林，在雪地里发现一行鹿的脚印，一直通往谷底。似乎是一小群赤鹿，也许是雌鹿，而且这条路踩出来的时间还不久，路边还有粪便。我们跟着鹿留下的痕迹走，佩帕走在我前面，我不断朝四周打量，留意各种动静。我们打算好了，只要看到任何人，或听到直升机、汽车或者护林人的卡车的声音，就赶紧趴下来，第一时间跑进树林里去，所以我们一直不敢远离树林，林子就在右边。鹿也是这样做的，它们不喜欢跑到没遮拦的地方去。

雀鹰贴着地面飞得又低又快，它们在树林里捕猎，吃鸣禽。红鸢飞得很高，在空中盘旋，有时候会绕着腐肉盘旋，就像非洲秃鹫一样，它们主要吃腐肉，但有时候也会抓兔子、田鼠和老鼠吃。金鹰同样飞得很高，但是它们几乎能在 2 英里之外就看见猎物，当它们俯冲下来杀死猎物时，速度几乎和猎鹰一样快。猎鹰是地球这颗行星上速度最快的动物，它们喜欢栖息在高处，比如树上、石壁上，有时候也会蹲在沼泽最高处的篱笆桩上，它们冬天主要吃腐肉，和红鸢一样。

这些知识大部分是我从维基百科和我感兴趣的网站上学来的，也有从 YouTube 的视频和电视里学来的。在学校里，我是一个弱势学生小组的成员，在那儿我一天的大部分时间都能上网，我还得把自己的感受告诉芬利森太太。

我知道很多有关户外生存的知识，比如生火、搭庇身棚、设索套、做捕鸟器、过滤水、辨认足迹和看天气。我还了解很多有关英国的动物和大部分鸟类的知识，海鸟除外。还有鱼、两栖动物和爬行动物的知识。有关树的知识我也懂得不少，还有相当多的植物，特别是那些能吃的植物。我知道所有英国本地树种的拉丁文名字。我会做饭，讲究饮食卫生，懂得很多与身体和日常小病痛的知识，我知道酗酒是种病。我会偷东西，会背乘法表，知道怎样建电邮账户，如果要用来路不明的银行卡在亚马逊购物，这些账户用处可大了。我还会使用电钻，会在门上装锁。

我会打扫，会用吸尘器，还会安排健康的饮食。历史知识我也懂一些，比如19世纪60年代发生在美国的印第安人战争、法国大革命、苏格兰17世纪的盟约派和1943年冬天的斯大林格勒战役。我擅长心算，乘法表背得滚瓜烂熟，所以会心算除法、分数和百分比。我会用气枪射击、会甩鱼竿，不过飞钓除外，这种鱼竿使用加重的钓鱼线把诱饵朝鱼抛出去，我还没试过。我看得懂地图，会画坐标网格，利用指南针探路，计算海拔和坡度。到目前为止，我杀过一个人、好多条鱼，还有两只兔子。

杀罗伯特这件事，最难的地方不在于杀掉他或是告诉佩帕我打算杀他，而是把罗伯特对我做过的那些事告诉佩帕，以及告诉佩帕罗伯特说过将来要对她下手。当我把那些告诉佩帕的时候，她说"杀了他，索尔"，我说"好"。

佩帕担心妈妈，不过我把整个计划讲给她听，我说我会把妈妈锁在房间里，省得她受牵连，然后我们就逃到野外去。她说，如果我们能够在一年后回家把妈妈接上，她才同意。我说好的，没问题。她很高兴能够不用去上学，而且她知道，如果罗伯特干的事暴露出去，我们两个就会被带走、被拆散。她们班有两个男孩就是被领养的，他们是一对兄弟，有一个姐姐被爱丁堡的一户人家领养了。他们每个月只能在家庭中心和她团聚一次。她说那太糟糕了。

我不想告诉佩帕，自打我十岁起，罗伯特就开始对我干那种事。因为她觉得我很了不起，是这个世界上最聪明、最勇敢的人，她认为我无所不知，总是照顾她，保护她的安全。我想，要是罗伯特干的事叫她知道了，我在她心目中的形象就会变得柔弱起来。我真该把他的老二咬下来。那件事发生的时候，我第一感觉是迷惑而不是害怕。在事情发生后的好几天里，他说话的方式、他身上散发的酒味儿，还有他那双半睁半闭的眼睛，一直在我的脑子里打转。还有他的警告，他说如果我把事情说出去，后果会很严重。

罗伯特瘦巴巴的，脸颊上有一点蓬松的胡子，他要么一身醋酸味儿，要么一身酒气。他的两个大臂上都有文身，胸口文着一头黑豹，肩上文着玫瑰花和刀。他的胳膊和脑袋上靠近太阳穴的地方总是青筋暴突，皮肤粗糙而苍白。妈妈是在格拉斯哥的一家夜总会跳脱衣舞的时候认识他的，当时我九岁，佩帕六岁，她丢了在"剪"的工作，但是她还是会理发。她说她想当一名舞者，她会跳舞，有一头棕色长发和丰满的胸部，而且她很漂亮。罗伯特在那家酒吧卖药丸，他也收偷来的银行卡，有时候，偷来的银行卡甚至直接能从柜员机里取出现金。

有天早上，厨房的滴水板上放着 20 元面额的纸币，一共有 400 块，我从其中拿了四张，用来买吃的，还给佩帕买了一个上学背的新书包。那天是罗伯特第一次留在我家，妈妈说："这是罗伯特。索尔，他是我的新男友。"我喜欢直愣愣地看人，不是不喜欢他们，也不是天生粗鲁，而是因为我必须把他们好好看个清楚，这样才能认识他们。我盯着罗伯特，他说"天哪，笑一笑，萨莉"，妈妈也说"笑一笑，索尔"。我弯起了嘴角，但眼睛没笑，他说"好多了，金发妞儿，我认识你爸"。妈妈说"没错，索尔，他认识吉米"。罗伯特说"萨莉·布朗，萨莉·布朗"。

我本可以告诉他我的名字不是萨莉，而是索尔马瑞娜，是一个西班牙词，有"海盐"的意思。妈妈十六岁的时候为我起了这个名字，因为她觉得这个词听起来很高级，像某种葡萄酒的名字。佩帕的真名是宝拉，因为她长着一头红发，妈妈总是管她叫"小红辣椒"，后来我们把"辣椒"的尾音改了改，就叫她佩帕了。因为这两个新名字，妈妈说我们是"椒盐女子团"，这是好多年前的一个嘻哈女歌手团体。[1] 我们找了她们的一些音乐录像带来看，比如那首《摇摆你的身体，往外推》。我觉得这些歌词有性方面的暗示，但是佩帕很喜欢，还学着她们的样子撅着屁股晃来晃去。

佩帕的名字"宝拉"源自一位圣徒的名字，因为她的爸爸是一个天主教教徒。罗伯特一开始管她叫"黑佩帕"，因为她有一半非洲血

---

[1] "椒盐女子团"的英文是 Salt-N-Pepa，而索尔的英文是 Sal，佩帕的英文是 Peppa，与这个女子团体的英文十分相似。

统，这是一种带有种族歧视的叫法，佩帕常常为此对他发火。他总是用带有种族歧视的目光对待她，说她是"半个苏格兰人，半个黑鬼"，佩帕则说他"恶心的浑蛋"。

我们的姓都随妈妈，是"布朗"，虽然我爸爸姓马祖尔，他爸爸的爸爸是波兰人，第二次世界大战时到苏格兰来建造海岸防御工事，所以留在了这里。佩帕如果跟她的爸爸姓，应该姓"阿迪契"，有一天，她会改成这个姓。妈妈的名字是克莱尔，但是她跳舞的时候说自己的名字是"妮可"，有时候还对人家说自己的名字叫"乔丹"。

他们没有发现我拿走了四张 20 英镑的钞票。后来，每当罗伯特来我家，我就留意他把钱或钱包放在哪儿，等他喝晕过去，我就去偷。没过多久，他搬了进来。那天，他带着一个大大的旅行袋、气枪和鱼竿，还有高尔夫球杆来了。当时只有我一个人在家，佩帕去练体操了，我正要去接她。我听到钥匙在门上的响动，以为是妈妈，结果是罗伯特拖着他的行李进来了。他说："我打算住一段时间，没问题吧？"我说："妈妈知道吗？"他说："知道，是她把钥匙给我的。她下午在酒吧值班。"

然后他说："你想给我泡杯茶吗？"

我说："不想。"

他说："哦，那好吧。我们可以做朋友吗？"

我说："不行。"

他说："你个儿挺高的，不是吗？"

我说："是的。"

然后他说："想吸口大麻吗？"

我说不，我要去接佩帕了。他坐在客厅的沙发上开始做大麻卷。

我们跟着鹿群的脚印，沿着沼泽地边的树林外围走了很远，一直没看到值得射击的对象。我们走进一条深沟，有一条小溪顺着它流进山谷中。这儿有一个小瀑布，它的下方是一个池塘，绕着池塘生长着花楸树、榛树和小橡树。走近了就能听到"隆隆"的水声。我们刚走到池塘边，一只硕大的苍鹭突然迅速扇动着翅膀飞了起来。佩帕朝它射了一块石头，它在空中骂动着翅膀，朝峡谷深处飞去。我们沿着峡谷往上爬，来到沼泽地势开始抬升的地方。积雪闪闪发亮，有枯草从雪中钻出来，被风吹得摇摇摆摆。云朵被风吹散，阳光眼看就要透出来了。等阳光终于穿透云层，照在积雪上，再反射到脸上，那光芒明亮得就像头灯一样。积雪大概有 15 厘米深，上面冻着一层薄冰，踩上去"嘎吱"作响。佩帕眯缝着眼睛，看着明亮的阳光。我们正在攀爬的山坡一片银白，晃得我头晕目眩。我们只能听到脚步踩在雪地里发出"嘎吱嘎吱"的声音。最高处有一些大块的岩石，我们背靠着它们坐下，吃了些焙朗饼干和葡萄干。

我们眺望着整片山谷和湖泊。其中有各种不同的树林，有的是成片的种植林，还有一条林间步道在另一面沿着坡顶延伸开去，在树林里时隐时现。这时候，我听到佩帕低声说："索尔……"

她正躺在雪地里，抬着头，目光越过我们刚才倚靠的那块石头在看着什么，手还朝那边指着。在远处的一堆小块圆石当中有两只松鸡，两只都是雌鸟，长着灰色和棕色的羽毛，上面有小小的黑色斑点，正匆匆忙忙地在石楠丛里啄吃的。石楠丛靠近圆石的一侧没有积雪堆积。

我尽量放慢动作，拿起气枪，在石头旁趴下。枪泵气七次，枪膛里有一颗子弹。那两只松鸡很近，肯定能够打中。更近的那只背冲着我，我将准星对准它的脖子，屏住呼吸，把手指放在扳机上，然后一边缓缓呼气，一边用力扣下扳机。

我射出一颗子弹，呼啦一下，那两只松鸡全都飞起来，还发出"咯咯"的叫声。我射中的那只朝前方飞了一段距离，跌在雪地上，打了个滚，然后拍打着一侧的翅膀跑了起来。我喊"佩帕，抓住它"，她站起来，跟在松鸡后面追，我也跑了上去。松鸡不断"咯咯"地叫着，变换着方向逃窜，在身后的雪地上留下一串长长的血迹。它一直跑，佩帕就一直紧追不放，双脚在雪地里踏出一个又一个的窟窿，我则抓着枪跟在她后面。松鸡一直跑着"之"字型路线，佩帕深一脚浅一脚，还不停地打滑。我给气枪充气，想着既然它飞不起来，那就再给它来上一枪。那只松鸡的一只翅膀在雪地上拖行，另一只朝外挥舞着，它走到哪儿，血迹就滴落到哪儿。这时候，它再次换了个方向，猛地一跳，差一点飞了起来，然后它再次落在地上，翻滚了一阵，躺着不动了。

我赶了过去，见它还睁着眼睛，呼吸很急促，流出来的血渗进身边的雪地里，看上去是黑色的。我往枪膛里加了颗子弹，对准它的脑袋开了一枪，免得它继续受罪。它的头在雪地上猛地弹起又落下，一大片血从脑后流了出来。它的身体很柔软，很暖和，感觉很小，也很轻。

我把它拾起来，它的头往下耷拉着。佩帕抚摩着它说："它很好看，不是吗？"我说："是的。"它的脚很大，有短短的爪子，脚爪上有爬行动物一样的鳞片，那是因为鸟类是从爬行动物进化而来。

佩帕说："你为它感到难过吗？"

我说："是的。"我真心为它难过，可无论如何，我们还是得吃了它。把它拿在手里，感觉是那么小，那么柔软。它的喙不大，眼睛上方有一小块儿橘黄色，看起来像是眼影。它真的很漂亮。我们把松鸡放进背包，继续往前朝沼泽地走去。

6 小镇

那只松鸡身上没有多少肉，其中大部分我都给佩帕吃了，抹上盐，放在石头上烤熟之后，味道很不错。我们穿过沼泽地，继续往上，爬上另一座山，绕着麦格纳布拉走一圈之后往回返。我们没有打到别的鸟儿，但是见到了在空中飞翔的红鸢和大雁。我们没有看到任何人，也没有见到越野车或是直升机。等我们回到营地，捡了柴火烤松鸡肉的时候，走的路程已经超过了 4 英里。

那天晚上，我给佩帕讲述了苏格兰盟约派的故事。他们不愿意信奉英格兰国王的宗教和主教的教义，到了晚上，他们在艾尔和加洛韦的沼泽与群山之中举行集会。他们当中有些传教士戴着面具，在秘密集会上谈论上帝。从 1680 到 1688 年，其间有一段时期被称为"屠杀时代"，国王向这些地区派遣士兵，命令他们屠杀盟约派，迫使成千上万的盟约派逃往爱尔兰。有一个叫玛格丽特·威尔逊的女人，她不愿放弃自己的宗教，士兵把她和其他不服从的人抓起来，把他们绑在柱子上，放在低潮时的索尔威海湾里。他们给她最后的机会，要她说爱国王，愿意去他的教堂，可她就是不说，于是他们就任由高涨的潮水把她吞没了。佩帕问："她干吗不说些他们想听的话呢？"我说："不知道。"我真的不知道。

如果是我，我会说的。去什么教堂并不重要。我们从没去过教堂，但是学校会教一些宗教知识。在复活节和圣诞节，都会有牧师到学校来，与我们谈论耶稣的事。就连佩帕也说她会乖乖说些他们爱听的，虽然她爸爸是天主教教徒。

我是在维基百科上找到盟约派的内容的。我本来只是想了解一些和加洛韦有关的事，恰好看到"屠杀时代"这个词，我把它输入谷歌网站进行搜索，就找到了有关玛格丽特·威尔逊和那个时代在加洛韦发生的屠杀事件。

第二天，我们在小溪里把内裤、袜子和 T 恤衫洗干净了。我用小树苗和伞绳做了根绳子，挂在火堆上方。我告诉佩帕，我们必须洗澡，不然会变脏，而且身上会长虱子，感染细菌。佩帕说："没错，你说得对，我可不希望有个透着鱼腥味儿的屁股。"我说："我也不想。"

我们把火烧得旺旺的，然后我烧了一壶水，把毛巾放在热水里浸湿。佩帕先脱光衣服洗澡，她浑身发抖，不停地跳着嚷嚷："啊！

啊！"我负责帮她洗毛巾，拧毛巾。她换上一件干 T 恤，围着火堆蹦了好半天，直到把身体烘干，感到暖和了，这才把衣服穿好。然后我们又烧了一壶水，该轮到我脱光了。佩帕坐在一根木桩上看着我。火焰烤得我正面很暖和，但后背和屁股却在寒风中被冻得透透的。这时候还是刮着北风。

佩帕说："你长阴毛了。"

我说："是啊。"

她说："我不想长。"

我说："可是，你还是会长的。"

她说："我的会是姜黄色吗？"

我顿时大笑起来。她时常能逗得我笑个不停，就像是"轰"的一下炸开了似的，根本不知道笑点在哪儿。这一次，我的笑叫她很生气。

"你长没关系，可我要是长出姜黄色的阴毛，他们会管我叫'姜黄毛'。"

"谁？"

"那些男孩呗。"

"不会的，他们又看不见。"

"是啊，但是他们会知道。因为我的头发。"

"佩帕，你将来会很美的。"我说。

她把胸使劲往中间挤，试图挤出一条沟来。她说："我会像妈妈那样，两个咪咪中间有一条沟吗？"

我说："我不知道，我没有。"

"是的，但是你的还会长呢，索尔。"

　　我的胸还很小，就像两颗小痘痘，所以我没有穿胸罩，用不着。我不想长出妈妈那样的大胸。罗伯特总是盯着它们，还动手抓。我还没来过初潮，但是我想会来的，有时候我的肚子一阵酸痛，而且感觉发胀，但是没有来。我知道如果初潮来了该怎么办，我在背包里装了超洁舒卫生巾，还有无香型湿巾。我还有布洛芬和可待因可以缓解痛经。

　　索套没能套着兔子，于是我们把索套拿起来，穿过第一个兔窝，经过羊齿蕨和橡树，在离湖边更近的地方找到了另一个。我们在那儿再次布下三个索套，然后把它们留在那儿。我们回到庇身棚里，又捡了些木柴。附近的干柴已经用光了，我们必须从溪边或林子的更深处搜集柴火，然后拖回来。我又割了些云杉枝，用来盖在棚顶。在棚子的底部，油布与地面之间空出来的地方，也需要补上一些。

　　那一晚我们没有肉吃，也没有鱼，就吃了樱桃味儿的蛋糕、核桃仁和葡萄干。

　　风向变了，北风停了，从西边吹过来，感觉更暖和了。我们躺在棚子里，盯着火光，听着雨点"唑唑""哗啦""滴滴答答"地往下落。雨下得很大，将积雪融化了，湿漉漉的雨从树枝上往下滴，将近一个小时后，火堆被雨浇透，几乎完全熄灭了。我们听见涨满雨水的小溪变得湍急起来，"哗啦哗啦"地流得很响。为了保留干燥的柴火，我早就在庇身棚里堆了些木柴，我为自己的先见之明感到欣慰。棚子里没有漏进一滴雨来，我们听着雨滴在棚顶不断敲打的声音，睡着了。

第二天早上，我在棚子门口生了一小堆火，烧了一壶水。我一边等着天色放亮，一边为食物担忧起来。我发现自己仍旧算不清在这儿待了多少天，不知道今天是星期几。如果我们逃跑的那天是星期三，如果看到直升机的那天是逃跑后的第五天，那么那天应该是星期日。可是我记不清我们每天具体做了些什么，有多少个夜晚我是一边给佩帕讲故事一边入睡的。我们吃了两只兔子，因为我们有两张兔皮，还有两天吃了鱼，有一天吃了一只松鸡。我绞尽脑汁地回忆和推算，只能得出结论，今天可能是周三或是周四。

吃的东西快不够了。如果索套捕不到兔子，我们钓不上鱼，把剩下的最后一点葡萄干和奶油鸡蛋卷吃光后就要挨饿了。我可以饿肚子，但是佩帕不能，我不会让她挨饿的。我努力估算带来的食物还剩下多少，在我们能够打猎、用索套捉到猎物之前，还够我们维持多少天。我不希望这样，但是我正考虑，也许光靠捕猎、设索套和挖野外的植物还不够，也许我们需要些别的食物。

要是去镇上跑一趟，买够一个星期的食物，需要花上一整天的时间，而且我只能让佩帕单独留在这儿，因为人们寻找的是两个在一起的小女孩。现在他们已经掌握了相貌说明，甚至可能有了火车站的监控视频，他们也许知道我们进行了伪装。我带出来的钱放在背包里，还剩下105英镑。一想到要离开佩帕，我的心里就开始发慌。

佩帕在床上叫："有茶吗，索尔？"

我说有，然后拿茶包、牛奶和糖给她泡了茶。我给她三个牛奶鸡蛋卷当早餐，她坐在床上吃了起来。这时候雨渐渐小了，但是风依旧是从西边吹来的，天气温暖而潮湿。

她说："雪融化了，索尔。晾的衣服都湿了。"

没错，它们还挂在我拉的那根绳子上，滴滴答答地淌着水。

我说："佩帕，我可能得跑一趟镇上，去弄些吃的。你不能一起去，不然我们会被抓的。我要去一整天，你只能留在这儿，待在棚里。"

她想了想，然后说："你能给我带本书回来吗？"

我说可以，她说："可以把刀子和枪留给我吗？"

我说可以。我会把枪泵好气，装上一颗子弹，但除非是紧急情况或受到别人攻击，否则不准她开枪。佩帕说："我会被吓死的，索尔。"我说我知道，我走过去拥抱着她，小声说："你待在棚里，不要出去。你要好好的，天黑前我就回来。"

她说："如果我要小便怎么办？"

"嗯，这样的话，你可以走到便坑去，但是完事后直接回来，待在床上，让自己暖暖和和的，等着我。"

她说："我可以剪兔皮做顶帽子吗？我会缝。"

我说好，尽管我认为她会把兔皮弄得一团糟。我告诉她用刀子的时候要小心，剪东西的时候永远要记得从靠近自己的地方往外剪，最好是把兔皮放在棚子里的石头上缝。我把缝纫包交给她，里面还装着很牢固的线，我帮她把一根大针的线穿好。我把兔皮从撑子上拿下来，把灰尘、小便和橡树叶统统擦掉，拿在手里又是揉又是搓，尽量把皮子弄软些。然后把刀交给她，叮嘱她如果不割东西，一定要把刀插在刀鞘里，因为刀鞘里有一块磨刀石。

我把奶油鸡蛋卷留给她，烧了一壶水，又让她穿上紫毛衣和抓绒衣。住公寓的时候，有时候我出门买东西，妈妈和罗伯特去了酒吧或是镇上，她也独自在家里待过，只不过那时候总是有电视机陪着她。

　　我拿起背包、地图、指南针和钱，走的时候，佩帕在棚里割兔皮。我没有说再见，没有把离开搞得像生离死别一样，只是转个身，离开了。在树林里穿行的第 1 英里，我呼吸平稳，目视前方，聆听自己的脚步踩在树叶、小树杈和棕色落叶松的松针上的声音。

　　我穿着自己的抓绒衣，背着背包，头上戴着帽子，头发全藏在帽子里，我觉得自己看起来像是个来远足的小伙子，因为我还穿着健步运动鞋和防水的外裤。如果有人看见我，会认为不过是一个来森林里徒步的年轻人或童子军。

　　我从森林里穿过，走上了一片长着石楠的沼泽地，然后沿着一片种植林的边缘走，最后它结束在一座小山的山脚下。我翻过小山，接下来又是一个山谷，然后攀上山谷的斜坡，从另一面斜坡下山，走上一条林间步道，再次穿行在一片人工种植的云杉林中。

　　我一直在想伊恩·莱基，没怎么为佩帕感到担心。

　　他是姆莉的爸爸，在我们很小的时候，他照顾我们，他爱我。他是唯一一个从不认为我很古怪的人，他从来不问："你直愣愣地看什么呢？"他年纪很大了，他们家住在海边一栋不错的房子里，有一个花园，还有一个工棚。后来我不再跟姆莉一块儿玩了，但还是喜欢去他家看他，他管我叫"瘦巴巴的索尔"。伊恩·莱基教我钓鱼、打绳结，还带我和姆莉去围墙边，我们在鲭鱼常常出没的水域钓上来一条鳕鱼和一条绿青鳕。他给我演示怎样给鲭鱼开膛破肚，觉得我喜欢干这种事怪有趣的，他说："索尔，没几个小姑娘会喜欢做这个。"

他的工棚里放着各种工具，还有油漆罐和清漆，他给姆莉的兔子做过一个笼子。他给我讲胶合板，告诉我它为什么牢固，因为它是由单板按木纹方向纵横交错胶合而成，而且经过了压制。他教我怎样锯小木头块，只要保持手肘朝里，就不会把木头给锯歪。他告诉我他们是怎样用铜条防止渔船船底长出藤壶和水草，因为铜条能产生一种电流，阻止它们生长。

当我为妈妈感到难过，或是害怕罗伯特，或是心慌意乱时，只要想想伊恩·莱基，就会感到平静和温暖。我爱他，可能把他当成了我的爸爸。伊恩·莱基不喝酒，他说自己二十二年确实是滴酒不沾，但是在那之前，他曾经日没夜地喝酒，还因为打架被逮捕过。他过去常常参加帮助人们节制饮酒的聚会，而且从不与不在"渔人区"喝酒的人一起喝酒。

有一次他遇到妈妈带着我和佩帕从商业区走回来，那时候佩帕还坐在婴儿车里，妈妈的购物袋里装着三瓶苹果酒，他说："你好啊，克莱尔。亲爱的，最近怎么样？"妈妈说一切都好，她一副想要赶紧继续往前走的样子，但是伊恩·莱基把手搭在她肩上，说，"一切还都好吗，亲爱的？"妈妈说是的，说她正要回家去喝茶。

伊恩·莱基摸着我的头问："妈妈最近怎么样，瘦巴巴的索尔？"然后他蹲下来，把手放在佩帕的脸蛋上，说，"瞧这个小佩帕，真是个精瘦的小姑娘。"佩帕冲他笑起来，她还没长门牙，他拍着手，把两边的脸颊鼓得高高的，把佩帕逗得咯咯直笑。

妈妈说："回头见，伊恩。走吧，索尔。"

伊恩·莱基说："我周六要到围墙那儿去钓鳕鱼，索尔想就来吧。她收拾起鱼来很在行。"

妈妈说："啊，伊恩，我们周六要出去，要去格拉斯哥看望我的朋友乔。走吧，索尔……"她边说边朝着公寓走去。我知道我们周六不出门，而且知道她并没有一个叫乔的朋友住在格拉斯哥。我的妈妈撒起谎来从来不打草稿。我们回到家，她开始抽雪茄，我和佩帕开始看电视。

从那以后，每当我碰到伊恩·莱基，或是我到他家去，走进他的工棚，他总是说："你妈妈好吗？"我说挺好的，然后他会说："她还老喝酒吗？"我说是的。他说："如果她需要帮忙的话，叫她来这儿找我。"

但是我没有把这话告诉妈妈。如果没了酒，或者酒被我藏起来然后被她找到，或者我劝她别再喝酒，她就会勃然大怒，放声尖叫。只要喝醉了，她就不会闹事，然后在那之后的一段时间内，她会变得多愁善感，动不动就想拥抱我们。然后，她有时候会哭，照着手机里的号码拨电话，我会给佩帕泡茶，安排她上床睡觉。等我回去看妈妈时，如果她睡着了，用不着叫醒她，我会确保她的烟头已经熄灭，帮她在身上盖上一个睡袋，然后自己或上床睡觉，或上网，或读书。

过去妈妈常常带着我们去偷酒，那时候佩帕还坐在婴儿车里。她只能偷葡萄酒，或者苹果酒和超强啤酒这样的灌装酒，因为伏特加和威士忌上面有标签，直接带出超市的话会引发警报。妈妈常常让我盯着走廊，找到监控摄像头的位置，然后她把啤酒放在佩帕身后或是婴儿车下面的小托盘里，再将外套堆在上面。还有更过分的，有一次她把两瓶葡萄酒塞进我带拉链的外套里，经过收银台的时候，我不得不用手放在胸前抓住它们。我们从收银台穿过去时，她告诉我安静，不要哭，站在她身旁。

我问她，如果她被逮捕了，我和佩帕也会被抓起来吗？她说："不会，但是他们会把你们从我身边带走。"

我走到了林间步道的尽头，出来后便到了停车场，离我们来时埋手机的地方很近。然后我沿着小径走上了公路后走上主干道，来到公共汽车停车的地方。我估算了一下，这一路花的时间不到两小时，而我知道这里每过一小时会有一班公共汽车。

有个女人牵着一条带着项圈的小狗在车站等车。我走过去，站在车站的另一端，扭头朝公共汽车来的方向张望，这样她就不会长时间地看到我的脸。我感到她在盯着我，然后听到她大声说："大概还有十分钟，小伙子。"我抬起一只手表示感谢，继续朝路上张望着。

我能听到她在对那只小狗说话，那是一只小小的白色㹴犬，她一直掐着嗓门，学着婴儿的声音说："露露，露露，车子就要来了，露露。"小狗摆着尾巴抬头看着她，像在跳舞一样，非常激动的样子。那女人年纪已经挺大了，一头短短的灰发，戴着一副大眼镜。她朝我咧嘴一笑，见我在看小狗，就说："她很喜欢坐公共汽车。"我说是的，然后点点头。

"来山里徒步吗，小伙子？"她说着朝我凑近了些。我说是，但一个劲地盯着地面。

"你是一名童子军？"

我说是，心里想着：太棒了！

这时候，我们听到了汽车开过来的声音。她说："啊，我们走吧……"

司机找给我 4.8 英镑的零钱，我在公共汽车的二层找了一个周围没有人的座位坐下来。开到镇上的路程有 9 英里，公路一直跟着河流的方向穿行在山谷中。

镇子很小，只有一条主街，有很多小店铺。街上的行人熙熙攘攘，一派繁忙的景象。这儿有一个农贸市场，人们在街上摆摊，售卖奶酪和蜡烛，还有一辆卖野牛肉芝士汉堡的小吃车。我下了公共汽车，在街上来回逛了逛，留意自己需要到哪几家店去买东西。这里有一家 Co-op 超市，还有一家小书店售卖卡片和图片。

没有人多看我一眼。我买了焙朗饼干、两大块面包、四罐鲜牛肉、四罐豌豆，又买了一块邓迪蛋糕和一块樱桃蛋糕、一盒茶包和一包糖。装上它们，背包沉得要命。我知道，我永远也不可能一次买上够我们吃好几个星期或者好几个月的食物。也许我不得不定时到这儿来，每个星期一次。我买了一大块牛排和一些番茄酱，算是给佩帕的惊喜。我又在健康食品商店买了些坚果和杏干。我还给佩帕买了一大包兵豆花生香味什锦，她很喜欢吃这种零食。我在一家药店买了肥皂和洗发水，还有创可贴。

书店里有个年轻的女人，她长着一头金发，英国口音，见我在转悠，就说："你是在找哪本书吗？"我说想为十岁的妹妹买本书，她问："她阅读能力强吗？"我说强。

然后她又问："她喜欢读哪一类的书？"我说她喜欢关于印第安人的故事，还喜欢战争故事和探险故事。我回答的时候并没有看着她，而是一直盯着书架。这儿的气味儿很好闻，像是香草味儿和甜味儿混在一起的感觉。

女人说："这本怎么样？"她给我看的那本书叫《金银岛》，封面上画着海盗，有一个珍宝箱，还有沙滩。她说："刚开始读的时候，她可能会觉得语言有些奇怪，但如果阅读能力很强，最后一定会喜欢的。这个故事很经典。"

我说："她很聪明，她喜欢文字。"我没有说是哪一种文字。

她拿起另一本叫《诱拐》的书，封面上有一艘古老的船，两个穿着18世纪服装的男人举着剑。"这是同一位作者写的书，这是一个奇幻冒险故事。"她告诉我。

我把两本都买下来，一共花了9.98英镑。我把书放进了背包。现在我背上的东西真的很沉，回到树林之后，还得跋涉5英里。但是，眼下我不去想这个，而是按照《英国皇家特种部队生存手册》里说的，专注当下的每一分钟，设定许多小目标，一一实现，而不是想着怎样想办法在困难的生存环境中维持士气。

于是我走到图书馆，花4英镑，买了一小时用电脑上网的时间。

我很清楚，自己一直都很想做这件事。在我的内心深处，这才是到镇上来的真正原因。我想知道，在我们逃跑后发生了什么，妈妈现在在哪儿，警察和社工们在什么地方寻找我们。

关于我们的新闻简直铺天盖地。我打开谷歌新闻，把我们的名字输进去——索尔马瑞娜·布朗和宝拉·布朗。

最新的新闻头条几乎都是"扩大搜寻学龄女童的范围"或"女童失踪案——警方扩大搜寻范围"。

我找一个星期前的新闻，看到"继父丧生后，姐妹失踪，绝望的母亲恳求失踪的姐妹回家"。新闻配有妈妈出席新闻发布会的照片，她在哭，还有一张罗伯特的脸部特写，再往下是我十岁时穿着红色长袖运动衫的照片和一张佩帕八岁时的照片。有一张照片曾经存在妈妈的手机里，照片里的我和佩帕看着前方，佩帕穿着她的黑色抓绒衣，我穿着一件白色 T 恤衫，那时候我的头发比现在要短。

我读了关于发布会的报道，报道里写，妈妈请求我们回家，她说我们回去后不会有麻烦，她只想知道我们是安全的。警察说他相信我们还待在平时住的地区，但也许被藏起来或遭到了挟持，他还说"我们对索尔马瑞娜和宝拉的人身安全感到越来越担心"。

然后我找到一段电视台的视频，看到人们纷纷在我们公寓附近、围墙边和海边展开搜寻，甚至一直找到了灯塔那儿。其中有很多人穿着安全服，我看到了伊恩·莱基和姆莉，还有我们这栋公寓的住户，比如大个子克里斯，比如杜根太太和她拴着项圈的狗。视频里的声音说："忧心的邻居和朋友们参加了对失踪女孩的搜寻。本周三早上，她们从位于林利斯戈宫公寓楼的公寓中失踪。一位邻居打电话报警后，警察在公寓内发现了罗伯特·麦科姆的尸体，他是女孩们的母亲的男友。经警方认定，他死于刺伤。女孩的母亲克莱尔·布朗，二十九岁，孩子们失踪时，她就在公寓内。姐姐索尔马瑞娜，十三岁，妹妹宝拉，十岁，目前尚不清楚这对姐妹是用何种方式离开公寓的。警方透露，她们最后一次确定在公寓里出现是在星期二的晚上。当地志愿者们在垃圾场、公园和海岸地区展开搜寻……"

我飞快地浏览着，又看到两则四天前的报道，分别是"监控系统有助于对失踪姐妹的搜寻"和"失踪女孩的校服之谜"。上面刊登了我们在格拉斯哥火车站的片段，我背着硕大的背包，佩帕背着她的书包，我们都穿着校服，从商店旁走过。

一阵恐慌袭来，我的心开始"怦怦"直跳，胸口像是被人用力压着，喘不上气。我直愣愣地瞪着屏幕，我们的照片渐渐模糊起来。我想呼吸，却无法呼吸，我试着站起身来，但是往后一倒，踉跄中碰着了椅子，椅子发出一声巨响，翻倒在地上。

我的视线落在金属书架之间的灰地毯上，看着一双穿着皮鞋的脚朝我跑来，一个男人的声音在说："没事，还好，还好。"

是一个老人，穿一件蓝色衬衣，打着领带。他在我旁边蹲下，我顿时再次惊慌起来。我没有把电脑窗口最小化，他能够看到我在看的内容。不过，他只是扶着我坐起来，说："你头晕吗？"我说："是的。"然后又说，"没事，我只是绊倒了。"

我极力想绕过他，看一眼我们的监控画面是否还留在屏幕上。他让我坐好，用两个膝盖夹住头，他一边帮我揉着后背，一边说："呼吸……你没事的。"

我不想让他继续帮我揉背，就挣扎着躲开了他的手站了起来，嘴里说着"我还好，没事，我得出去一下"，眼睛却拼命往屏幕上瞟。

他有一张大脸，长着灰色的胡须，戴着小小的圆眼镜，他微笑地看着我说："哦，这里面很暖和，出去呼吸一下新鲜空气也好。"

他转过身去，恰好看到屏幕上打开的监控视频中的画面，上面有我和佩帕模糊的灰色图像，还有日期，下方是新闻头条。他站了一会儿，然后微笑着离开了。

我走到电脑跟前，关掉画面，删掉我的搜索历史记录，然后拿起背包，甩到肩上，里面的罐子"咣当"响了一声。我直接走了出去。

来到大街上，深深地呼吸着空气，我饿极了，不知道是不是这个原因，刚才才会眼前一黑摔倒。网上那些关于我们的新闻在脑子里转个不停，还有那个人盯着那个页面看的样子。如果他回去搜索，看到我看的那篇新闻，也许能猜到我是谁，可我还不知道妈妈现在情况如何，我还想尽早回到佩帕身边去。

为了让自己平静下来，我拿了野牛肉汉堡、薯条和一罐可乐，走到一条能够眺望对面河岸的长椅旁，坐在那儿吃了起来。野牛肉的味道和牛肉差不多，让我感到一种舒心的满足感，真正饥饿的时候吃东西，你会满足得恨不得跳起舞来。我的心情好些了，平静了下来，脑子里的画面不再转个不停，也不再乱七八糟地担心。人一饿就容易紧张，因为人体会分泌肾上腺素之类的荷尔蒙，刺激我们对食物的渴望，这应该能解释我刚才的症状。

我打算铤而走险，再回图书馆去。有时候我们无法预知结果，但又不得不冒险，在这样的情况下，就只能对某个决定可能带来的损失和收益进行预测。像梭鱼这样的肉食性鱼类在捕猎的时候就是这么做的。它们要比较袭击猎物时可能获得与消耗的能量，预测成功的可能性，其中还需要考虑到一些变量，比如那条鱼有多远、是什么种类，甚至包括水温和水流之类的因素。如果一次冒险的所得超过损失，它们就会展开攻击。琢磨这种事是非常复杂的，梭鱼的小脑子要花费数毫秒的时间。所以，大梭鱼通常只吃很大的诱饵，或是那种会制造出足够大的动静，显得像是大个头的猎物的那种诱饵。

我盘算了一下，回头朝图书馆走去。走进图书馆的时候，那个长胡子的男人正坐在桌旁，他抬起一只手问我："感觉好些了吗？"我说好些了，然后就朝电脑走去。我喜欢年纪大的男人，比如他和伊恩·莱基那样的。

我还剩三十分钟左右的上网时间，但是没搜到任何与妈妈有关的新闻，只是从一份报纸上找到一篇报道，标题是"失踪姐妹不堪的生活"，上面有一张我们公寓的照片，一张我和佩帕很小时候的照片，还有一张罗伯特的大特写。其中一小段文字是这样写的：死去的男性名为罗伯特·麦科姆，三十一岁，是克莱尔·布朗交往三年的男朋友。据称警方对他的底细很了解，他曾因为偷盗、入室盗窃和性侵而留有犯罪记录。警方确认，在周三早上进入公寓时，发现麦科姆躺在姐姐索尔马瑞娜的卧室里，咽喉部位有明显刺伤。上面登着一张我就读的学校的照片，报道中我的校长说"索尔马瑞娜是个聪明能干的女孩，她在学校的弱势学生小组接受特别帮助"。

我在网上到处搜索资料，又搜索妈妈的名字，这时候我突然想起了Twitter，人们总是在上面发布一些和谋杀有关的消息，在报纸上看不见的那种。我在Twitter上搜索妈妈的名字，搜出很多条内容，其中有不少说认识妈妈，或认识我们。姆莉发了一条又一条，她说：*为她们的安全祈祷。上帝保佑她们两个，保佑她们安全。*一个叫布朗德·艾丽斯的女人说：*为失踪七天的小女孩们祈祷。*

还有一些是关于罗伯特的，一个叫戈登的人说：*这个罗伯特·麦科姆是个浑蛋，他活该是这种下场。如果是小姑娘杀了他，准是他糟蹋了人家。*人们在Twitter上对这事议论纷纷，以至于创建了一个话题，有很多"他是个浑蛋恋童癖，恶人有恶报"之类的话。

后来，我找到ALISON@THECLUB昨天发的一条内容：*克莱尔已经进入康复中心，现在在戒酒。在艾比，国家医疗服务系统埋单。*

这个话题下的另一条内容是：*虽然小姑娘们不在她身边，但眼下艾比是对她而言最合适的地方。克莱尔必须参加一个康复疗程。*这是伊恩·莱基发的。

我搜索"康复中心，艾比，苏格兰"，果然找到一个叫艾比的地方，网上有一张这地方的照片，那是一栋古老的石头房子，阳光洒在宽阔的草坪和树木上。网上说他们为出现成瘾性行为的人提供排毒和康复治疗，整个过程分为十二个步骤。那地方就在加洛韦地区。我记下地址，在谷歌地图上搜索，然后又用谷歌地球搜。那儿离加洛韦森林公园有 26 英里远，在一条公路的后面。妈妈现在就在那儿。

我把那张地图和网页打印出来，这时候上网的时间也用完了。我付了打印的钱，离开图书馆。

我回到了主街上的车站，时间是下午三点。还有 5 英里的路程要走，天黑前赶回去是不可能的，不过我还是出发了。我穿过停车场，走上了林间步道，停车场里停着两辆车。我踏上林间步道时，一对穿着防风衣和登山靴的男女恰好从这条路返回。他们冲我点头致意，但我只是一个劲地看着地面。

不过，我现在感觉好些了。我买了吃的，妈妈不在监狱里，而且没有消息提到警察找到了这儿，甚至没有提到过他们知道我们在哪儿。他们知道校服的事，知道我们来了加洛韦，但是仅此而已。

背包很沉，我试着放慢赶路的节奏，往前弓着身体，放慢呼吸。天空看起来阴暗而沉闷，风依旧从西边吹来，天气依旧暖和，积雪已经消融。我的脑子转得越来越慢了。

看见罗伯特的照片，禁不住想到杀他时的情景。

我是在复活节的前一夜想到要杀了他的。那天晚上，我试图堵住房门，不让他进来，他很生气，把挡住门的衣橱使劲推开。我坐在床上，他居高临下地看着我，说："我说什么来着，索尔？你得老老实实听话，不然我就去找佩帕。"

我说："你他妈的不许动她。"

他大笑着说："她年龄到了。"

我说："你要是敢动她，我会杀了你。她也会杀了你，她会告诉妈妈。"

他放声大笑，开始脱裤子。

后来他在我的床上睡着了。每次喝醉后，他总是这副德行，我不得不用力打他、推他，才能把他弄走。那天晚上，从卫生间回来后，我看着他，心想我的确能杀了他。整个计划一下子就在我的脑子里成型了。买锁，装锁，逃到森林里，住在野外，安排好一切，不让妈妈受到牵连。我读过一个故事，说的是两个孩子杀死了一个女人和女人的女儿，他们用刀刺进她们的喉咙，因为这样她们就无法喊出声音。那时候我已经有了贝尔·格里尔斯刀，而且了解了许多和野外生存有关的知识。

接下来的那个星期，我买了锁装在佩帕的门上。我给了她一把钥匙，告诉她，上床睡觉的时候把自己锁在里面，防止罗伯特喝醉后闯进去。当时我没有说为什么，但是后来，我说打算杀了他的时候，还是把事情告诉了佩帕。

问题在于，我从来不知道他什么时候会进我的房间，所以我必须做好随时动手的准备。我买好需要的物品，做好一切安排，还要在妈妈的门上装锁。我请克尔太太告诉我怎样看全国地形测绘详图，并且利用罗盘进行定位。我去找她请教的时候，她惊呆了，然后她又一再热情洋溢地说："这可有意思了，索尔。"我对她说我打算参加野外定向运动，她给我看网格坐标，还有经线和纬线，告诉我怎样使用指南针，怎样找到北方，然后确定自己想要去的方向。她还把等高线和倾斜度变化示意图指给我看，教我怎样辨认林地的种类。

罗伯特并不是每晚都进我的房间，有时候要隔上好几个星期。有一阵他和妈妈喝起酒来没完没了，进我房间的次数不算很多。自从罗伯特来我家之后，妈妈喝醉的次数比以前更多了，公寓里的大麻之类的玩意儿也多多了。

我以为他就此收手了，实际上并没有。有时候，他会静静地走进我的房间，小声叫我"亲爱的"，可有的时候，他一进门就一把抓住我，提着我的头发把我拎起来。他是那么强壮，他还攥我的头发。有时候，他会在事后说"你知道吗，我觉得你很特别"之类的话，有时候，他只是一把把我推回床上，然后就出去了。我从来都不看他，也不直视他的眼睛，反正它们总是半睁半闭的。

有时，他发泄完了，会坐在那儿，叫我不要说出去，否则我和佩帕会被带走、被分开。有时，他说话的样子就好像自己在干一件再正常不过的事。他递给我纸巾，说什么"我要去一趟格拉斯哥，生意上的事"之类的，好像我很想知道似的。有一次，他坐在我的床尾哭了起来，说对不起。他那晚醉得真的很厉害，趴在那儿就睡着了。

我花了好几个月才把需要的一切准备齐全，我还在 YouTube 上看了与这次行动有关的各种视频。我把所有的物资全都藏在床底下，而且我总是第一个去取邮件和包裹。我在亚马逊的那些账户一共对应12 个不同的邮箱，我有好多个用户名和密码，不得不把它们和账户号全都记在我的一本小书中，放在床边的抽屉里。我买了用密封袋包装的坚果、葡萄干和鸡蛋奶油卷，还有保质期比较长的蛋糕和焙朗饼干。

那天，佩帕的运动鞋、海丽汉森防水衣和背包送来了，我让她把它们藏到床底下，然后我告诉她我打算杀了罗伯特。她说"你会被关进监狱的"，我说我不会，接着就把怎样逃到野外生活的计划告诉了她。佩帕很兴奋。然后我告诉她，罗伯特晚上对我做过什么，还有他说过打算对她下手。佩帕听了之后安静下来，对我说："杀了他，索尔。"

接下来的两个星期里，佩帕一想到出逃的事就很兴奋，总是跑来用像电影预告片里那样低沉的嗓音说："我们即将开始野外生存！"我叮嘱她少安毋躁。她开始上 YouTube 找贝尔·格里尔斯和雷·米尔斯的节目看。我给她看地图，看搭建庇身棚和生火的知识，还给她看了我的刀，她说："真好。"她准备好了自己的背包，放在床下。我拿回校服让她试穿，然后让她脱下来藏好。

我们逃跑之前的那个周六，妈妈和罗伯特没有回来。第二天早上，我给佩帕做了早餐，然后她去参加体操训练。我把锁装在妈妈的房门上，把所有的刨花和锯屑都清理得不留一丝痕迹。那把锁挺好用，我把钥匙放在大堂的市政回收箱下面。妈妈和罗伯特在那天下午回来了，那时我在看 YouTube，妈妈坐在客厅里喝苹果酒，罗伯特在电视机跟前抽大麻。

那天晚上，罗伯特闯进我的房间，他又凶狠又粗野，不停地说："哦，你这个小婊子。"我那晚本来想动手的，可是第二天是星期天，在星期天逃跑是很不明智的。我记住了所有的火车和汽车时间表，但那都是工作日的时间表。

但是我知道，那一天已经不远了，因为每当想起那件事，我总是感觉分外平静，一点也不紧张。那是十月，所以森林里应该还有一些树叶能够起到隐蔽作用，而且这是捕鱼的好季节。一周天气预报说这一周会一直刮北风，天气会很晴朗，但是很冷。

　　我告诉佩帕我打算就在那个星期动手。我们在周一表现得和平常没什么两样，我叫她起床，给她做早饭，然后去上学。妈妈下午去酒吧，罗伯特待在公寓里，没有离开。周一晚上，罗伯特和妈妈出去了，我发现他的抽屉里还有 40 英镑，就拿走了。星期二，我把之前用过的所有银行卡、笔记本电脑和手机都扔掉了。我取出电话卡，把它们扔进墙那边的海水里。我把那本记满账号和密码的书也扔了，反正需要的东西都已经买全了。在回来的路上，我看到伊恩·莱基朝我走来，他说："妈妈怎么样，瘦巴巴的索尔？"我说挺好，他又问了问妈妈的情况，还拿了 10 英镑给我和佩帕买薯条吃。

　　星期二的晚上，罗伯特和妈妈出去了，然后在十一点左右又回来了。他们先是扯着嗓门一阵嚷嚷，然后弄出一阵"砰砰"的响声，最后终于安静下来，我知道妈妈一定是昏睡过去了。我能听到电视机的声音，就那样在自己的房间里等待着。电视机被关掉了，罗伯特走进来说："好了，宝贝——你的妈妈睡得可沉了。"他喝醉了，一直醉醺醺地盯着我，笑着看我坐在床边上，然后朝我凑了过来。他浑身都是烟酒的臭味儿，还有他们烧大麻的烟味儿。

　　事后，他仍旧咧着嘴自顾自地笑着，侧躺在床上，用很小的声音自言自语。他当时穿着内裤，牛仔裤扔在地上。我走到卫生间，洗了脸，然后从回收箱下面取了钥匙。我打开妈妈的房门，她趴在床上睡着了。她的手机在床头柜上，我走进去，查看它是否有电。然后我把她锁了起来，把钥匙放在她门前走廊的地毯上。

我回到自己的房间，房里静悄悄的，只亮着一盏床头灯，显得很暗。罗伯特睡着了，他的呼吸变得很慢。我伸手到床底下，摸索着找到了匕首，然后，我走到床的另一侧，站在他背后。我用左手握住刀，刀尖直指他脖子的上方。我放慢呼吸，努力集中精神，感到空气被吸进体内，横膈膜抬升，小腹也跟着有些鼓起。我感到气体被呼出来，小腹瘪下去，我只是让自己感受这一切。

我一共刺了他三刀。第一刀只直接刺进气管，而且刺了个对穿，戳到他身体下的床上。罗伯特睁开眼睛，张开嘴，发出"呃"的一声；第二刀有些不同，是横着下去的，把他的喉咙给割开了，血一股一股地喷出来，喷在墙上，罗伯特发出"嗞嗞"和"嗖嗖"的声音；第三刀，我刺得更用力了，我感到刀刃穿透了肌肉，戳在一根骨头上，也许是他的脊柱。血汩汩地往外喷，流到了床上，喷上了墙壁。我往后退，我的胳膊被溅上了血，我感到自己的脸上也有血。

罗伯特的嘴张开，眼睛睁得老大，黄色的眼白全部露了出来。他的喉咙上有一个圆圆的大黑洞，头向后垂落。他先是一动不动，然后开始抽搐起来，脖子上的洞里汩汩地往外流着血。

我在那儿站了整整五分钟，我是用"大象法"数的时间。罗伯特再次发出"呃"的声音，然后就再也不动了。血浸透了整张床，到处都是红色。

我走出房间，冲了个澡，把刀子洗干净，然后擦干自己，把衣服放在洗衣篮里，回到自己房间，拿出干净的长裤、袜子和一件背心。我没有朝罗伯特看上一眼，直接关上自己的房门，这样佩帕就不会看到里面的情景。然后我去敲她的门，她走出来，她刚才一直在睡觉。

　　我说："我们早上就走。"她说："罗伯特死了吗？"我说："是的。"她说："容易吗？"我说："容易。"她问妈妈是否安然无恙，我告诉她妈妈在房间里睡着呢。

　　我拿出背包，把装进去的东西全部检查了一遍，佩帕也把她的书包拿了出来，我们穿上那套校服的衬衫、领带和半身裙，然后佩帕抱着她的被子走出来，躺在沙发上睡觉。我坐在客厅的椅子上，看着她睡，并且把手机上的闹钟设为早上五点半。

　　当我开始朝我们扎营的树林爬坡的时候，天已经黑了。天上有月亮，可是它在云层间时隐时现，云被西风吹得飘飘荡荡。我走得很慢，不时地停下来，放下背包，舒展身体，放松肩膀。月亮一出来，顿时把世界照亮了，一切都看得清清楚楚，一切都被镀上了一层银色和灰色。我爬上通往我们树林的那道陡坡，听到一只灰林鸮在这片种植林旁尖声叫个不停，三头鹿从羊齿蕨丛里跑出来，一蹦一蹦地从我眼前跳走了。当月亮被云层遮住时，四下里就剩一片黑暗，什么也看不见，我只能放慢脚步，努力去感受前方是否有什么。走了很长时间，这才看到生长在我们那片树林边缘的桦树和柏树，我拖着那个背包，已经累得气喘吁吁了。

云层再次散去，月亮洒下银辉，我终于走进了那片树林。月光照出清晰的树影，向地面投下宝石一样的银色亮斑。树木随着微风摇摆，亮斑也跟着一会儿拉长，一会儿合拢。树叶"哗哗"作响，像是有人在洗牌，与之相伴的还有我踩在树叶上发出的"沙沙"声，偶尔还会响起一两声树枝折断的声音。

　　我闻到了一段距离外的烟火味儿。我走得更近了，透过树林的缝隙，看到一团微弱的亮光，还有庇身棚的圆形轮廓。佩帕竟然成功地让火烧了一整天。我一边朝棚子走去，一边喊："佩帕！"我听到她大叫一声："索尔，是你！"然后她跑了出来，我们拥抱在一起。火烧得很旺，旁边还有一堆新柴。

　　"你走了好久，我都开始担心你了。"

　　"我也担心你。"我说。

　　"给我买书了吗？"

　　"买了，给你买了两本，还有一块牛排。"

　　她往火焰里加了几根柴火，我开始打开背包。我给她看那两本书，她戴上头灯来看它们。当我把水壶放在火上的时候，佩帕开始读起《诱拐》来。

　　我说："你还好吗？你没见着别人吧？"

　　她没有放下看着的书，抬起头说："见着了，我见到一位女士，她帮我生了火，因为我们的火熄了。她叫英格丽德。"

7 英格丽德

佩帕把这一天发生的事一五一十地讲给我听。我走后，她睡了很久，后来她想把兔皮裁剪一下，做一顶帽子，但是她没办法让针顺利地穿过兔皮，而且她裁剪的兔皮都很不像样，她说完工后的帽子就像是一只被食物搅拌器搅拌过的兔子。然后她试着生火，可是把小树枝放到柴灰里，它怎么也点不着。她从水壶里倒了些开水喝，吃了一个奶油鸡蛋卷、一些杏仁和葡萄干，又接着睡着了。

当她醒来时，有一个女人蹲在庇身棚的门口看着她。她惊慌失措地跳起来，不知道是否应该把气枪拿起来冲她开枪。可是那女人面带微笑，抱着一捆桦树皮，指着火堆。

女人年纪很大了，一头长长的灰发上绑着丝巾，穿一件很长很长的外套，一直拖到地上，布料看上去很光滑。她的脸很扁，有一个小鼻子，一双小眼睛，长得像中国人。她有一口大大的白牙，嘴唇上涂着红色的口红，手腕上带着手镯和串珠。在她的颧骨上，就在眼睛下方的位置，有一个新月形的白色伤疤。

她微笑着用一种外国语言对佩帕说了些什么，然后开始吹火堆里的柴灰，接着她把桦树皮撕碎，拿出打火石和钢片，打出火星，把一块没烧完的木块点燃，就像我之前做的那样。她朝它吹气，往里面添加树皮、小树枝和烧过的碎屑。她又说了些外国话，就走到树林里去了。

佩帕不知该跑还是不跑，她待在棚子里，坐在床上，想着要是能有个手机给我打电话，问我该怎么办就好了。那女人又回来了，还带着一堆柴火和一些大块的木头。她把长树枝折断，往火里添柴。

然后她对佩帕说："好？"佩帕说了谢谢。

女人再一次离开，佩帕听着她的动静，知道她在把木柴从灌木丛里拖出来，把长的树枝折断。她一直在说话，嘀咕，有时候还会大笑，就像身边还有别人似的。佩帕从庇身棚里走出来，看着她。她把木棍和木柴抱在腋下，迈着大步四处走动，把木柴拖出来，折断，用自己的语言念念叨叨。

女人回来后，搭了一个金字塔形的火堆，又把其他的木柴堆在火堆旁。佩帕坐在火旁，女人看着火烧了一会儿，然后又说了一声"好"。她捡来更多的木头，最后收集了硕大的一堆柴火，堆在篝火旁，而且都折成了合适的长度。

佩帕感觉自己不害怕这个女人,觉得她不会告发我们,所以就把水壶放上去,说:"你想来杯茶吗?"女人说:"好啊,茶。"说着就在佩帕对面坐下,伸出手去烤火。水煮开了,佩帕按照我们的习惯往里面加了牛奶和糖,女人喝了,说:"很好。"

佩帕说:"你会说英语吗?"

女人说:"我会。我的名字叫英格丽德,我是一个医生。我喜欢说德语。你会说德语吗?"佩帕说她不会,女人说,"那我可以教你。"

女人接着说道:"我也住在一个棚子里。我的更大,比你们的搭得更好。"

佩帕说:"这是我姐姐搭的。她去镇上买吃的去了。"

然后女人站了起来:"好了。谢谢你的茶。别让火再熄灭了。你现在有的是柴可以用。"

然后她就走了。

我回去的那个晚上,佩帕一边吃着我给她带的牛排,一边告诉了我这一切。我吃了咸牛肉,我们都吃了些豌豆。我对英格丽德有些不放心,因为现在我们的行踪被人知道了,万一她去告发怎么办?如果人们跑来这儿找我们,到处打听,她可能会说:"啊,有两个小姑娘住在一个棚子里,就在那上面的树林里。"

但是佩帕说她不会说出去,说我们能相信她,因为她也住在庇身棚里,而且是独自一人到这片树林里来的,她看起来不像那种穿着防风衣和登山靴的讨厌的徒步旅行者。实际上,听佩帕的描述,英格丽德就像一个女巫。我把自己的想法说出来，佩帕说："没错，真的很像。"可是，佩帕似乎对她毫不起疑，很是放心，所以我也决定不再为此担心了。背着食物一路走回来，我真的很累了，所以还是明天再把从网上看到的消息告诉佩帕吧。我们把柴火架好，就睡觉了。

因为英格丽德说德语，看起来像个女巫，这叫我想起第二次世界大战期间，斯大林格勒战役中的"Nachthexen"，斯大林格勒战役是我非常喜欢的一场战役。"Nachthexen"是德语，是"夜间女巫"的意思，德军用这个词来称呼那些驾驶苏联轰炸机在夜晚奇袭他们的女飞行员。所以我对佩帕讲了她们的故事，我从前也讲过，她很喜欢。

那是一支轰炸机团，所有成员都是女性，她们驾驶用木头和布做成的劣质老式双翼机，每次只能携带六枚炸弹。她们的飞机飞得很慢，但是那些小小的双翼机能够躲开德军的机枪和战斗机，由于她们飞得非常慢，以至于德军的飞机在追逐过程中会失速，也就是说，飞到半空时，引擎会突然停转。"夜间女巫"们还经常关闭她们飞机的引擎，她们总是在黑夜到来，低低地从德军军营上方掠过，他们根本听不到一点动静，她们却能够将炸弹投在德军头顶。德军觉得这些飞机滑翔时带起的风声就像女巫的扫帚。她们杀死了许多德军，这是件公平的事，因为德军侵占了她们的国家，杀死很多苏联人。德国发起了战争，而且杀死了所有的犹太人。德国士兵非常害怕这些苏联女性，把她们叫作"夜间女巫"，他们之所以认为她们是女巫，是因为他们认为谁也不敢在夜间飞行并向他们投炸弹，所以他们觉得那是一种魔法。这个故事发生在1942和1943年，当时他们在斯大林格勒打仗，那个城市位于俄罗斯南部，现在叫作伏尔加格勒。我看了一部叫《兵临城下》的电影，讲的就是这场战役中的狙击手的事，我非常喜欢这部电影，还在维基百科上找了有关的内容来看。听着我的讲述，佩帕渐渐进入了梦乡。我们都觉得非常暖和。

第二天，我们带着鱼饵和钢丝前导线去湖边钓梭鱼。天气很晴朗，阳光灿烂，晒在身上感觉暖暖的，风也很轻柔。边走我边告诉佩帕网上的新闻，告诉她妈妈在一家康复中心，告诉她那些报道，人们如何寻找我们，还有视频监控的事。她很担心妈妈，但是我说这样很好，有人正努力帮她戒酒，不让她喝了，她并没有被关进监狱，这说明警察知道罗伯特不是她杀的。

佩帕问："如果他们找到我们，会怎么样？"我说："我会被逮捕，因为杀死罗伯特而被判罪，你会被带走，有人会照顾你。"

她很生气，咬着下唇盯着地面停下了脚步，然后她说："但是我很高兴你杀了罗伯特。"我说："我知道。"她说："你可以直接告诉他们你为什么那么做、我们为什么逃跑，他们就会放了你的。"

我也想过这一点。我想过要把罗伯特的所作所为说出去，我要告诉大家，他有一天会闯进佩帕的房间，他打妈妈，而且总是喝得烂醉。但是我知道结果会是怎样：首先，罗伯特被逮捕，然后我和佩帕被带走、被分开。向来如此。再加上谁也不会相信妈妈毫不知情，所以她可能因为虐待或忽视儿童而被判罪，关进监狱。我在新闻网站上读到过这种事，妈妈被起诉，进了监狱，继父判的刑期更长，因为所有的坏事都是他干的，比如杀死一个婴儿或饿死一个小姑娘，但是他们说母亲放任这种事情发生，她也有罪。每当有孩子受到虐待和伤害，他们总是责怪母亲，但实际上干坏事的总是男人。

佩帕说："我们可以把妈妈接来吗？你说过我们要接她，她可以和我们一起住在森林里。"

"是的，佩帕，但现在不行。她得改掉酗酒的毛病，所以必须参加康复训练。伊恩·莱基在他的 Twitter 上就是这么说的。"

"她好起来之后，我们会去接她吗？"

我说："啊，我们会的。"但其实我一点头绪也没有。

我对佩帕解释过，妈妈生了一种病，叫作酒精成瘾，这是一种酒精依赖症，得病的人无法像正常人那样生活，会像妈妈一样随时随地都想喝酒，然后是睡觉，哭天抢地，不管自己的孩子。我在一个网站上看到过，酒精成瘾的病人能忍受别人对自己做无法忍受的事，容忍许多不合理的行为。她就是那样容忍罗伯特的。他打妈妈，用她的钱，还打我们，这一切妈妈都忍受下来了，这是因为她得了病，使她认为这是正常的。这一切都是因为她的脑子里出现了一种奇怪的化学物质，它使你想要，并且是极其渴望那种使你生病的东西，你甚至不知道自己脑子里有这玩意儿，而且不肯承认自己有病。妈妈从前常说"索尔，我只需要喝一小口就能平静下来"，然后我会从藏好的酒里拿出一罐或一瓶苹果酒给她。她管这叫"一点小酒"，但最后从来都不是"一点小酒"的事。

如果他们抓住我，我会因为杀死罗伯特而遭到起诉，他们会起诉我谋杀，而不是非法杀人，因为他们会知道这件事是精心策划过的。按照苏格兰的法律，经过策划的杀人，就必须按照谋杀起诉，可能被判终身监禁，至少要在监狱里待上二十年。所以即使我把杀罗伯特的原因告诉他们，那也没用，因为苏格兰的法律说，既然你策划了这件事，那就是谋杀。我策划了好几个月。我读了很多有关谋杀和指控的内容，还有了解他们是怎样审判被告和为他辩护的。我唯一可能获得成功的辩护理由就是我疯了，不知道自己做了错事。但是我没疯，我知道这是违法的，但还是做了，而且我不认为自己做错了。如果有人残忍地破坏一切而丝毫不感到愧疚，或是把别人扯进自己的罪恶之中，这种人就该死。拿着刀刺向罗伯特的时候，我感到平静和快乐，我知道自己做对了，就像"夜间女巫"不得不杀死德军一样。

佩帕冲过羊齿蕨和我们第一次逮到兔子的兔子窝，一路跑到了湖边。梭鱼喜欢待在阴暗处，阳光太亮不利于钓梭鱼，所以我们离开了湖滩，沿着湖岸走到一个有树的地方，垂下来的树枝在水面上形成了一片影子。有一棵大树倒了下来，一半沉在水里，对于梭鱼而言，这是个绝好的去处，它们是伏击型掠食者，喜欢藏在水草或沉没的树枝中间，看准小鱼游过来的时候才冲出去。

我拿出钓鱼竿，绑上一根前导线，挂上一个头部带红色的白色假饵，假饵里有一个发声装置，会发出声波吸引梭鱼。我告诉佩帕怎样取下纺线架，用一个手指钩住鱼线，然后把钓鱼竿往后挥，如果想要甩得远些，就挥到鱼竿垂直指向天空的角度，然后再往前甩，松手让假饵飞出，让鱼竿跟着假饵的方向前甩。她试了好几次，明白该怎么做了，就开始在那棵树旁，把鱼饵甩出去又摇晃着拉回来。我坐下来看着她，心里琢磨着如果钓上梭鱼的话该怎么处理。梭鱼有很多刺，必须把脊骨取出来，不过用我的贝尔·格里尔斯刀应该能做到。

佩帕说："鱼竿拉不动了，索尔。"她使劲把卷线器往回卷，可线轴就是转不动，鱼线也绷得笔直。突然间水花四溅，湖面上出现了一个旋涡，佩帕吓得一屁股坐在地上，手里依旧抓着鱼竿大声喊："索尔，我钓到了一条。"

整根鱼竿都弯了起来，鱼线被拉得离岸边的树越来越远。我说："往回卷线，佩帕！"她用力往回卷，但是它太强壮了，鱼竿随着它的不断挣扎而颤个不停。佩帕说："索尔，你来吧。"我从她手里接过鱼竿，一下子感到了沉甸甸的重量，还有通过鱼竿传来的巨大的拉力。线卷转动起来，鱼开始往湖中心游，把线拉得越来越长。这条鱼线只能承受10磅的重量，也就是4.5千克，我担心这条梭鱼已经超重，会把鱼线扯断。鱼线一直被鱼拖着，我把鱼竿拉高，让它吸收梭鱼跳跃和挣扎的力道，然后我拼命把线轴往回卷。梭鱼突然一下子跳得老高，我们看到它弓着身体从水面一跃而出，浑身被阳光晒得金黄。佩帕说："它真是个怪物！"我深有同感。它"哗啦"一声又落回水中。我让鱼线保持紧绷，继续往回卷。我说："我们一定能把它钓上来，佩帕。"我继续往回卷线。

梭鱼被拉了过来，我们能看见它了。它简直像一枚鱼雷，只不过嘴里挂着鱼饵。鱼线已经划破水面，我继续收线，靠近湖边的时候，它似乎不再拉扯，也不再抖动了。我朝佩帕大喊，让她去找根棍子，她跑进树林里，我能听到她跌跌撞撞的脚步声和折断棍子的声音。我后退着走上湖滩，开始把梭鱼拉出水面，线绷得很紧，因为鱼的重量而发出"咻咻"的响声。我使劲把它往岸上拖，最后它只剩下尾巴仍在水里。这条鱼的个头真大。它的脑袋跟我的一样大，嘴一张简直能把我的整个头都吞下去，它像在朝我们微笑似的。佩帕从一棵树上掰下一根大约 2 英尺长的棍子，跑了过来。我把鱼竿放下，拿着棍子，尽量抡高，然后用尽力气，猛地敲在梭鱼头的后部。

挨了一棍子之后，梭鱼浑身猛地绷紧，然后剧烈地抖动起来，使劲拍打着尾巴。鱼钩侧面的倒刺钩进了它的嘴里。梭鱼剧烈地抖了一阵之后就再也不动了，只是圆睁着眼睛，朝我们微笑着。

佩帕说："好残忍啊，索尔。"

她在梭鱼旁边跪下来，伸出手去碰它的头，我正要说"别"，梭鱼突然扭过头，张开嘴一口咬了下去。佩帕尖叫一声，捂着自己的手和手腕往后一弹。我看到有血从她的手上喷出来。她连声尖叫起来，我又打了梭鱼一棍子。

佩帕抓着自己的手，在岸边疼得一边跳一边怒吼："该死的，它咬了我。它咬我。浑蛋！"我赶紧跑过去，只见她手上有三条撕裂的伤口，都在往外冒血，鲜血一直流到了手腕上。我深吸一口气，对自己说不要慌，可是心还是"怦怦怦"地跳得很响。一股红色的血顺着她的胳膊往下流，滴在她的 T 恤衫上，滴落到石头上。佩帕的血让我感到一阵眩晕，她握住那只手不停地尖叫着。

我说："举起那条胳膊，压住手腕上方。"然后脱下抓绒衣和背心，把背心撕开。佩帕还在骂着："啊，浑蛋！"

我抓住她的手，用尽力气将背心缠在伤口上，一圈又一圈，尽可能地缠紧。佩帕还在不停地惨叫："真疼啊，索尔，好疼。"一些血从背心下渗了出来，一块红色浮现在"绷带"中间。我说："一直举着。"她把胳膊举过头顶，血顺着胳膊往下滴。我让她坐下，深呼吸，同时把手向上举。血似乎止住了，只有一小块红色映在背心中间。我从运动鞋上抽下一根鞋带，穿上我的抓绒衣，然后把鞋带绑在她的前臂上，充当止血带，让血不再往外流。我不断地说着："没事了，佩帕，没事的。"

她问："我会流血过多而死吗？"我说她这么说太可笑了。她说她还以为它死了。我说我也那么以为，现在它真死了。我们回头去看沙滩，梭鱼侧躺在那儿，银色的肚皮冲着我们。

"它真是个大浑蛋。"佩帕说。

"我该把急救包带来的，下次记得带。"我说。

我让佩帕待在那儿别动，手继续朝上抬着。我走过去朝梭鱼踢了一脚，好确认它到底是否死透了，它弹了几下，最后彻底没有动静。我把鱼钩取出来，把假饵绕在钓鱼竿上，然后拿出刀子，把鱼头割下来，它又大又沉，我必须用尽所有力气往前推才能让刀子在它的脊骨之间划动。然后我剖开了鱼肚，见里面装满了大块的鱼卵，看上去就像橘色的果皮。

我把内脏和头扔进湖里，然后拿起鱼竿，把梭鱼的身体甩过肩头，用力拉着它。即使没了头，它也跟我的腿一样长。

梭鱼嘴里有一排排像锯齿一样锋利的牙齿，就连很粗的鱼线也可能被它咬断，这些牙齿上还有一种抗凝血的成分，被它们咬伤后，伤口会不断流血，无法凝成血块。这一招对捕猎很有帮助，它们只要把鱼咬伤，让它流血至死，再过去吃掉就行了。佩帕说得对，它们是浑蛋。

我拿着梭鱼和鱼竿，佩帕握着那只胳膊，让它始终保持竖直，慢慢地从湖边往上走。她每走一会儿就得停下来说一句"索尔，一阵阵地疼"，我只能陪着她继续往前走。湖面上悬着一层厚厚的乌云，太阳不见了，阵阵西风吹起，雨"哗哗"地落了下来。我们走了很久才回到庇身棚，等回到那儿，雨势已经变大，我和佩帕身上都被淋湿了，火也已经灭了。

我扔下梭鱼，带着佩帕走进棚里，拿出她的海丽汉森给她穿上，让她躺下。储存的柴火堆也湿了。我很生气，气我自己竟然不知道把一部分柴火放进棚里，否则就算人离开了，柴火也不会淋湿的。野外生存最重要的就是提前做好应对：行动之前停下来，想一想，把可能出问题的地方都想到，把事情变化带来的后果都考虑清楚，然后做好应对的方案。今天早上，我之所以没有把柴火挪进来，是因为，首先太阳出来了，其次，听说要去钓鱼，佩帕很兴奋，而且我安全地从镇上回来了，仍和佩帕在一起，我们还是自由的，这叫我高兴得昏了头，所以出发前忘了要停下来想一想。这是一个教训，现在我们很冷，浑身都湿了，却没有火。

从前的火堆已经不能用了，我只能试着在庇身棚门口生一个小火堆，那儿不会被雨水浇湿。我从柴火堆的最下层找出一些干木棍来，剩下的柴火挪进棚里晾干。然后，我在棚里找了些干树枝、树叶和干草，做了一团引火物。你得使劲用钢片敲打火石，让溅出来的大火星点燃引火物，让它焖烧一会儿，然后缓缓地、轻轻地吹它，它会继续焖烧、发亮，这时候只要不断将空气吹进去，它就会腾起火苗来。你可以把它放在一旁，继续加些小的干树枝和干草进去，让火继续燃烧。我在 YouTube 上看过很多次视频，到目前为止，我在生火方面没出过问题。

但是引火物还是有一点点潮湿，打出的火星怎么也点不燃它。我敲了又敲，敲了又敲，大团大团明亮的火星掉在引火物上，可是什么反应也没有。佩帕躺在床上看着我，她说："索尔，我很饿。"

我停下来，从背包里给她拿了些蛋糕、面包、坚果和杏干。水壶里还有些开水，我倒了些给她喝。吃完之后，佩帕说她很冷，就钻进了睡袋，把两床毯子全部盖在身上。

我继续努力地用打火石去点引火物，真后悔出来时没有带个打火机和其他的引火物。火不仅可以用来做饭，保持温暖，还能够振奋我们的精神。好多天以前，当我们刚刚来到这里，搭建第一个庇身棚的时候，我又紧张又愤怒，对我们所做的一切心存疑虑，就连佩帕也让我感到烦躁。可是，一旦把火堆点燃，我的感觉就好多了。哪怕只是坐在那儿，凝视着火光，感受扑面的热气，都能让我平静，觉得自己与眼下所在的这个地方浑然一体。第一个晚上，我坐在火堆旁，感觉我们做的一切是对的，杀掉罗伯特也是对的，一切问题都会迎刃而解的。这就是火带给我的感觉，正是由于这个原因，千万不能对保护火堆掉以轻心，就像我早上那样。

我依旧敲啊敲，大雨倾盆而下，溅到我的腿上，把我生火的地方淋湿了。我往里面挪了挪，把地面扫干净，不留任何草叶和树枝，直到露出泥土为止。我一次又一次地敲打火石，让火星掉在引火物上，可它就是燃不起来。有时候，一片小小的碎木头被点燃，亮了一会儿就熄灭了。它每一次亮起又熄灭都叫我更难受，每一次没能奏效的敲打都让我感到更加痛苦和疲倦。

野外生存时，如果遇到危急时刻，必须停下来，想一想，做出应对方案。《英国皇家特种部队生存手册》里说，要在野外长期生存，最重要的就是态度。思考的方式影响你生存的机会。如果你很消极，一心只想着事情会越来越糟，自己再也撑不下去，那么你的表现就会渐渐变得如自己的预期一模一样。你越是这样思考和做事，事情就会变得越糟，你就越可能做出坏的决定。在这种时候，你必须停下来，想一想，做出应对方案，并且采取行动，做出改善。哪怕是一件小事也会对你有所帮助。

所以我不再继续打火，而是拿起防水服，起身看了看佩帕。她已经睡着了，被咬伤的那只手从毯子里伸出来，背心和止血带依旧绑在上面。我把止血带放松，摸了摸她的手指，冰凉冰凉的。我把手伸进她的衣服里，摸了摸她的后背，后背是暖和的。于是我帮她把毯子掖好，然后戴上兜帽，走进雨中。

我得出去走一走，想一想。我走出庇身棚，开始往上爬。这里的斜坡上开始长桦树和云杉了。我沿着一条鹿踩出来的小道穿过云杉林向上走去，脚踩在湿淋淋的草叶上有些打滑。来到树林更深处，这里长着高耸入云的落叶松，树下有片宽敞的空间，盖着黄色的松针。落叶松是针叶类松树，在冬天换松子，落下老的针叶，然后在春天长出新的绿色松针。落叶松在秋天是黄色的，它们长得很直，木质坚硬，人们常常用它制造船的桅杆。

　　雨依然下得很大，翻过一道长满荆棘和羊齿蕨的小小的岩石山脊，来到一片平地里，这儿长着高大的云杉，枝条朝外伸展开来，就像围绕着树干的巨大的裙摆，它们是深绿色的，在雨中闪闪发光。下雨的时候，云杉下面是最适合躲雨的地方。你可以躲在云杉底下，砍掉一些低处的树枝，剩下上面的树枝用来当屋顶，就是现成的庇身棚。我应该可以砍些树枝下来，试着用它们在篝火上方搭一个平台，这样大雨就不会把火浇灭了。需要把一些长杆搭在树与树之间，在火堆上方2米高的地方形成一个基座，然后再把云杉树枝叠放在上面，这样就能拦住雨水，不会把下面的火淋湿。我见埃德·斯塔福德做过一个，当时他被困在奥卡万戈三角洲[①]，他用了这个办法，甚至在非洲的雨季也能把火保护好。我还见过他为了把一束火绒弄干，直接把它塞进自己的裤子里放了一整天，最后用自己的体温把它烘干了。兴许我也该试试。

　　我从一棵大云杉的树枝缝隙里钻了进去，用刀割断低处的树枝。在树枝中间靠近树干的地方，完全是干的，里层的小枝杈就像小树枝香脆棒一样，一碰就断。即使外面下着大雨，树枝中间也绝对干燥，

----

① 奥卡万戈三角洲，世界上最大的内陆三角洲，也是非洲面积最大、风景最美的绿洲。

松针的防水能力实在是太强了。我折了许多小树枝放进外套口袋里。这时候，我看到头顶上方有一团干燥的小枝，它像一个球似的挂在一根树枝与树的主干相连的地方。我把它拉下来，原来是一个鸟巢。它向内形成一个小小的凹陷，里面铺着柔软的干草和细小的白茸毛，是用云杉的细枝编织而成的球形鸟巢，看上去很可爱。我把它拿在手里。它应该是一只候鸟的巢，它来到这片森林里度过了夏天，现在已经飞到非洲之类的地方去了。它花了整个夏天筑巢，在里面下蛋，抚养幼鸟长大，教它们飞翔。

鸟巢非常干燥，太适合用来做火绒了，所以我把它也塞进了夹克里。然后，我捡起砍下的云杉枝，拖着它们回到了营地。我找来一些比较长的落叶松枯木，把它们架在棚外的树上，在我能够到的最高处搭起一个类似于三角形的框架，高度大约有 2.5 米，位置就在我们的庇身棚外，生火位置的上方。雨还在下，因为树皮变得潮湿，所以我能方便地把长杆滑到树干之间，水平放好。然后我把小树枝纵横交错地铺在上面，做成一个屋顶，再把拖回来的所有云杉枝放在最上面，尽量铺平，不让一丝亮光透进来。这办法管用了。大雨依旧倾泻而下，但是在棚子下方，之前点火的地方却被遮得很严实，就像撑起了一把雨伞。为了防止地上的水将火打湿，我搬来石头做了一个平台，然后把鸟巢放在石头上，拿起了打火石。我敲了三次，一个火星迸发出来，我使劲吹被点燃的鸟巢，它发亮了，继续吹，火苗冒了出来。

把干燥的小树枝堆放上去，火很快就烧了起来，最后我用棚里的干柴搭了一个金字塔形火堆，又拿来一些柴火放在旁边，利用热气把它们烘干。

我坐在一块石头上，看着火苗冒得越来越高，柴火"噼噼啪啪"地裂开，烟雾一阵阵地往外冒。我对那只鸟儿道谢，谢谢它的巢。

我从溪边打来水，把水壶放在火上烧开，然后在火堆旁堆起更多的木头，烘干备用，然后把急救包拿了出来。

佩帕仍旧是睡着的，但是她的胳膊从毯子里伸了出来。我戴上头灯，取下止血带，慢慢打开缠在她手上的背心。她的手上有三道划痕，一直伸向手腕，划痕周围的血很黏稠，但是她的手和手腕很苍白，黏糊糊的，皮肤起皱、发白，就像在游泳池里泡了很久似的。我用药棉和煮开的水帮她擦洗伤口，她没有醒来。一些细细的红线从伤口往她的手臂上延伸，就像红笔画出来的一样。我担心她会感染，就拿来碘酒，沿着所有的伤口轻轻涂了一遍，伤口周围的皮肤被涂成了黄色。这个举动把佩帕吵醒了，她猛地往回一缩，尖叫起来。

"我必须这么做，佩帕，不然会感染的。"我说。

我用碘酒帮她清洁伤口，她咬紧下唇，翻着白眼，不停地说："疼……疼啊索尔……疼。"

我从急救箱里拿了两颗布洛芬，还有些可待因，让她就着水吃了。它们是很好的止疼药，而且能让她犯困。犯困是件好事，因为她的身体需要对伤口进行修复，这时候需要好好休息。

我把药棉铺在伤口上，用绷带缠起来，然后挪开位置，好让她能看到棚子外面，看到火。

"瞧，我在暴雨里生了一堆火。"我说，她笑了，"我给火堆做了一把雨伞挡雨。"

她说:"聪明的索尔。"

然后我用牛奶和糖泡了茶,又开了一罐豌豆,我们吃了些豌豆、面包和蛋糕。天完全黑了,雨势渐渐小了,我往火里加了些柴火,让火烧得旺旺的,留下更多的柴火在旁边烘烤。我拿起梭鱼,用伞绳挂在篝火上方,想试试看挂一晚上鱼肉能不能被熏熟。

佩帕再次进入了梦乡,我把东西收拾好,钻进睡袋,躺在她身后。黑夜中,雨声淅淅沥沥,火苗"哗哗"作响,我和佩帕依偎在一起。

8 发烧

第二天早上，佩帕开始发烧了，她满身大汗地扭来扭去，吵醒了我。我下了床，利用柴灰把火点起来。雨已经停了，我烧了水，然后把背心洗干净，泡湿，用它擦佩帕的前额，给她降温。她浑身滚烫，在床上辗转反侧，我慌得胸口和小腹全都疼起来。

她醒来一会儿，愣愣地看着上方，然后又闭上了眼睛。有时候她低声念叨着我听不懂的话。我试着喂水给她喝，可是她不喝，身体往下一缩，又睡着了。

我用木头把火封住，然后走出去捡柴。回来后，我解开了她的绷带。红线已经延伸到她的整条胳膊，伤口周围肿起一整圈，而且伤口里有脓。

我再一次清洁了伤口，用碘酒彻底消毒，这一次她甚至连醒都没醒。我帮她换上了干净的药棉和新的绷带。她的手指也肿了，红线的颜色变深了，更偏向紫色，我知道这是被梭鱼咬过的地方发生了感染，决定给她吃一片阿莫西林，这是一种抗生素，所以必须确保她喝大量的水，还有保持体温。

我不得不把佩帕摇醒。她睁开眼睛，像醉了似的呆呆地看着我。她浑身都是汗，但是觉得很冷，而且觉得身上黏糊糊的。我要给她穿上紫毛衣，她也任由我摆弄。然后我扶着她坐起来，叫她把阿莫西林片吞下去。吃完药后，我重新把她暖暖和和地裹起来，然后在她旁边坐下。

佩帕又睁开眼睛，说："索尔，我病了。"

我说："我知道，但是你会好的。是梭鱼咬的地方被感染了。我给你吃了一片阿莫西林。"她笑了，说："太好了。"然后又睡着了。

那天早上天气很冷，太阳出来了，但是营地旁的树叶和枝杈上结着一些霜。梭鱼被熏得全身乌黑，渗出一丝丝白色的液体，滴在火里，发出"嗞嗞"的响声。鱼皮卷曲起来，露出下面白色的鱼肉。

我烧了一壶水，给我们泡好茶，加了糖，还有剩下的最后一点牛奶。佩帕不想喝茶，但是喝了一些水，然后她开始把两床毯子往下扯，不安地翻腾起来，我接着帮她擦额头，因为她又烧了起来。

然后她停下，躺倒，再一次沉沉地睡着了。我给她盖上毯子，就那样在她身边坐了好几个小时，只是偶尔站起来添柴，还去小便了一次。我真希望自己有部手机或平板电脑，可以查到被梭鱼咬伤发生感染是怎么回事，好知道她是不是感染了某种细菌，怎样才能杀死它。阿莫西林包装盒上说一天吃两次，一次一片，我还有三片。

要搞到手机或平板电脑纯属白日做梦，唯一可能上网的方法就是再次跑到那家图书馆去。但是那太远了，我不能把佩帕独自留在这儿。过了两三个小时后，她醒来了，似乎清醒了一些，说想要喝水，还说她肚子饿。我拿了咸牛肉和豌豆给她吃。我烧了开水，用从苏格兰松树上摘下来的长松针给她煮了松针茶，这里面含有维生素C。她喜欢喝这种茶，因为我在里面加了糖。

我再次揭开绷带，伤口肿得更高了，红线依旧在那儿，脓也更多了。我把伤口清理干净，涂碘酒的时候，佩帕又一次惨叫起来。她不像刚才那么热了，但是她说很累，继续倒头就睡。

我坐在那儿盘算对策。我确实为这种情况做了准备，带了些抗生素，但是带得不够多，不知道仅有的四片是否能见效。我无法预先知道她会被梭鱼咬伤，尽管我知道这就是害她生病的原因。

佩帕生病的时候总是我来照顾。当她还是个婴儿的时候，碰到长牙疼或是发烧，我会喂她吃退烧药。我那时候只有四岁，可是我们生病的时候，妈妈没法照顾我们。有时候是因为她喝醉了，有时候是因为看到我们病了或是不小心弄伤了自己，她会害怕得直哭，然后就把自己灌醉，去睡觉。

妈妈收到学校的那封来信，说我将要被编入弱势学生小组，她很慌张，她说他们的意思是我是个弱智儿。我是在上七年级以后进入这个小组的，因为我没办法写字，无论是写字母还是单词都不行。我在阅读方面没有问题，但是写字的时候就真的显得有些弱智了。无论我心里是怎么想的，只要在纸上落笔，写出来的就是截然不同的东西，而且错字连篇，就像另一种语言。有时候我能写下些东西，可是五分钟之后，就连我自己也看不懂自己写的是什么，别人就更不用说了。打字时情况要好一点，但同样会时不时地拼错单词，就像喝多了似的。佩帕的书法很好，而且拼写十分正确。我看过他们寄来的两份关于我的报告。一份说我智商中等，但是有严重的诵读困难，无法辨认语音群和图形。另一份报告说我智商超群，阅读能力超出同龄人，但是在书写和记忆单词拼写方面患有严重的认知障碍。报告说我需要学习上的支持，在考试时还需要一名抄写员。

在我看来，无法正确地写字、诵读困难全都因为我是个左撇子。从统计上说，如果你是个女孩，而且是左撇子，就很可能摊上诵读困难这种病，大概是因为大脑的工作方式与别人不同吧。

我之所以被分入这个小组，还有一个原因：我从来不笑，而且总是直愣愣地盯着人家，别的孩子都管我叫"怪人"，所以他们担心我在普通班级会受欺负。那所学校很大，大约有2500个孩子。报告说我"退缩，表现孤僻，似乎不愿意建立新的友谊"。这话倒是没错。我就是那样一个人，现在也是。

我在学校里没有朋友，佩帕又还在上小学。我已经不再与姆莉交朋友了，在我大概十岁的时候，她开始跟另外两个女孩玩，那两个女孩认为我很古怪，住得离我们也不近。

学校想找妈妈去谈一谈我的问题，她一次也没有去过，但是却会在家里念学校寄来的信。那个小组的孩子们都疯得很，他们打老师，还在班里乱扔东西。小组里还有一对叫布洛伊的双胞胎，是两个胖女孩，来自一个叫布洛伊的大家庭，他们家的人个个都是狂人、瘾君子，还加入了黑帮。双胞胎比我大一岁，她们也从来不说话，但是会打学校里其他的孩子，所以每当她们经过学校的走廊，大家都唯恐避之不及。她们总是穿着同样的衣服，同样的休闲服和耐克鞋，戴着同样的金链子。

但是她们从来不惹我，学校里所有的孩子都不惹我，因为我很高，而且我爱直愣愣地盯着人看，大家都认为我很强势。我从来没真正打过架，但是我不怕任何人。我与正常学生一起上的课只有数学和地理，因为我喜欢这两门功课。班上别的孩子都坐在座位上玩一整节课的手机，只有我会做练习题，阅读有关冰川作用及第三世界的贫困和气候变化的内容。

许多孩子整天埋着头玩手机，因为他们能用 Snapchat 聊天、看色情图片。互联网里的大部分功能都被用来看色情图片、发照片，但是上面也有许多好东西，比如丰富的信息和历史知识，当你对某个任务毫无头绪或不会修理某样东西时，还可以看 YouTube。我需要知道的事情大部分都能在 YouTube 上找到，我从这地方受益匪浅。你还可以在线购物，我正是这么做的。

我们小组里有一个男孩，我喜欢他，跟他在一起我甚至会笑。

他叫戴维·马克，个头很小，有一双小精灵一般的尖耳朵，他的身上有香烟和泡泡糖的气味儿。我在学校唯一一次闹事，就是因为他从失能小组偷来一辆轮椅，推着我在学校走廊里到处跑。他跑得飞快，我放声尖叫，滔滔不绝地骂着脏话。我喜欢这种感觉，小戴维推着我，让我和轮椅一起飞翔，这让我放声大笑。我们被副校长康纳先生逮着了，戴维被停课两个星期，我被在小组里禁足，一段时间内不能去上数学和地理课。

我们小组的老师是芬利森太太，她年纪很大了，个子很小，对人很和善，有时候会看着我的眼睛微笑，有一次她说："这里面藏着很多东西，是不是啊，索尔？"

每个星期有一次，我们一起待在一个安静的房间里，坐在沙发上，我要对她谈自己的感受。公寓的事不能告诉她，还有妈妈和罗伯特的事也不能，所以我总是说心情很好，我很开心。她好像总觉得我在为什么事担心，所以我有时会瞎编。我曾经对她说，气候变化让我感到担心，事实上也的确有一点，因为我们住在海湾里，靠着海边，如果气候变化使得海平面上升1米，那么海边的公路和伊恩·莱基的房子，还有围墙边的小店都会被淹没。我们的公寓在小山上，所以我们没事。芬利森太太点点头说："好吧，这是一件我们所有人都应该担心的事……"我向她谈起过我爱的人——佩帕、妈妈和芬利森太太——但我没谈过罗伯特，甚至没有提过他的名字。

夜色降临时，佩帕再一次醒来，我又给她吃了一片阿莫西林，煮了些松针茶。她在床上坐起身来，说胳膊很疼，我给她换绷带，现在只剩下一卷绷带了，所以这一根取下来之后又被重复使用了一次。伤口还是有脓，而且还是很红，肿得很高，看上去裂得更宽了。她说疼极了，而且感觉胳膊很沉，一阵一阵地抽痛。

佩帕说不想吃那条梭鱼，我就拿了蛋糕、坚果和葡萄干给她吃。我吃了些鱼肉，是白色的，吃起来一股烟味儿，而且有很多鱼刺。我给佩帕一个头灯，她读了一会儿书。我戴上头灯，到树林里去捡木棍之类的柴火，又到小溪边用水壶打水。

我回去后，佩帕说要上厕所，我带她去了。她有些腹泻，吃了抗生素有时的确会腹泻，这我知道。必须保证她吃些流食、盐和糖。我用草帮她清理干净，还用上了在沸水里泡过的背心。不过天气越来越冷，所以我把她带回去，让她躺好，把她裹得严严实实的。她的胳膊还是又疼又肿，我又给她吃了一片布洛芬，还有可待因。我坐在那儿，看着她再一次睡去，心里惴惴不安。我在火堆上叠好一些木柴，坐在庇身棚的门口看了它好久。我让水一直烧着，每过两小时就叫醒佩帕，让她喝些放了一点盐和糖的松针水。

天气真的很冷，但很晴朗，天空中悬着一轮明亮的凸月，给万物披上了一层银色的光芒。树林里是灰色的，我看着霜冻渐渐凝结起来，地上的叶片和嫩枝开始闪烁起晶莹的亮光。我待在火边，一直很暖和，佩帕睡在床上。她的体温降下来了，而且睡着的时候也不再翻腾，似乎还不错。

可是，这一晚其实过得很糟糕。我根本没怎么睡觉，只是坐在那儿看着火，留意佩帕的情况。我裹着毯子坐了一夜，听到猫头鹰的尖啸，听到树林里传来窸窸窣窣的动静，那声音朝着小溪的方向去了，我想可能是鹿。悬在火堆上方的梭鱼完全干瘪了，呈黑色状，看上去就像伞绳挂着一个塑料垃圾袋。我听到很远的地方有一只狐狸在叫，但又不是那么像狐狸的叫声，更像有人用沙哑的嗓子喊着"阿克"。我不怕黑，也不怕在黑夜中待在野外，我很喜欢这种感觉。我只是必须坐在那儿，看着火，平复为佩帕感到忧心忡忡的情绪。我在想，如果她继续这样病下去，那该怎么办。我可以去镇上请一位医生来，可那样我们会被发现，我会被抓。我可以去镇上，想办法再弄些抗生素和绷带，在 YouTube 和其他网站上查阅有关感染的资料。但是无论用哪种方法，我都得离开佩帕。我还知道自己必须去布索套，或是钓鱼，或是射鸟，不然我们的食物会再次短缺。

凝视着火光时，我进入了另一种梦境。我看到小小的亮光，感到脖子根那儿的拍打，我又一次感觉不到自己的身体，感觉自己像是从一个巨大的黑色空间里窥探着这片火焰，那种状态维持了很长时间。

渐渐地，太阳出来了。透过树枝看去，东方的天空沿着地平线出现了薄薄的一条金色，然后变成浅粉色，然后是银色，树林到处闪耀着冰霜的亮光。

这时候，我听到一阵窸窸窣窣的声音，还伴随着脚步声，声音从高处朝我们渐渐靠近。小树枝"噼啪"一声被折断了，我感到自己的心开始猛跳。她从庇身棚的后面绕了过来，出现在我眼前，她将头伸进大伞下，朝棚里张望，看见我坐在火旁，然后说了声："Guten Morgen Kinder①。"

她看上去真的很像女巫，像非洲女人似的用一条带花格图案的披肩包住头，黑色外套很长，脖子上系着围巾，还有小块的亮色丝巾。疤痕就在她的眼睛下面，像一小块儿粘在颧骨上的白色意大利面。她戴着羊皮手套，挂着一根拐杖，微笑着露出大大的白牙，嘴唇用唇膏涂成了红色。

我说："你真的是医生吗？佩帕病了。她被一条梭鱼咬了，伤口感染了，她发烧了，还腹泻。"

她朝棚里看去，说："好的。是那个红头发的小女孩吗？你是她姐姐？"

我说是的，然后她说："我是一个免疫学医生，专门研究免疫系统的疾病。我是在民主德国②受的训练，简称DDR——你知道这个称呼吗？"

我说："你能让她好起来吗？"

她说："可以。"

她走进棚子里，俯身查看佩帕的情况。佩帕醒来了，一看见英格丽德就说："你好，英格丽德。我被梭鱼咬了。"

英格丽德微笑着取下手套，抚摩着佩帕的额头说："我这就给你看病。"她的手很大，留着长长的指甲，涂着红色指甲油。她的双手

---

① 此处为德文，即"早上好，孩子"的意思。

② 德意志民主共和国，简称"民主德国"，俗称"东德"，是1949年10月7日到1990年10月3日期间存在于欧洲中部的社会主义国家。

非常干净。

她扭过头对我说："到目前为止，你是怎么处理的，讲给我听听。"

我讲了清洗伤口的事，还有抗生素和止疼药，以及让佩帕多喝水和松针茶。我告诉她伤口一直往外渗血，还有佩帕胳膊上那条不断延伸的红线。她一边听着一边不断说"Gut...Gut...Gut①"，然后说，"很好，你是个非常聪明的年轻人。"

然后她说："请烧些水，并把头灯给我。"她用那双大手解开绷带，把头灯戴在那巨大的花格披肩上，打开了开关。我又用水壶烧了水，给她倒了一杯刚刚沸腾过的水。她拿起来，全部倒在自己手上，然后将双手互相摩擦。那水应该很烫，可是她似乎完全没有感觉。然后她甩着双手，直到水差不多被甩干了，手上还不断地冒着蒸气。她打开绷带，查看所有伤口和肿起来的地方。她用手顺着一条伤口摸了摸，佩帕大喊了一声，然后她轻轻按压肿起来的地方，又凑到伤口上闻了闻。

她在灯光下非常仔细地查看了佩帕的双眼，又检查她的整个后脑勺，然后是脖子下方和下巴。然后她对佩帕说"把胳膊举起来"，佩帕像潜水员一样举起胳膊。英格丽德仔细摸了摸她的腋下，把睡袋和毯子往下拉，一路往下检查，检查了她的脚丫，还检查了肚子。我在旁边看着她的一举一动，佩帕朝我看过来，咧着嘴笑了，她睁圆了眼睛，用口型说："女基佬！"同时还指着英格丽德，我也笑了。

英格丽德让佩帕重新躺下，给她盖好毯子，但是要她把左胳膊伸

---

① 此处为德文，即"好……好……好"的意思。

出来。然后她转身说："伤口里仍然有异物，在进一步感染，所以一直没能愈合或结疤，而且一直在化脓，这也是她发烧的原因，因为免疫系统开始有反应了，就像败血症一样。那些红线标志着免疫系统对于外来感染源的反应。"

我说："我用碘酒全部清理过了。"

英格丽德说："如果伤口的深处有感染源，碘酒也不管用。好了。认识水薤吗？"

我点点头，英格丽德让我去采一大堆水薤来，要在溪水中把上面的每一点泥土和叶子洗干净。我跑到一个小溪旁的一片平地上，那儿的树木比较稀疏，水边长着一层厚厚的苔藓。我剥下一大片苔藓，它表面凝结的冰霜裂开来。湿漉漉的，很沉，我使劲挤压，把苔藓挤得干了些，然后选了个水流比较快的地方，把水薤放进去清洗，洗得双手冰凉，冻得发红。我再次把水挤干，检查确认里面没有一丁点儿树枝或泥土，然后我跑了回去。英格丽德坐在火边，跟前放着一个小小的透明拉链袋。她正将几个长长的镊子放在火焰中烤，烤到尖端发红，然后把它们放在一块石头上。

她看到我，说了声"好"，然后问："你有绳子吗？"我给了她一卷伞绳，她从脖子上取下一条围巾，那是一条灰白色的围巾，像是丝绸做的。她把围巾在石头上铺开，把所有的水薤放在中间，然后把四角拎起来，绑成袋子一样的东西。她拿出一把折叠刀，割了一段伞绳，把那个大疙瘩绑紧，在上面留出一个绳圈。然后，她把袋子挂在火堆上方的"伞"上，又把水壶放在正下方，让壶口正冲着袋子的底部。水很快就开始沸腾了，蒸气升腾起来，飘进装着水藓的袋子里。英格丽德把镊子也挂在伞绳上，让它们也被蒸气包裹起来。

"做个消毒。"她说。

我坐在火对面的一块石头上，看着一缕缕的蒸气不停地往外冒，把整个袋子裹在其中。

我说："她的伤口里有什么？"

她说："如果叫我猜，我想说牙齿。"

"牙齿？"

"梭鱼的牙齿。它们很薄、很脆，很容易断在猎物身上。多年前我治疗过一个被梭鱼咬伤的病人，是德国的一个渔夫。你们有妈妈吗？"

我说："有。"但是我不想把我们的事告诉她。

她看着我，然后又笑了。"你个子很高，很漂亮，"她说，"你们的妈妈在这儿吗？"

我说："不。我们是自己来的。我照顾佩帕。我们打猎，布索套套兔子，钓鱼，用这些办法找吃的。"

英格丽德又笑了。当她微笑时，眼睛眯缝起来，更加像中国人了，而且她眼睛周围的皮肤皱起来，成为许多细小的沟壑。她的皮肤看上去就像覆盖着一层细密的伤口，而且与她的丝绸围巾是一个颜色。她真的涂了红色的口红，还抹了黑色的眼影和睫毛膏。

她说："我住在一个庇身棚里，我的比这个大。我也有一个架子用来放木头，还有一个地方用来储存食物。"

"在哪里？"我问。

"大概 5 千米……"她朝北边指着麦格纳布拉的方向，"在那些石头的另一面，一个有小溪的小山谷里。"

　　"你在那儿住了多久了？"

　　"我在现在这个地方住了有四年了。在这之前我也住在那片山谷里，在离小镇和主干道更近的地方。但是我不喜欢见到太多的人。"

　　我想把有关我们和罗伯特的事，还有警察和社工在找我们的事告诉她，看看她会作何反应，可就在这时，佩帕喊起来："我要小便！"我起身带着她从棚里走出去，到便坑去小便。

　　回来时，英格丽德问我们是否有肥皂，我从背包里拿出肥皂，她往手上浇了一点热水，然后擦上肥皂，洗起手来。她搓啊搓啊，又把双手放在蒸气上方，再次在火焰的热气中把双手甩干。她说："请你现在给她吃两片止痛药。佩帕，你从床上坐起来。"我拿了两片布洛芬和可待因，给了佩帕，她吞了下去，做了个鬼脸。佩帕坐在床上，双手搭在膝头。英格丽德拿起装着水藓的袋子，打开来，里面热气腾腾。她拿起镊子在丝绸上擦拭。

　　她戴着头灯，跪在佩帕正前方，说："现在……会有点儿疼。"我抓住了佩帕的另一只手。英格丽德先将一些水藓挤干，然后把它们全部敷在伤口上。水藓冒着蒸气，佩帕一个劲地说"烫"，但是她没有畏缩。英格丽德确保水藓将所有伤口都铺满，然后说："现在我们等着。"

　　我们坐在那儿，佩帕说："英格丽德，你不能告诉任何人我们在这儿。"

英格丽德说："谁在找你们？"

我说："佩帕，别说……"但是她已经说了："警察和社工。我们逃跑了。如果被他们抓住，他们会把我们分开，索尔还会被关进监狱。"

英格丽德往后靠了靠，闭上双眼说道："我绝对不会告诉任何人。我年轻的时候，生活在 DDR，那儿到处都是告密者，政府想知道什么，他们就说什么。我有个很要好的朋友，至少我是把她当成很好的朋友，可是她告诉政府我说过些什么、和什么人在一起、我想去哪儿。我的人生因此有一段时间变得很糟。有一个告密者还是我深爱的一个男人。我不相信任何告密的人，佩帕。"

佩帕说："什么是 DDR？"

我说："是在德国吗？"

英格丽德睁开眼，举起一根手指来。她俯下身，把佩帕的手和手腕上的苔藓全部拿下来，往后一扔，从棚子的门口扔了出去。这一次伤口清洁得很彻底，没有脓，也没有血，边缘发白。刚才被水藓覆盖着的皮肤比周围更白一些。英格丽德弯下腰来，拿着镊子，将头灯的灯光对准伤口，说："握住。"我握住佩帕的手，她用力闭上了眼睛，我也是。

我感到佩帕畏缩了一下，英格丽德说："是这样，好。一个。啊。哦。又一个。还有。还有一个。好了。"①

我睁开眼，佩帕也睁开眼，英格丽德说："好了，看。"她伸出手，

---

① 此处原文为德语。

灯光照着她的手掌，上面有三个小小的三角形物体，像是塑料制品。它们的两条边上有锋利的边缘，第三条边是钝的。

我说："这就是梭鱼的牙齿吗？"

英格丽德说："没错。现在它们出来了，所以感染会消失的。"

佩帕盯着它们看了好一会儿，然后说："它可真是个浑蛋。"

英格丽德又在伤口上敷了些水藓，然后用绷带缠起来，让佩帕伸缩一下手指，然后把手放在佩帕的头上，说："现在你没事了，漂亮的小姑娘。"

就在那一刻，我知道自己开始喜欢英格丽德。我想，我甚至可以把杀死罗伯特的事告诉她。我泡好茶，把蛋糕拿出来。我们吃了焙朗饼干、坚果和葡萄干。英格丽德问我们还剩多少食物，我们是否过滤水。我告诉她，我们会把水煮沸，我们有咸牛肉、豌豆、焙朗饼干、蛋糕、葡萄干、坚果和一点面包。我说我打算去看一看索套，她说："兔子肉不错。但是我现在要走了。我要爬到石头那儿去，然后往下走，到我的营地。我明天再来。现在你得把最后两片抗生素给吃了，佩帕。好好休息，吃流食。"

她站起来，戴上手套，拿起拐杖。佩帕说："谢谢你，英格丽德。你真好。明天你会教我说德语吗？"

我说："是的，你是个好人。"

英格丽德朝我们微笑，她说："你们也都很好。明天我会教你德语，还会给你们带一些干蘑菇。"然后她大步走进了树林。

佩帕休息，睡觉，我出去查看索套。我们套住了一只兔子。感觉好极了，佩帕很快就会好起来，而且还有一只兔子可以当茶点。天气很晴朗，也很冷，走在朝湖边倾斜的山坡上，我想着英格丽德，想着能遇上她真好，因为她不会告密，而且还是个医生。我也想知道有关民主德国的事，所以当她下一次来的时候，我打算多问她几个问题。

9 蘑菇

第二天佩帕好些了，清早，她一起床就在森林里狂奔了一小时。前一晚我已经给她的胳膊换过绷带，我换了些水藓敷在伤口上，然后重新把绷带绕紧，肿已经消了。

等佩帕回来后，我们去溪边洗袜子和运动鞋，我还要洗绷带。然后我们烧了水，又一次用湿的 T 恤衫当搓澡巾，抹上肥皂洗澡。天气还是很冷，但是我把火烧得旺旺的，即使光着身体待在火边也没问题。佩帕又提到了阴毛。

我们把所有洗好的东西挂在伞上晾干，然后我带着气枪出去了。我走到了兔窝旁，坐在一堆石头边上一动不动，静等兔子出现。佩帕待在棚子里，读那本《诱拐》。她说这个故事的节奏很慢，有许多古老的单词，讲的是一个男孩的故事，他的叔叔为了一笔遗产想要杀死他，到目前为止，她只读到这里。故事里的叔叔很老了，这位"老爷爷叔叔"只喝燕麦粥，他管它叫"燕麦秋"。

我尽量让自己纹丝不动，风从东北方吹来，但是湖边只有一丝微风，我的气味儿应该会被吹向远离兔窝的方向。我给枪泵了八次气，装了一颗子弹，让枪口对准一丛羊齿蕨，它的旁边有一条兔道。然后我静静地等待着。

我坐在潮湿寒冷的地上，靠着岩石，枪就架在石头上。在我的前方，能看到羊齿蕨和草坡，它们的后面是树。太阳出来了，但是很冷，我的双手像是在寒风中一样被冻得发僵。

我坐在那儿，盯着草丛和羊齿蕨旁的兔窝。羊齿蕨在微风中轻轻摆动，除此之外没有任何动静。更远处，在靠近坡底的地方长着一片树林，三只乌鸦在树林上空盘旋。湖水在阳光下泛着波光。在我的上方，斜坡朝上延伸开去，那儿的树木长得更密，都是高大的苏格兰松树和落叶松，在比它们更高的地方，是岩石山脊的最高处，再高就是沼泽地和麦格纳布拉。我知道自己身处何方，这是件好事，知道佩帕正在庇身棚里读书，也是件好事。

我先是听到一阵汽车的晃荡声，然后才看见了它们。两辆越野车沿着我们这一侧湖岸开了过来。一辆是护林员开的绿卡车，另一辆是警车，侧面带有橘色和绿色的条纹。车缓缓地沿着遍布石头的平坦湖岸开过来。

我从岩石边缘缩回身子，一动不动地看着他们。我放慢呼吸，我知道不能做出任何突然情绪化的决定，而是应该停下来，等待片刻，估量情势。

　　两辆卡车缓缓地往前开，差不多到我和佩帕钓鱼的地方，停了下来，两个警察从车上下来了。一个穿着深绿色衬衣的护林员从另一辆卡车上下来，他们朝斜坡上走了一段路，然后停下了脚步。护林员指着什么，两个警察都看着手机。我看到一个警察给护林员看了看手机，然后他换了个方向，远远地指向湖那一端的尽头，他们也转过身，朝四周打量。

　　我缓缓地转过身去，想看看是否有烟从我们在树林里点的火堆上冒出来。没有。我知道，大部分烟都被微风吹进了我们背后的树林，况且烟本来就不浓，因为我们用的柴非常干燥。我再慢慢地转回来，凑到石头边缘，继续盯着他们。

　　他们全都聚在警车旁交谈着，一个警察仍旧看着自己的手机。我放慢呼吸，等待着、观察着。然后，两个警察回到车上，护林员也上了自己的车，他们再次发动汽车，沿着湖岸朝尽头开去。我在原地一直等待着，等到他们从视线中消失，再也听不见发动机的轰鸣声。我猜他们会开到湖的那一端，沿着另一条小溪开上山坡，然后开上一片人工种植林和我们走过的那条林间公路。

　　我想，如果这些人是在寻找我们，那他们找得不算很仔细，他们没有把车开到我们的树林去。也许他们不是来找我们的。但是两个警察、一个护林员，他们从车站拿到了监控录像，甚至可能拿到了火车上的录像，所以他们知道我们是朝哪个方向跑的。

我站起身，一溜烟地跑进我们的树林，然后放开了速度，一路飞奔回庇身棚。

等我回去时，英格丽德已经来了，她带来了一个保鲜盒，里面装满了干蘑菇，另一个保鲜盒里装着黄油，还有面包和一个煎锅。

佩帕说："你打到兔子了吗，索尔？"

我说"没有"，然后说："湖岸边有警察，还有一个护林员，开着两辆越野车来的。"

佩帕说："该死，该死，该死。"

英格丽德说："他们是在找你们吗？"

"我不知道，但是他们怎么会跑到这么高的地方来？"我说。

"也许有人在这里有案子。"英格丽德说。

佩帕说："他们看见你了吗？"

"没有。他们沿着湖一路往顶头开去了。不过，他们在我们钓鱼的地方停了车，下来看了看。"

佩帕说："我们该搬家了，索尔。到更深一点、更高一点的树林里去。"

英格丽德说："到我的营地去吧。我的营地离这儿挺远，在一个小山谷里，一个人也看不见。我可以帮你们搭一个庇身棚。你们把油布带上。"

我需要时间考虑考虑。我信步走进树林里，独自待了一会儿。他们既然能找到这附近来，那么往更深的地方走一走也是可能的，他们甚至可能跑到我们这片树林的另一侧的边缘，然后从那边进到林子里来，那样一来我们留下的足迹就会被发现。

我回到营地，英格丽德正在用黄油煎蘑菇，闻起来香极了。她拿出我们的一罐咸牛肉，打开全部放进煎锅里，和蘑菇一起煎。

佩帕说："我们到英格丽德的地盘去吧，索尔。那儿更远，而且没有人。我们可以建一个新的庇身棚。"

"你们可以帮我捡柴火，"英格丽德说，"我很老了，后背有时候会很疼。"

我说："你不想独自待着吗？"

英格丽德说："不。我已经独自一人好多好多年了，我希望能有两个小女孩陪着我。"

我们把煎锅里的咸牛肉和蘑菇吃了个精光，真是太香了。佩帕手舞足蹈地说："美味佳肴啊，英格丽德！"

英格丽德不想打听为什么警察在找我们，也不想知道我们为什么不愿意见人。我想，正因为这些原因，我才下定搬家的决心，愿意住到她的营地去。也许只住一阵子，然后再回到这里来。我可以在那儿为我们布索套和打猎。

我说："你的营地旁边有可以钓鱼的湖吗？"

她说："旁边没有，再高一些的地方有，离我住的地方大约有2千米远，有一个叫达吉恩湖的小湖。在那条山谷的尽头也有一条河，而且在我旁边就有一条小溪可以打水。"

"在去那儿的路上要经过沼泽和麦格纳布拉，要是走在那儿被发现怎么办？"

"你们有头灯——我们晚上去！"

我还在犹豫，佩帕说："我们去吧，索尔。我们今晚就可以走。"

我说："这是一段很长的路，而且我们得把所有的东西都带上。"

她说："我知道。"

我从背包里拿出地图，找出英格丽德的位置。那儿同样离房屋和步道都很远，但是离一条主干道只有 2 千米。不过，主干道上没有标记出任何步道或小径可以通往那儿，在她的营地和公路之间似乎只是一片茂密的树林。我把地图给她，她把营地所在的地方指给我看。那个湖位于她所在山谷的高处，处于一片高地上，高地一路抬升，一面连接着麦格纳布拉和沼泽地，另一面是一连串的小湖泊。

我说："我们在那儿能有吃的吗？"

英格丽德说："我有食物，很多很多。我一个月到镇上去一次，买米、面粉、黄油和果酱。我会做面包，我有一个石头做的面包炉。"

佩帕说："果酱啊，索尔！"

于是我说"好吧"，英格丽德说天一黑我们就动身，但是我们得先把东西收拾妥当，把这个庇身棚彻底清理干净，不能留下一丝一毫我们住过的痕迹。我和佩帕把所有物资装进背包，然后我把铺在棚顶的树枝统统拉下来，把油布也拉下来，把伞拆掉，然后将树枝藏进树林里。

我们把所有云杉枝条藏进灌木丛，又把搭棚子的立柱拉垮。我将湿衣服塞进背包的一个口袋里，把罐子和塑料袋之类的垃圾通通埋进地里。佩帕把她的东西塞进自己的背包,拿着她的书和她想要用来缝制帽子的那一堆兔皮。

我们在火堆旁一直坐到夜幕降临。我已经把太阳能充电器放到溪边一块阳光充足的地方,给头灯的电池充电。

那天晚上没有月亮。天黑后,我们用泥土把火捂灭,然后把柴灰朝四面八方踢散,让它们消失得无影无踪。等我们出发的时候,这片营地没有留下任何痕迹,只剩下一些弯折的树枝和被压断的小草。我们沿着小溪往上游走,打算从树林里穿过去。

英格丽德戴着一顶头灯,走在最前面,佩帕戴着另一顶头灯走在中间,我跟着佩帕的灯光走在最后。英格丽德走得很慢,她一边走路,一边上下晃动身体,还用德语自言自语。

我们很艰难地爬坡,穿过那片树林,然后还得攀上通往山脊最高处的沼泽的陡坡。英格丽德一直走得很慢,有时会回头招呼一声:"加油!"

终于来到了沼泽地,我们决定停下来稍作休息。我放下背包,佩帕坐在自己的背包上。英格丽德从她的水壶里倒水给我们喝,我们还吃了些焙朗饼干。

沼泽周围一片漆黑,我们关掉头灯,天空从上方把我们罩住,到处都闪烁着晶亮的星星。越是盯着它们看,就越能觉察它们形成的许多线条和旋涡。星空的正中朝内盘旋起来,像是流进了塞孔里的水,所有的星星都变得越来越小,越来越微弱,最后变成一条卷曲的云带。星星多得数不清,每个方向都有那么多,注视着它们让我感觉天旋地转。英格丽德站在那儿，抬着头，双手举过头顶，说："那是我们永远也无法知晓的事情。"

当我在网上看着俄罗斯、中国、马来西亚或巴西那熙熙攘攘的人群时，也有同样的感觉，城市是那么大，世界上的人是那么多。也像是坐在一辆公共汽车上，从一栋栋房屋和一个个行人身边擦肩而过时的感觉，你会想，世界上有那么多人，根本不可能一一认识他们，或是与他们每个人说话，甚至无法看见他们全部，他们也根本不可能认识你。这是一种很有趣的感觉，有些害怕，又有些开心。

英格丽德似乎用不着看指南针，她径直穿过了沼泽。我们的脚踩在石楠丛上，发出"沙沙"的响声。有的地方凹凸不平，脚下尽是填满湿泥的小坑，有的地方我们脚下踩着的是水藓。佩帕一直走得很稳，而我只能气喘吁吁地跟着她，还有她的头灯在石楠或英格丽德后背上照出来的圆形光圈。

我们继续往前走，地势开始迅速抬升，很快我们又开始爬坡了。这时候，英格丽德说："我们从这些石头中间穿过去……"又走了一阵，我们再次停了下来。我们来到了一片平地，在头灯的亮光中，能看到石楠丛中耸立着一块块的石头。佩帕转了一圈，把整个石头圈都照亮了。它们形状各异，有些带有尖角，有些是圆形或近似三角形，大部分比我要低，有的很长，侧倒在地上。所有石头都是银灰和金相间的颜色，上面长着一块块的青苔。我们在石圈当中休息，我拿着佩帕的头灯照了一圈，数了数，一共有二十四块石头。这里十分安静，黑暗从天而降，把我们彻底笼罩在里面。

英格丽德站在石圈中间，高举双手，闭上眼睛，再一次用德语自言自语地念叨起来。然后她说："乞求女神庇佑我们，庇佑我们安全。"

佩帕"咯咯"直笑，我将头灯照向她时，她将手指放在太阳穴旁边比了个"怪人"的手势，我说："别那样，佩帕。"

英格丽德喊了声"走吧"，我们就跟着她离开了石圈，从沼泽地的最高处穿了过去。地面几乎是平整的，只是轻微地朝下倾斜，我们的脚下再次响起了踩上石楠丛的"沙沙"声。

我们断断续续地又停了三次，喝水，吃焙朗饼干，休息。我们已经走了好几个小时，我很好奇到底走到什么地方来了。我正打算把地图拿出来，就听见英格丽德说："这就是我的树林。"

于是我们一头扎进一片茂密的树林里，沿着林间的一条狭窄的小径行进。与我和佩帕的那片树林相比，这里长着更多的橡树、榛树和桤树。这里高度也更低，我们从石圈往下走了好长一段距离。英格丽德继续缓慢而稳定地走在前面，不断朝后喊着"不远了，小姑娘"。我们沿着一条小道走下一片陡峭的斜坡，那是鹿踩出来的小道，我能看到泥巴里的脚印。走了很远的下坡路之后，终于来到平地上。这是沿着河边伸展的一块平地，能听到小溪在树林中奔流时潺潺的水声。佩帕抱怨她的运动鞋磨脚，我只得停下来，从背包里拿出急救箱，在她的脚踝贴上一张创可贴。树林里舒适而宁静，只有小河的流淌声和林间微风吹拂的声音。

我们再次往上爬，穿过树林，走上另一条鹿道。从斜坡的上方伸出一个像台阶一样的地方，英格丽德说："我的营地！"

她的庇身棚是沿着那个"台阶"的边缘搭建的，比我们的要大，有一道拱形的门，门上挂着一块绿布。屋顶是用云杉树枝铺成的，隔壁有一个石头搭成的拱形结构，就像干砌石堤那种砌法。在庇身棚前面是一个石头搭成的壁炉，上方有一个三角桌，挂着一个巨大的黑色水壶，壁炉对面有一个单坡的棚子，和我们从前住过的那个类似，但上面铺着云杉枝。这是个很不错的营地。

　　佩帕跑前跑后地看着，大喊一声"索尔"，又从庇身棚旁跑了过去。那儿有一条小溪从上方的石块之间流淌出来，形成了一道小小的瀑布，流进一个小池塘里。在营地的后方，山坡继续抬升，上面有些大石头，桦树和花楸树从石头缝中生长出来，一丛丛死去的风信子树叶和灌木在石头之间缠绕纠结。

　　英格丽德点起篝火，喊道："你们喜欢这里吗？"

　　佩帕说："太棒了。你会在小池塘里游泳吗？"

　　英格丽德说："我在里面洗澡、洗衣服。到了夏天，你可以坐在里面凉快凉快。"

　　我拿出指南针，坐在英格丽德的火堆旁。营地朝南，阳光会很好，单坡的棚子又挡住了北风。我期待着天亮后能看到从这儿俯瞰下方树林的景象，现在仍旧能听到小河在林间流淌的声音，我简直迫不及待了。这地方谁也发现不了。

　　佩帕坐在火边，火已经烧得很旺了，热热的，很舒服，也照亮了我们周围的营地。英格丽德说："我有面包和奶酪。"然后她走进自己的庇身棚。

佩帕说："索尔，我们躲在这儿，不会被发现的。"

我说："是的。天亮后还得看看周围的环境，但是比我们之前住的地方要好，离步道和马路没那么近。"

佩帕说："英格丽德挺疯的。"

我说："我知道。但是她人很好，而且喜欢我们。"

英格丽德回来了，拿来了三个盘子、大块面包和黄油，还有大片的奶酪和一罐泡黄瓜。她说"吃"，我们就开吃了。我饿极了，面包又香又软，有一股烟熏的香味儿。奶酪是咸的，味道很浓，配上泡黄瓜，味道很不错。我们好长时间没有说话。佩帕吃什么都非常快，英格丽德说："还想来个苹果吗？"佩帕说："好的。"

然后英格丽德说："你们睡在我的棚子里，我就睡这儿，看着火。"她说着跳起来走进自己的棚里，拖出一个灯芯草做成的大垫子，还有一个睡袋和一条毯子。她把垫子在火边铺好，钻进睡袋把毯子拉上，坐起来说："这里很暖和。"

佩帕说："英格丽德，你是怎么找到我们的？你怎么知道我们在那儿？"

英格丽德说："我的鼻子很灵，我走在沼泽地里，闻到了你们的火的味道。而且我能闻出来，火先是冒出来，然后变矮了，所以我就过去瞧瞧。我看到了你，一个小姑娘，在那儿睡着了，而火已经灭了。"

我也一直为此感到好奇。英格丽德指了指自己的鼻子："我能闻到很远的气味儿，能闻出附近是否有狗，如果风向合适，能闻到汽车，甚至是有人靠近的味儿。现在，我闻到要下雨的味儿，还有雪。我有一个很棒的鼻子。"

佩帕说："你不会想闻索尔放的臭屁。"英格丽德说："我不讨厌屁，我们都要放屁，我还放很多呢。"

"索尔也是。"佩帕说。

我说："你今天闻到警车的味儿了吗？"她说："没有，风的方向不对。现在我得睡觉了。"

她钻进睡袋里躺下来，我们帮她把火封上，然后走进她的庇身棚。

她的床是架高了的，和我们的一样，上面也铺着云杉枝。在一些大块的平石上，放着她的毯子、棉被和鸭绒被，都叠得整整齐齐的，还有一些带盖的塑料盒。她有一个挂着的横栏，是用剥去树皮的杆子做成的，上面挂着衣架，衣架上挂着衣服、夹克和裙子，就像挂在衣柜里一样。其中有一件是中国的丝绸夹克，上面用红色和金色的线绣着各种图案，有龙、松树，还有鱼。她还有好多双靴子，沿着棚子的边缘一字排开，有长长的马靴、马丁靴、蓝色系带的长皮靴、登山靴、匡威牌靴子和两双硕大的军靴。

佩帕说："她很喜欢靴子。"

我们拿出睡袋和毯子，在床上睡下，感觉又温暖又舒服。我太累了，困得没办法给佩帕讲故事，她很快也睡着了。

10 营地

和英格丽德在一起很愉快。我们有吃的，我还在树林里打猎。英格丽德的林子里有野鸡，这意味着附近某个地方有猎场，因为野鸡不是苏格兰本地的动物，而是从外地引进的，是为了吸引有钱人来打猎，他们只要付些钱给农夫就可以猎杀野鸡了。而且要打中野鸡真的不难，它们很聒噪，根本藏不住。当你将准星对准它的时候，它可能只是傻坐在那儿，谁都能打中野鸡，说不定用弹弓也可以。来到英格丽德营地的第一天，我们就射中了两只。

佩帕和英格丽德待在营地里洗衣服，挂起来晾干。英格丽德试着帮助佩帕，把她缝过的那些兔皮重新缝成一顶合适的帽子。天气越来越冷，白天阳光灿烂，到了晚上则会下霜。佩帕读她的书，英格丽德坐在火边，剪开兔皮，绕着佩帕的头测量每一块的尺寸，然后开始缝制。她一边做着活儿，一边教佩帕说德语，但是她首先得教她用德语说脏话。英格丽德对脏话一点也不介意，虽然年纪大了，但她觉得教佩帕用德语说"妈的""傻×"和"屁眼"之类的词很正常。她说："它们是一种语言里最有趣的词，它们不是坏词，只是词语的一部分而已。"佩帕向她请教德语里怎么说"蠢货"和"屁话"。

当我带着野鸡回去时，佩帕告诉我，"Popantz"是德语里的"鼻屎"，用德语说"胸罩"是"Büstenhalter"，就是"胸部支架"的意思。我放下野鸡，英格丽德说要把长长的尾羽留下来做装饰用，不过她说成了"做修饰用"。

我收拾好野鸡的内脏，抹上盐，穿上棍子，放在火上烤。英格丽德用一个大罐子做了米饭，我们吃了米饭和烤野鸡肉。然后，英格丽德从一个箱子里拿出了苹果，她用卫生纸把每个苹果都包了起来，它们个个又红又大。

英格丽德说："明天我们一起给你们搭一个庇身棚。我很快就要用自己的棚子了，这两天很可能要下雪。"

第二天，我们一大早就顶着冰霜起床了。我去砍了些树苗，用来搭棚子用。我们的庇身棚搭在英格丽德的对面，门口就靠着火堆。我用石头做了三个底座，又砍了些树干来做床。我得爬到营地的高处去找云杉，佩帕和英格丽德则负责用伞绳把树苗绑在一起。

我必须走到树林的高处去，才能看见云杉深绿色的树冠。我在树林中找到八棵高大的云杉，砍下好几捆树枝，用两截伞绳把它们绑起来，然后拉着伞绳当把手，把它们拖回到山下。我们把油布绑在框架顶上，然后把云杉枝一层一层地搭在上面。后来我又跑去砍了两次树枝，因为云杉枝被我们一直铺到了地上。我们用石头把树枝的末端压在地上，防止被风掀起来。我们做了一个漂亮的大拱门，在这个新棚子里我几乎可以完全站直了。然后，英格丽德让我们把干燥的树叶沿着外墙堆放起来，又在房顶上铺上枯叶，这样能起到隔热的作用。云杉和枯叶都很好闻，我们把云杉枝铺在床上，地面上也满满地铺上一层，当作地毯。

英格丽德把桦树皮卷紧，再加上她从苏格兰松树上弄来的松脂，就做成了蜡烛。她还拿来桦树皮，把熔化的松脂滴在接口处，做成一些可以防水的碗和一个罐子。她有一个大大的白铁罐，里面装着松脂，是她从松树上采集回来的。她把蜡烛点燃，给我们看它烧得有多好。她说，松脂可以当胶水，用来黏合木头，它还是一种防腐剂、消炎剂，能够杀死伤口中的细菌，所以也可以用来做绷带。

我们用面粉、干酵母、盐和黄油做面包，把它们全部放在英格丽德的一个大铁碗里揉。她向我们演示怎样揉面，揉好后，让面团在火边静置一个小时，它会渐渐膨胀起来。然后再往里面加入一些面粉，接着揉。英格丽德做了一个巨大的扁圆形的面团，我们把它放在一个平石头上，又静置了一个小时。英格丽德点燃了烤炉，那是一个用石头一圈圈垒起来的大圆顶，最高处放着一块很厚的平石。烤炉上有一个小门，英格丽德把木管和干草在柴灰里点燃，放进烤炉里，然后添进一堆木柴和细棍，炉膛里烧了起来，开始冒烟。烤炉的底部放着一块大平石，当火渐渐熄灭，里面只剩下炭和热灰后，她把所有灰烬扫到一旁，用一块岩板铲着面团推进去，放在那块平石上。

刚出炉的面包混杂着棕色和金色，我和佩帕顾不上烫嘴，直接就吃开了。英格丽德化了些奶酪抹在自己的面包上，所以她吃的是奶酪土司。

英格丽德刚说了句该下雪了，雪真的就下了起来。在那个雪花飘飞的夜晚，我们披着毯子坐在火边，在火光的映照下，雪花看上去是黄色和橘色的。我们吃了面包和奶酪，喝了加糖的茶，但是没有牛奶。佩帕把她在《诱拐》里读到的故事讲给我们听。

故事发生在1751年，男主角叫戴维。戴维的父亲去世后，虽然他是这笔财产最合理的继承人，但他的叔父不希望他继承父亲留下来的大房子。于是，这位叔父骗他去攀爬一段巨大的石头台阶，那段台阶中间有个缺口，一脚踏空就会摔下深渊，在一片漆黑之中摔死在石头上。他很幸运，一道闪电闪过，他看见了那个缺口，这才明白叔父要杀死自己。

然后叔父带他去爱丁堡看望一位律师，却又把他骗上一艘船。叔父付钱给船长，让他敲昏戴维，绑架他，把他带到美国去卖作奴隶。我说我还以为只有非洲黑人才会被带到美国当奴隶，但佩帕说，那本书里说，有些苏格兰人也被送去当奴隶了。瞧，我又涨了点儿知识。

言归正传，在船上，船长那伙人成天喝得醉醺醺的，他们把一个叫兰瑟姆的男孩折磨死了。戴维不得已去为他们端茶送酒。然后他们的船开进了雾里，追上一艘小船，船上有一个高地人，叫艾伦·布雷克·斯图尔特，他自称是一位国王，要为自己的酋长送一大笔钱，而且他说话时用的是苏格兰方言。这位船长，坏心肠的家伙——戴维在爱登堡遇见他的时候还以为他是个好人——加上其他的酒鬼一起合谋要把艾伦杀死，把他的钱据为己有。戴维偷听到他们设下一个阴谋，所以他与艾伦交了朋友，跟那伙人在船上一个叫作甲板室的地方大打一架，艾伦用一把枪杀死了一个水手，还刺死了肖恩先生，这个人杀死了男孩兰瑟姆，算是罪有应得。

这时候佩帕问："什么叫'辉格'党人？"英格丽德说："'假发'的意思，如果你自己的头发掉光了，可以把它戴在头上。"[1]

佩帕说："不是。是 W-H-I-G。那是什么，索尔？"

但是我不知道，我真希望现在能查查维基百科。佩帕说："好啦，不管那是什么，艾伦说辉格党人都有张长脸。"英格丽德和我彼此互看一眼，我们都皱起眉头，耸耸肩。

我对佩帕说："戴维多大年纪？"佩帕说她觉得他十三四岁。

我说："他杀了人。"佩帕说："是的。"他的确杀了人，在甲板室里保护艾伦的时候。

我外出布索套或打野鸡的时候，佩帕从英格丽德那儿学了好多德语单词。我下到河边，设了两根夜钓绳，鱼钩上装着用来钓鳝鱼的虫子。我在一块空地里又找到一个兔窝，那儿有一道斜坡，雪地里有兔

---

① "辉格党"的英文为 whig，而"假发"的英文为 wig，发音相同。英国辉格党产生于 17 世纪末，19 世纪中叶演变为英国自由党。"辉格"原意指"强盗"，是苏格兰人的责骂语言。

子的脚印，我便在那儿的兔道上布了几个索套。

回到营地的时候，佩帕已经学会好几个和身体部位有关的德语词，她一会儿指着自己的手肘说"Ellbogen"，一会儿指着耳朵说"Ohr"，眼睛是"Augen"，手指是"Finger"，手是"Hand"，不过尾音得变成 t。然后她又指着自己的臀部说"Arsch"。

我们储存的木柴越来越少，得多收集些柴火了。英格丽德说，她总是把树枝扯下来，然后拿脚把它们踩断，所以现在常常背疼，而且她的确也老了。

树上和灌木丛上到处堆着积雪，白天显得特别明亮。夜晚的天空很明净，积雪被冻成了冰。英格丽德帮佩帕做好了帽子，佩帕戴上了。帽子上垂下两片护耳，顶上还有个尖儿，兔毛做在帽子的内面，佩帕说戴着又暖和又舒服。英格丽德特别善于做针线活儿和手工。到了晚上，她坐在火边，会拿出小刀雕木头。

有一天晚上，吃了鳝鱼和米饭后，我说："英格丽德，你多大了？"

她微笑着说："我七十五岁了。"

然后她就给我们讲了自己的人生经历，讲她是怎么来到这片树林，开始野外生活的。

1940 年，她出生在德国柏林，这是第二次世界大战爆发之后的第二年。她的父亲在德国军队服役，母亲来自俄罗斯附近的拉脱维亚，早在战争爆发前，他们在一栋富人的豪宅里当仆人时就认识了。她说他们家住在一间位于一楼的小公寓里，公寓在柏林一个穷困地区的公寓楼中，那里到处都是纳粹，到处飘扬着纳粹的旗帜。她的父亲不是纳粹，但是被迫参了军。她一岁的那年，一架满载德国士兵的飞机在飞往波兰的途中坠毁，她的父亲就在那次事故中死去了。

父亲是以军人的身份牺牲的，所以母亲从政府那里得到一笔钱，但是用来买吃的和付房租远远不够，所以她母亲常常出去替别人打扫办公室和大楼。英格丽德在家里与母亲说拉脱维亚语，在外面或学校时说德语。在家里，她叫妈妈"Mate"，这是拉脱维亚语"妈妈"的意思，德语里叫"Mutti"。

英国和美国开始轰炸柏林。每当轰炸开始，她和妈妈只能待在地下火车站里，在德语里，它的名字是"U-Bahn"。在幼儿园里，他们唱着希特勒和德国必胜的歌曲，但俄国已经打败了德军，正在入侵柏林，他们却毫不知情。她家附近的公园里装着大炮，整夜整夜地发射炮弹，那条街上所有住户的门窗里都放着沙袋。

有一天晚上，英格丽德的妈妈在地铁站里认识了一位老人，和他交了朋友。后来他成了妈妈的男朋友，开始到她们家来，有时候会过夜。他会给她们带食物，有时候给她妈妈带来葡萄酒和白兰地，他还给英格丽德带来过一个洋娃娃和扎头发的丝带。他的妻子已经死了，两个儿子也在与俄国的战争中死在了俄国。

她们住的地区每天都被飞机投弹轰炸，也被大炮轰炸，所有的店铺都被炸翻，到处都是倒塌的建筑，满地瓦砾，他们根本找不着吃的。英格丽德和妈妈待在公寓里，有的时候妈妈不得不出门，想方设法地带点儿面包和米饭回家。没有煤气或电，就在后门外的院子里生火做饭兼取暖。纳粹党人要么逃跑，要么躲起来，要么试图离开柏林，因为俄国士兵马上就要来了，他们会杀掉纳粹党。

英格丽德的妈妈的男朋友，那位老人，再也不来了。她们开始挨饿，住在附近的人们也是一样。英格丽德的妈妈整天整天地哭泣，她们整天躲在家里不出去，听着枪炮声越来越近。

然后，俄国人开着坦克进了城。士兵排成很长的队伍，他们走进每家每户，强暴德国妇女。三个俄国士兵冲进她们的小房子，强暴了英格丽德的妈妈，当时英格丽德就躲在一个橱柜里。每次只要有俄国人闯进来，妈妈就会让她躲在那里。从那以后，英格丽德的妈妈变得郁郁寡欢，她成天躺在床上，英格丽德只能走出家门，去找食物吃、找水喝。

轰炸完全停止了，俄罗斯人统治了她们生活的整个地区。每一栋公寓和房子里都有士兵，街道的中央搭起一个巨大的帐篷，里面住着许许多多的俄国兵。有些俄国士兵很好，会给英格丽德面包，给她妈妈香烟。整个柏林都遭到了轰炸，所有的房屋和公寓大楼都被炸烂，到处是成堆的断瓦残垣，什么设施都没了用处，她们只能从街上的管子里接水，然后用桶提回家去。

俄国士兵告诉她，希特勒死了，俄国赢得了这场战争，现在柏林成了俄国的一部分，她就要成为俄国人，而不是德国人了。许多德国人被带走，运到俄国，在工厂里做工，甚至包括老人。战争停止后，英格丽德和妈妈已经开始与许多妇女一起，排着队从被轰炸过的建筑里往外搬碎石头和瓦砾，清理满地的废墟。街上有厨房可以领吃的，但是每一天，她们都必须排着队去那儿领面包和汤。

英格丽德的妈妈又有了一个男朋友，是一个俄国军官，叫伊利亚，他是个健壮的大块头，看上去就像巨人一样，留着胡须，穿着一件带毛领的大衣。他来到她们家，和她的妈妈上床时，英格丽德就只能待在厨房里。但是他人很好，会给她们带吃的，比如香肠、巧克力和蛋糕。而且他给英格丽德的妈妈带伏特加，有时候他们会喝醉，英格丽德就跑出家门，在街头那一栋栋被炸过的楼房里玩。

街上每一栋被炸塌了的建筑里都有许多孩子在玩耍。他们都和英格丽德一样，而且都没有了爸爸。那是夏天，天气很热，他们有时会在老房子里发现死人，有时候，还没看到死人，已经先闻到了死人的气味儿。街上到处都是老式的德国坦克和报废的车子。

有一天，英格丽德和其他四个孩子在一栋公寓的后院玩，那儿垒着一堆堆的石头，灰尘遍地。他们拿着粉笔，在玩过家家的游戏。他们在地上画了一个个的房间，英格丽德当宝宝，两个年长些的女孩当妈妈和爸爸，另一个男孩是小弟弟。一个女孩踩着一堆瓦砾跑过去时，一颗炸弹爆炸了，爆炸发生时，英格丽德像一个小小的洋娃娃一般，被气浪掀到院子对面，漫天都是灰尘和烟雾，她什么也看不见了。她的脸颊在流血，火辣辣地疼。其他的孩子全都死了。

一些俄国士兵跑进来救了她，把她带到帐篷里，一位俄国医生给她看了伤势，从她的脸颊里拉出一块铁片，跟一颗花生差不多大小，然后在她的尖叫声中，为她缝好了伤口。

英格丽德的妈妈找到一份工作，在俄国人的兵营里做饭，打扫卫生。她开始整天外出，不再关心英格丽德。她开始晚上也和伊利亚一块儿出去。她常常要么是喝醉了，要么是在工作，英格丽德可以想做什么就做什么。

她有时候就在街上跟着大孩子们游荡，他们从商店里，或是从俄国人的营地里偷东西。英格丽德年纪还小，一些很小的洞，她能够钻进去，而且她长相可爱，一副天真无邪的模样，大孩子们入室偷窃或顺手牵羊时，常常让她望风。

一个十二岁左右、叫克劳斯的男孩喜欢英格丽德，他开始照顾她，给她吃的。他不让其他孩子欺负她，偷东西的时候也总是带着她。有时候，他们会从军队商店或店铺里弄到打开过的点心，有时候从向军营运送物资的卡车里偷香烟。

克劳斯没有父母，他和哥哥一起住在一间地下室里，哥哥名叫约翰尼斯——他们都管他叫汉斯——他们是一伙流浪街头的孩子的头儿，领着大家偷东西、乞讨、惹麻烦。

公寓楼里的女人都不喜欢英格丽德的妈妈，她们总是冲她吐唾沫，管她叫"Rabenmutter"，这是个德语词，意思是"乌鸦妈妈"，她们觉得她像乌鸦一样，对自己的孩子不管不顾，任由她每天出去冒险却视而不见。

渐渐地，冬天来了，没有取暖设备，也没有煤气，英格丽德只能上外面捡东西吃，在公寓里生火取暖，从街上断掉的水管里接水。妈妈在家里的时间越来越少，就算偶尔在家，也总是醉醺醺的。

后来，从某一天开始，妈妈就再也没回来。

英格丽德一个人在家里等了好几天，妈妈也没有回来。她出门去找到克劳斯和其他孩子，告诉他们妈妈不见了，克劳斯说她可能被俄国人杀死了，因为他们不但强暴德国妇女，有时候还会要她们的命。英格丽德和克劳斯、汉斯一起，走遍柏林的大街小巷，整整找了两天妈妈。他们跑到所有的俄国军营去，向士兵们打听是否见过她，但是俄国人不会说德语，大部分士兵不是驱赶他们，就是朝他们吼叫。有一天，她看到伊利亚站在一辆军队卡车的旁边，在与一些士兵聊天。她朝他跑过去，问他是否知道妈妈在哪儿。他大笑起来，其他士兵也冲她大笑，然后他给了她一块巧克力，摸了摸她的头，离开了。

她待在公寓里，克劳斯和汉斯也搬了过去，他们一起挤在妈妈的床上睡觉。没有学校，也没有父母，没有任何人告诉他们该做什么。他们到处偷东西吃，或是乞讨，或是在被炸过的地方捡木头。到了晚上，他们躺在大床上，给彼此讲神话故事，克劳斯会抱着英格丽德入睡。

有一天，一些老男人来到英格丽德家，用力地敲门。他们是警察，说德语，在寻找孤儿，要把他们送到一家孤儿院去。克劳斯和汉斯不愿跟他们走，克劳斯说他们会被带去俄国，在煤矿里做苦工，可是警察们抓住了他们两个，另一个人抓住了英格丽德，然后把他们带出了公寓。克劳斯和汉斯被带走，扔进门外停着的一辆大卡车上。

抓住英格丽德的男人把她抱在怀里，在街上走啊走啊，最后来到一栋巨大的灰色建筑前。这栋建筑的旁边是教堂，他把英格丽德交给一位牧师，她被安排在一间大屋子里与许多年幼的孩子坐在一起。

牧师和一些德国女人给他们送来面包和汤，然后牧师说了许多祈祷的话，给他们每人发了一床毯子。孩子们只能在地上睡觉。

第二天，孩子们被要求必须洗澡。他们排着队，穿着内裤等待着，然后被放进一个装满了灰色冷水的白铁澡盆里，一个胖女人用肥皂给他们搓澡。然后，女人们拿着粗糙的毛巾为他们擦干身体，给他们发了新衣服。女孩们的是小小的灰色连衣裙，一件灰色套头毛衣、一件羊毛外套和黑色的贝雷帽。他们都有了新裤子和袜子，还给每人发了一个帆布书包。

然后来了一个大个子老男人，他穿着制服，长得很丑，英格丽德要对他说出自己的名字、住在哪儿，还有爸爸和妈妈的名字。她告诉他，爸爸死在了战争中，妈妈被俄国人杀死了，男人伸手摸了摸她的脸蛋，冲她笑了笑。

他们被带出去，然后排着长队，一个接一个地登上一辆巨大的公共汽车。一共有七八十个孩子，年龄都很小，都穿着灰色的外套，戴着贝雷帽。汽车载着他们开出柏林，穿过被炸烂的建筑和一排又一排等着领取食物的人，经过成千上万的俄国士兵、坦克、货车和大炮，最后来到了一处乡村。英格丽德从前没见过乡村。所有的树都是光秃秃的，到处都是巨大的弹坑，还有灰色的雪。汽车停下来，俄国士兵走上来，来来回回地走动，盯着所有的孩子。

孤儿院是一栋高大的老建筑，看上去像是湖边的一栋城堡，那儿有住在帐篷里的俄国军人，还有烧毁的德国坦克和汽车。有人领着他们走进一间十分宽敞的集体宿舍，里面摆放着一排排的床和小桌子。

他们立刻爬到了床上，因为天气实在太冷了。

孤儿院由一些老修女管理，她们动不动就生气，孩子们只要一聊天，就会被她们大吼大叫地骂一顿。每一天，他们都必须去一间大厅里做弥撒，祈祷。那儿也有俄国士兵，他们嘲笑修女、抽烟，在做弥撒的时候聊天。

又过了几个星期，他们开始每天在大厅里上学。他们用德语做阅读和写作，学习有关俄国的知识。然后，有一天，一个大个子男人走进来，开始教他们俄语，他们不得不学习新的字母表和单词。弥撒也停了，他们用不着去教堂，牧师也不再来跟他们聊天。

就在那个地方，英格丽德一直待到了十七岁。

她喜欢那儿，她在那儿有好朋友，还帮助大人们照看更小的孩子。她擅长数学，学习科学和化学知识。她学习俄语，学习一切与俄国革命有关的知识。主厅里挂着列宁同志、马克思和恩格斯的照片，大厅里还挂着一幅巨大的画，画的是俄国士兵解放柏林的情景，此外，这里还有一张斯大林同志的照片，一直挂到她十三岁那年变成了赫鲁晓夫的照片。到了周末，她会约两个同龄的女孩去骑自行车，一个叫艾琳，一个叫安娜，她们都加入了一个叫"少年先锋队"的组织，这是一个为了在德国建设社会主义而努力奋斗的组织。

有时候，她会进柏林城去参加会议，那儿依旧到处能看到遭到轰炸过的样子，曾经矗立着楼房的街道上，有一道道巨大的沟壑。所有老建筑的石料上都留着弹坑。在她从前住的那条街上建起一座新的图书馆，而她家那栋公寓楼的位置上，一所大学教学楼正在拔地而起。

她从未想起自己的妈妈和自己小时候的那些往事。她忘记了许多事情，因为她很年轻，很美丽。她很高兴自己是德国人，很愿意建设社会主义，这意味着人们分享所有的财富，没有穷人，也没有富人，每个人都能住在舒服的公寓里，还有一份工作，孩子们能在宽敞明亮的学校里学习，受到细心的照料。

　　我们坐在火边，在雪地里，听着英格丽德讲述这一切，不过佩帕开始打起呵欠来，眼皮也开始往下耷拉，于是，英格丽德说："明天再接着讲吧。"

　　我想继续听她的故事，了解她现在为什么会住在树林。她穿过了整个欧洲，她看到自己的妈妈被强暴，甚至被杀害，但她依旧这样善良，依旧愿意照顾我们。

11 食物

早上很冷，我和佩帕待在床上，紧紧依偎在一起聊着天。英格丽德生了火，给我们拿来加了果酱的麦片粥，盛在她用桦树皮做的碗里。

她说："我们不久就得去镇子上买些吃的回来。我要去邮局取信。"我很清楚，去镇上是迟早的事，但是我担心被人发现，人们会给警察打电话，告发我们。可是，我又想知道警察到底掌握了多少有关我们的消息，妈妈是否依旧在康复中心。于是我们商量了一阵，最后认为，只要我和佩帕打扮得像男孩子一样，在镇上分头行动，买完东西再会合，就不会引起别人的注意。

英格丽德说："镇上的人都认识我，我在那儿当过医生，他们都以为我已经疯了，人们不会搭理我这个又老又疯的老太婆。我还有笔钱存在银行，我可以取出来，买些好吃的。索尔，我还打算给你买一架单筒望远镜，再给佩帕买一把合适的匕首。"

我们都说"那好吧"。走到公路上只有 2 英里的距离，从走出森林的地方赶到镇上，还有 4 英里。从森林里一出来，就是一家修车厂，还有"小厨师"快餐店，在它们旁边有一个公共汽车站。我和佩帕带上背包用来装食物，英格丽德戴上一顶用蜡棉布做的大宽檐帽，乍一看像一顶牛仔帽。我们把佩帕的头发全部堆到她的兔皮帽下面，我戴上毛线帽，看起来就像个男孩子。因为担心会下雨或下雪，我让佩帕穿上了海丽汉森。

穿过树林，踩着垫脚石跨过小河，再爬上一道被树林覆盖的山脊，只花了大概一小时，我们就上了公路。大部分时间我们都在沿着鹿道和鹿的脚印走，英格丽德对路线很熟悉。我们来到公路上，那是一条主路，车库和"小厨师"餐厅出现在我们正前方。

我们一直等到路上一个人也没有，然后才分头行动。佩帕和英格丽德站在车站的一头，我站在另一头。除了我们之外，车站没有其他等车的人。我们在车上也是分开坐的。人们可能会认为佩帕是与疯奶奶一起出门的小男孩，而我只是个进城的年轻人。车上除了我们之外，空荡荡的。

我们都在镇中心的前一站下了车，我在车站等着，佩帕和英格丽德沿着河往前走，走过通往主街的大桥进城。我们约好，两小时后在那座桥上会合。我等了一会儿，然后一边走，一边寻找可能装在路灯灯柱上的监控摄像机，可是一个也没有发现。我径直朝图书馆走去，没有看到上一次跟我说话的那个老人。我付了钱，买了一小时的上网时间，整个过程中没有人注意我。

仍然有一些头条在报道搜寻我们的结果和后续的调查，但是越来越少了。几天前，有几条新闻说"警方表示，湖中尸体与失踪女孩并无关联"，原来是一个女人在拉纳克郡的一个湖里发现了尸体，后来证实那并不是我或佩帕。还有一些人说见过我们。有人说发现我们在伦敦，还配有一张在曼彻斯特拍摄的监控视频画面，画面很模糊，说有人看到我们出现在那儿。这消息很好。我输入许多不同的名字搜了搜，包括罗伯特，有一篇报道是关于他的，说他在二十三岁那年，曾经因为对孩子实行性侵而被判罪，并且被列入性侵犯罪者名册。有一篇是对社会服务机构进行采访的报道，质问他们为什么对我们的处境一无所知，也从没有登门探访过。我知道为什么。因为我们从来不说，也从来不告诉别人。妈妈很幸运，当她酗酒的时候，忽视我们的时候，从来没有人揭发过她，一直是我在照顾她和佩帕。

在苏格兰警察网上，有一篇报道详细地讲述了我们失踪的经过，附有一张带相貌说明的新照片，以及依旧是从格拉斯哥的监控视频里截取的画面，但是仅此而已。

Twitter 上仍旧有很多消息，都是同样的人发的，比如伊恩·莱基和姆莉。我找到一条叫 ALISON@THECLUB 的人发的内容，写着：**克莱尔在康复中心表现得很好。**

接下来，我看到了妈妈在过去十天里发的内容。我的心开始"怦怦"地跳动起来。我一路读下去，心跳得越来越快。先是有一条说：依旧为我的小姑娘们祈祷，索尔和佩帕，请与我联系，我爱你们；接下来一条说：戒酒三星期。一天一天地好好过下去。不需要止疼药就应付过来了！简直无法相信！然后是许许多多祝贺她的话，其中就有伊恩·莱基发的：只要做正确的事，好事就会发生，克莱尔。坚持下去，把疗程做完。

昨天她发了一条：我的做法等于打破这里所有的规矩，但是我必须常常对她们说，我在这儿，我爱她们。戒酒二十四天。老天保佑我的孩子们。就在我看着这条内容时，一条新的内容出现了，是她刚刚发上来的：已经四个星期没有喝酒了，这是一个奇迹。现在我需要另一个奇迹。请老天把我的孩子们送回来吧。

我离开图书馆，买了一块馅饼和一罐可乐，坐在长椅上望着河水。突然，佩帕走过来坐在我旁边，她说："给我点钱。我想给英格丽德买件礼物。"

我说："佩帕，你不该来找我。要是有人看到我们在一起，或是被监控摄像头拍到，那怎么办？"

她说："那快点给我一些钱。"

我说："千万别去偷东西，万一被发现，你就暴露了。走吧，别跟我说话。"

我给了她 20 英镑，她朝镇中心的方向跑去。我朝主街上上下下扫视了一遍，没有见到摄像头，但店铺里可能装着。这儿的行人不算很多，但是街上塞满了私家车和公共汽车。天气很冷，人行道上积着化了一半的积雪。

我有一点担心被人看到和佩帕在一起，但除此之外，感觉还不错。妈妈似乎不再酗酒了，她在康复中心有人照顾，警察们也没什么线索。

主街后有一个巨大的停车场，还有一家特易购超市。我进到超市，往背包里塞了许多我们需要的食物，面粉、大米、通心粉、盐、一大罐奶粉、煮粥用的燕麦，还有黄油和食用油。英格丽德说我们需要再买些肥皂和洗发水，我也买了。我还买了一些牛排，回去后可以配茶水吃，买了苹果和大颗的马铃薯，然后是许多奶酪和好几罐豌豆。英格丽德会买蛋糕和糖，我们现在还剩下很多的茶。

我把所有的东西都塞进背包里，回到桥上。我站在那儿，俯瞰着主街，看到英格丽德从邮局门口大步穿过马路，走进了一家商店，但是我没有看到佩帕。然后，英格丽德又从店里出来，走进了 Co-op 超市。

又过了一会儿，我站在桥上，看着英格丽德和佩帕朝我走来。这时候，一位牵着小狗的老人停下脚步，与英格丽德说话，她停了下来，像平常一样，微笑着与他交谈。佩帕没有留意英格丽德，她穿过马路径直朝我走过来，手里提着两个塑料袋，一边走一边喝着一罐汽水。

我率先朝公共汽车站走去，一路上不停地回头，看见佩帕正跟在我身后，在她后面，隔着一段距离之外，英格丽德走在对面的街上。这看起来应该很正常，我们一点也不像是认识的熟人，但是人们常常会留意或察觉到某种蛛丝马迹，并且告诉警察，不怕一万就怕万一。

来到公共汽车站，有一位老人和他的妻子也在等车。我们三个对彼此视而不见，佩帕不断东张西望，遇上我的目光就对我咧嘴笑，我冲她摇摇头，然后去看那老人和妻子是否注意到我们，但是他们没有。英格丽德笔直地站在车站的尽头，眺望着前方的马路，谁也不看。她背着佩帕的背包，里面装着她买的东西，显得鼓鼓囊囊的。

等我们走上通往英格丽德营地的上坡道时，天色已经开始变暗了，天气冷极了。英格丽德说："我遇到一位从前的病人，很久以前的，他问我过得怎么样、住在哪里。我说我住在伦敦，是来这儿度假的。我没有透露任何跟我们住在这里有关的事。他是个糖尿病患者，竟然活到了现在，这倒是叫我挺意外的。"她冲我们微笑着，一副很高兴的样子。

我说："我找到了妈妈的消息。她还在那家康复中心，已经戒酒了。她还在那儿，而且天天请上帝保佑我们平安。"

我们登上一片陡坡，这儿的雪还没有被动物或人类踩过，踏在上面，发出"嘎吱嘎吱"的响声。有的地方树木长得非常密实，就像一排坚固的围墙，但英格丽德总能知道怎样从中间的小缝里钻过去。我们登上了坡顶，开始朝着有河流流过的山谷往下走。树木渐渐变得稀疏起来，但是更加高大了，长长的山坡朝河边缓缓地铺开。在树干的缝隙之间能看到小块的绿色，其中一块绿色旁有一个大土丘，周围满是从洞里挖掘出来的新土，地上还有些干草。我在土丘旁边停下，说："瞧，这儿有獾。"

英格丽德说改天再来看它们，要待在下风向，就能看见它们从窝里钻出来，吃东西，玩耍。"它们喜欢玩，喜欢到处跑。它们踩出的小径跟踪起来很方便。"

我下定决心，一定要回来看看它们。獾与冬眠的刺猬不同，它们不冬眠，只要土地冻结得不太厉害，它们就会一直出来觅食，挖虫子和蛴螬吃。

背着所有买回来的东西，重新爬到英格丽德营地去，真是件累人的事，我和英格丽德走得气喘吁吁，只能每过一会儿就停下来休息，佩帕却直接对着最高点和树林后的营地冲了上去，最后这段路对她而言完全不在话下。

我们点起篝火，英格丽德点燃了蜡烛，我拿煎锅在火上煎牛排。我们配上豌豆，吃了牛排，我又吃了些蛋糕，喝了茶。佩帕说："英格丽德，我给你买了一件礼物。"她从塑料袋里拿出三条丝巾，英格丽德目瞪口呆地坐在那儿，然后使劲拥抱了佩帕，把丝巾戴上了。佩帕说："我是在一家慈善二手店里买的。"然后她把那 20 英镑用过之后剩下的零钱还给我，又拿出一本书来，说，"我买了一本新书，还有一盏小小的阅读灯，能够夹在书上，这样，我晚上在棚里也能读书了。"

英格丽德说："好了，小姑娘，我也有礼物要送给你们。"

她给我买了一架单筒望远镜。它看上去就像一个缩小版的望远镜，可以用来观察远处的情景。这件神奇的礼物放大倍数为十倍，放在一个帆布口袋里，还带着一条系带。英格丽德说："它比双筒望远镜更加适合用来寻找远处的动物之类的对象，而且我不知道你两只眼睛的视力是否都是 1.0，所以决定还是买单筒的。这是德国货，他们做的光学设备质量很过硬，用来打猎和观鸟都不错。"

我甚至完全不知道是怎么回事，就哭了起来，就是心中陡然涌起想哭的感觉，自从八岁之后，我还从来没有哭过。我不知道为什么自己会这样，佩帕说了声："索尔……"我没有抽泣也没有颤抖，没有发出任何声音，只是突然间眼泪就涌了出来，胸口似乎堵着一个巨大的硬疙瘩。英格丽德用一只胳膊拥着我，佩帕握住我的手。大概是因为收到了礼物吧，我已经记不起上一次收到礼物是什么时候了。而且这是一件超级棒的礼物，不是巧克力或香水或化妆品或类似的蠢东西。这是一架单筒望远镜，如果你也跟我一样，就会知道再也没有什么比这更好的礼物了。

然后，英格丽德送给佩帕一把匕首。那是一把制作精良的求生刀，锯齿状的刀刃，带自锐性能的织带护套，就像贝尔·格里尔斯刀一样。佩帕没有哭。她一跃而起，欢呼："太好啦！"然后，她拿着匕首挥舞起来，在四周跑来跑去，又是砍又是刺，我不得不叫她小心一点。她长大了，也许的确可以拥有一把匕首了，而且她肯定很喜欢砍木头、削东西，只是不要把自己的手指砍下来才好。

我们都对英格丽德道了谢，她说："索尔和佩帕，你们使我的生活变得非常快乐。"

然后佩帕坐到床上，她想先把《诱拐》读完，然后就开始读那本新书，新书的主角是一个小男孩，他的妈妈去世了。英格丽德说了声："帮我一把，索尔。"我们走到她的庇身棚旁，把一段巨大的桦木搬到了火堆边。英格丽德拿出她的小刀，说，"现在我教你怎样用桦树皮做东西。"

她用刀绕着树干划了一圈，把树皮往后撕开，树皮掉下来，露出里面黄色的东西，那东西闪闪发亮，而且很好闻。她又把一个装着松脂的小罐子放在火上加热，剪下一片与 A4 打印纸差不多大小的树皮，在四个角上沿着对角线的位置，分别划出四道大约 6 厘米长的切口。然后她把划开的边缘一一折叠起来，用双手环住树皮，直到把它收拢，最后形成一个有着利落直角的碗。她说："银色那一面朝内，看……这样能防水。桦树皮上有油。"

她在火上把刀子烧热，然后把松脂涂抹在接口处，捏住它们。她说："有时候也可以用缝的，但是在冷天里不好缝，针很难戳进去。"

她把碗放下来，离开了火边。那只碗有一个很漂亮的方形底，碗边和碗沿也干净利落，看起来很漂亮。几分钟后，英格丽德拿着塑料瓶朝碗里倒了一些水，没有漏出来。

她把碗递给我，说："喝吧。"

她的手很大，骨节突出，指甲很长，涂成了红色。手上的皮肤就像被揉搓过的锡箔纸一样皱皱巴巴的，却像天鹅绒一般柔软。

我说："你喜欢你妈妈的男朋友吗？"

她说："不喜欢。但是他们当中有些人给我东西吃，我们那时候很饿。我妈妈在战争中受了很多苦。做个妈妈不容易。"

我说："你当妈妈了吗？"

她说："没有。我曾经想当一位母亲，但是这不容易。战后民主德国没有提供生育治疗。"

英格丽德说她在东柏林上了大学，那是民主德国领土的一部分，在英国，我们管它叫 GDR。她开始学习化学，后来接受了培训，成为一名医生，因为在民主德国，与战前纳粹统治时期相比，女人当医生的机会要多得多。

在大学里，她遇见一位叫马克斯的年轻战士，并且爱上了他，他在接受电子学的培训。马克斯个子很高，有着一头金发、大大的蓝眼睛和健壮的双手。他们都是德国统一社会党的党员，这个政党统治着他们的国家，这意味着他们能够得到工作和房子。政府建造了一道围墙，把半边柏林围了起来，目的是为了阻止人们跑到西德和欧洲的其他地方去，那些地方都是受美国统治的，是社会主义和德国人民的敌人。马克斯在柏林墙周围巡逻，阻止人们逃跑。人们以为在美国的统治下，会生活得更加美好，更加富有，所以想要逃跑。但实际上，那儿也有许许多多贫苦的百姓，失业泛滥，毒品肆虐。

英格丽德从不为那些逃跑的人操心，因为能够学习如何当一名医生，她感到很快乐。不久，她就开始对疾病展开了研究，寻找人们得病的原因，她还学习了很多有关人体免疫系统的知识，知道免疫系统中的白细胞会帮助我们跟感染和病毒做斗争。

她很聪明，所以对免疫系统的研究获得了很多成果，参与了对药物的研发工作，有的药能够攻克疾病，有的能够使免疫系统发挥更加出色，她开始进入一个化学研究部门工作。这时候，马克斯在军中获得一次提拔，负责管理电子监听设备，通过这些设备，他们能够监听美国人在西德做些什么，那儿的士兵们随时准备着再一次对德国发起战争。

　　英格丽德说，她有过一段无忧无虑的生活。后来她与马克斯在柏林结了婚，住在一套公寓里。他们想要孩子，但是无论怎样尝试，她就是无法怀孕。他们有谈得来的好朋友，也一块儿出去玩，但不能像西德人那样，获得自己想要的所有东西，比如电视机、真空吸尘器和漂亮的小汽车。但是她仍旧感觉自己在努力把德国建设得更好，建设成一个财富人人共享，并且大家互帮互助的国家。

　　没能有孩子这件事令马克斯很失望，英格丽德始终无法怀孕，很快他就出轨了。他酗酒，大部分是从俄罗斯弄来的伏特加。有时候，他离开家去俄罗斯或德国的其他地方，一去就是好几个星期，英格丽德独自待在家里，每天按部就班地上班和做研究。

　　她换了工作，开始在一家人民医疗中心上班，那是为生病的工人和普通人治病的地方。她看到许多人遭受疾病的折磨，要治好这些病很容易，前提是要有所需的药物和设备，可他们就是没有。她常常对其他党员抱怨，对年长的男医生抱怨，说需要的物资总是不够，没办法让工人们恢复健康，抱怨医院太破旧，病房太脏，窗户上到处是裂缝。

　　因为马克斯常常离家在外，回来时又总是喝得醉醺醺的，所以他们动不动就吵架。她开始郁郁寡欢。她认识了一些人，他们告诉她西方国家是多么不同，她从收音机里收听西柏林的流行音乐节目，那儿的人似乎个个都活得很开心。

　　然后，马克斯告诉她，他让另一个女人怀孕了，他要离开她，与那个女人生活在一起，生儿育女。她被打击得一蹶不振，甚至产生过自杀的念头。

民主德国的警察被称为"史塔西"，他们时时刻刻盯着那些被他们认定是美国间谍的人，还有那些他们认为意图破坏社会主义的人，他们盯着每一个抱怨或批评政府或拥有高层权利人士的人，有时候那些发牢骚的人会被逮捕，关进监狱。民主德国的民主和英国那样的民主不同。在英国，你可以说首相是个浑蛋、说讨厌托利党①，什么事也不会发生。可是在民主德国，你必须按照政府的要求说话办事，而且不能对国家产生抱怨，不能对任何错误发牢骚。除非与史塔西的人在一起，否则不能离开这里，史塔西会阻止你与他们不喜欢的人交谈，阻止你逃跑，跑到德国的另一半或美国去生活。

有一天，一些史塔西来到英格丽德家里，告诉她马克斯被捕了，因为他是个美国间谍，而且一直在把民主德国的机密告诉西柏林的美国人。英格丽德不相信，他们问了许多有关马克斯的问题，她告诉他们，他酗酒，还有另一个女人，他们问她，在她认识的人当中，还有谁可能是美国间谍，她说没有。他们说，如果你想起来，就告诉我们，我们会给你更好的房子，甚至一辆小汽车。

在那段时间里，英格丽德学习了英语，所以她能够阅读有关免疫学的英语医学书籍和免疫学方面的期刊。因为她是党员，所以出了一次远门，离开民主德国，到伦敦去参加会议，来自全世界各地的医生

---

① 托利党，产生于 17 世纪末，19 世纪中叶演变为英国保守党。"托利"一词起源于爱尔兰语，意为"不法之徒"。

们都聚集在会议上，讨论有关人体免疫系统的想法。三位来自民主德国的医生参加了那场会议，会议是在伦敦市中心的一栋大房子里举行的。史塔西提前告诫过他们，他们将会看到资本主义制度的恶行，那儿到处是罪犯、毒品和穷人，工人们很悲惨，因为他们不能生活在一个像民主德国那样的社会主义国家里。但是当英格丽德到伦敦后，她却爱上了那里。那儿有灯光，有剧院，有红色的公共汽车，有熙熙攘攘的人，还有昂贵的店铺，里面卖漂亮的衣服。她听到了流行乐曲，看到长发披肩、穿着奇装异服的嬉皮士。在伦敦，一切都是五颜六色的，一切都叫人兴奋不已。史塔西随时跟着他们，防止他们逃跑，而且必须把买回民主德国的东西交给他们审查，以防他们买了违法物品，或是流行音乐磁带，或是昂贵的衣服。但是她根本没钱在伦敦买东西，她只是喜欢那一切缤纷的色彩，她喜欢嬉皮士，喜欢听到的音乐。她说，那里的人看起来很开心，而且他们似乎很自由。

他们回去后接受了史塔西的审问，要交代自己与谁交谈过、说过些什么。他们要求英格丽德交代，另外两位医生是否曾与别人聊过天，或试图买昂贵的衣服，或金子，或流行音乐磁带。她说没有。

她在民主德国继续生活了十年，在人民医疗中心工作，做有关免疫系统的研究，住在一间小小的公寓里，直到三十九岁。有人通知她，马克斯已经被作为间谍处决了，还有些她认识的人被捕，包括曾与她一块儿骑自行车的两个女孩，安娜和艾琳。安娜为政府的无线电台工作，而艾琳在郊区一家大型电力厂工作，她们都以间谍的罪名被带走，关进了监狱。大学里也有一些人遭到了逮捕，她在从大学返回家里的路上被史塔西跟踪。她时时刻刻都想着逃跑，逃到伦敦去。到伦敦去，在那里生活，获得自由，不会因为什么错也没犯就被逮捕，这成了她的梦想。

有时候，她会在晚上绕着东柏林行走，沿着那堵围墙走上一段距离。朝对面望过去，能看到公寓大楼、起重机和一些建筑。可是，被分成两半的柏林中间布满了带倒钩的铁丝，还有机关枪，随时准备扫射那些逃离的人。她从未真正思考过自己小时候的遭遇，或是妈妈的遭遇。但是在内心深处，她感到悲伤、愤怒和忧郁。她在晚上收听英国广播公司的节目，虽然这样做是违法的。她了解了很多发生在英国的新闻，比如工人罢工，还听了很多朋克摇滚音乐。在民主德国，她无法真正相信任何人，因为为了得到更高级的公寓和汽车，人们会揭发自己的朋友。史塔西仍旧来找她，向她打听认识的人有什么问题，但是她从来什么都不说，她只是说自己什么都不知道。可是，他们跟踪她，她有时会收到从英国或美国寄来的和免疫学有关的信和包裹，但每次都发现，史塔西已经打开并检查过了。

后来，她写了一篇免疫学方面的研究论文，有关血液细胞如何鉴别那些它们应该杀死的有害物质。她用一架显微镜得出了这个发现，然后在小鼠身上做了许多次测试。论文发表后，她一下子出名了，受邀再次去伦敦参加一场会议。

史塔西和政府花了很长时间做审查，但最终他们还是批准她出国，因为她能够提升东德在西方的形象，他们希望向全世界展示东德高超的医疗水准。三个史塔西跟着她，他们假扮成医生，每分每秒，如影相随。

　　他们来到伦敦，住在肯辛顿区的一家酒店里，这是一家很高档的酒店，价格十分昂贵，史塔西为此感到非常兴奋。他们在酒吧喝得烂醉，一边喝酒一边大笑，非要英格丽德和他们一起待在酒吧。其实，他们也被英国间谍监视着，英格丽德知道其中一个酒保就是间谍，因为他根本不知道怎样倒啤酒，还总是盯着她，这引起了她的注意。

　　她打算叛逃，也就是说，她想找一个警察，告诉他，自己不想再回到民主德国去，而是留在伦敦。她告诉史塔西，自己来了月经，很不舒服，他们都喝醉了，不想离开酒吧，所以允许她自己回到酒店的房间去。但是她没有回自己的房间。她径直从酒店中穿过，找到一扇后门，打开门是一个院子，然后是一条小巷，最后她从一条店铺林立、交通繁忙的商业街走了出来。当时几乎已经是半夜了，她走啊走啊，确定自己没有被跟踪后，便走进一家警察局，说："我是一个东德医生，我要叛变。"她的护照被史塔西的人扣住了，但是她有一些和会议有关的信件，而且她带着德国社会统一党的党员卡，她把这些东西拿给警察看，他们打了许多通电话，让她在一个房间里等了两个小时。然后，两个穿西装的男人走了进来，把她带到一栋很大的办公楼，和她一起坐在一个房间里，给了她咖啡和香烟，然后就是等待，一直等到天亮。

　　英格丽德说完后，我才去睡觉。她说她现在累了，明天再继续讲给我听。她明天早上想去麦格纳布拉对神说话，我说好的。

　　我上了床，佩帕还醒着，她打着那个可以夹在书上的阅读灯在读

《诱拐》。我说："好看吗？"

她说："嗯，有很多地方我不是很明白，因为它的语言很老，但是大概意思是他们遭遇了船难，然后戴维被冲上岸，困在一个小岛上，他没办法跨过大海，回到大陆上去。而且他不懂得大海会有潮汐涨落，以为大海永远保持一个模样。后来他明白了，逃跑了，然后找到了艾伦。他拿着艾伦外套上掉落的一个纽扣，所以每个人都知道他是艾伦的朋友。还有士兵想要抓住艾伦，我不清楚那是为什么。然后，这个叫红狐的坏人被枪杀了，当时戴维正在与他说话。红狐一直在偷阿平高地人的钱，艾伦是阿平高地人的一个部落首领。戴维跑去看是谁杀死了红狐，结果被艾伦拉进一个灌木丛里，艾伦是看着戴维和红狐上了一座山的……哦，艾伦说过他想要杀了红狐，所以戴维以为是他干的，但是艾伦说他没有干。后来，他们被士兵们追得在沼泽和石楠丛里到处跑，只能在外面露宿。哦，他们还被困在峡谷里的一块石头上不敢下来，不然就会被士兵们发现。他们只有白兰地可以喝，他们需要水，天气很热。高地的天气会很热吗？"

我说："在夏天是的，但是也经常下雨。"

"他们被困在石头上，被士兵包围起来。他们在那儿待了一整天，简直要被太阳烤焦了，后来他们从石头上下来，再次逃跑，躲起来，只有冷的麦片粥喝。后来他们又被另一个部落的一个叫克鲁尼·麦克弗森的人抓了起来，他叫他们玩牌，把戴维所有的钱都给赢走了。就是这样东躲西逃，在野外生活。"

我累了，佩帕关了灯，睡着了。我躺在那儿，思考了一阵子。

我想着英格丽德的人生，但是大部分时候想的是她的妈妈。她的妈妈也许被一个俄罗斯人杀死了，她后来没再费心去想这件事。她爱她妈妈吗？这令我想到我妈妈，还有我照顾她的时候做的所有的事。我从很小的时候开始，就知道一定要确保她好好的，保证她有罐装或瓶装啤酒喝。为了不叫别人知道她酗酒和天天睡觉，我学会了打扫卫生。我总是告诉人们她上夜班，所以一睡就是一个白天。我必须看着她，确保她喝多之后不会仰面躺着，因为呕吐时可能会窒息而死。我还得照顾佩帕，她很小的时候总是爬进妈妈的房间，和妈妈睡在一起，我担心妈妈翻身的时候会把佩帕闷死，实际上，这件事有可能发生，但也不像人们想象的那样常见。

妈妈在挨罗伯特的拳头时，总是什么也不做。我们挨打的时候，她也是一样。她只是默默地哭泣，说"不要，罗伯特"。有一次他们吵了起来，罗伯特抓住她的头发，一边大笑，一边拖着她在客厅里走来走去。我站起来，跳到他的背上阻止他，他一拳打在我的脸上，把我的嘴打出了血。而妈妈只是一遍又一遍地说"不要，罗伯特"。但我知道，这一切都是因为她酗酒，酗酒使人接受无法接受的事情。现在她清醒了，她一定能明白自己错得有多么离谱。

罗伯特来我家之后，妈妈变得更糟糕了。他喜欢让她喝酒，总是拿苹果酒、伏特加和啤酒给她喝。如果她不想喝，或是只想喝可乐，他会说："克莱尔，别他妈的犯傻。"有一次，他非要妈妈喝一瓶伏特加，可是妈妈说不想喝酒，因为那天是佩帕的生日，她希望我们放学回家后能看到一个清醒的妈妈。可是，我们回家时，她已经喝醉了，还不断地说着："我很抱歉，宝贝。是罗伯特让我喝的。他让我喝伏特加。他逼我的！"罗伯特也大笑着说："没错，没错。"妈妈跟着放声大笑起来。

那天晚上，罗伯特和妈妈喝得不省人事，我用像真正的汉堡包一样的芝麻圆面包，还有番茄酱和蛋黄酱调成的汉堡酱，再加上肉末，给佩帕做了个像模像样的汉堡。她说"就像麦当劳的汉堡一样"。然后我对她讲了刚刚在维基百科上读到的 Nachthexen 的故事，她很喜欢听，问那个词是什么意思。我告诉她，Nacht 在德语里是"夜晚"的意思，Hexen 是"女巫"的意思，她说 Nachthexen 是个好词。

12 麦格纳布拉

第二天，我们起了个大早，生火，做麦片粥，煮茶。英格丽德说她要去麦格纳布拉。她戴上一顶大大的紫色女帽，拄着一根长拐杖，在头发上系上五颜六色的蝴蝶结和纱巾，还化了很浓的妆。佩帕说她看起来像一个巫师，我却觉得她比以往更像女巫了。英格丽德说："我要去跟女神说话。"

我们陪她一起去。我拿着单筒望远镜，想着也许能看到鸟儿或兔子，所以还带上了气枪。穿过树林向上攀登，这段路很长，沼泽地上堆积着新落下的雪。我们穿过一小片古老的苏格兰松林，树身上积着雪，太阳一出来，把松林照得又白又亮，就像电影里的圣诞节。苏格兰曾经遍布这种苏格兰松树林，但是后来几乎被全部砍光，用来烧火和盖房子。苏格兰松树长得非常高大，长成参天大树后，为了获得阳光，有的松树会扭曲自己的枝干，变得像个老人一样。到了春天，它们分泌出能够燃烧的松脂，英格丽德轻轻敲一敲树干，就能收集起来。

穿过沼泽地，继续朝着高地走的途中，英格丽德告诉了我们她的信仰。

"我相信有一位母神，她控制着大自然的万事万物和这个世界。实际上，大自然就是这位母神本身，她滋养并创造一切生命。你们可以与她交谈。你能在和煦的阳光和春天的泥土中感受到她的温暖；你能从柔软的小草、动物的皮毛和鸟儿的羽毛上感觉到她的皮肤；你能在从大自然获取的食物里，还有甜美的溪水中品尝到她的味道；你能在松林里，在枯叶里，在金银花里，在雨中的橡树叶上闻到她的气息；你能在鸟鸣，在林间的风声，在靴子里积雪的吱嘎声，在猫头鹰的号叫里听到她的声音；你还能看到她，在连绵起伏的群山里，在沼泽里，在……"

她停下脚步，转身对着我们微笑着，向上举起一个手指："你的脸上，佩帕。还有你的脸上，索尔。也在我的脸上。在所有女人的脸上。"

然后，她继续拄着拐杖，迈着大步往前走。她说："我要从石头中感受她，请求她的庇佑，请求她引领我、宽容我在生命中做过的所有错事。"

佩帕说："她叫什么名字？"

英格丽德说："她没有名字。她无法命名，而且无法认识。但是你能感觉到她。"

佩帕说："我们应该给她取个名字。"

我听着她们的对话，然后我赶在英格丽德开口之前问："她会原谅我的妈妈吗？"

英格丽德说："当然。她就是谅解本身，因为她从不责怪。我们责怪我们自己，但她从不评判任何人。"

"可是你刚才说她会像上帝一般宽容。而我的妈妈需要被原谅，因为她不是一个合格的妈妈。"

英格丽德说："你原谅她了吗？"

我想了想，然后说："只要她不再喝酒就行。她生病了，我可以原谅她。"

英格丽德看着佩帕，她走在前面，挥舞着胳膊唱着歌，蹦蹦跳跳。"佩帕原谅她吗？"

我说："她对佩帕没有做错什么，佩帕一直由我照顾，所以她用不着原谅妈妈。而且佩帕爱她，她想把她接到森林里来。"

英格丽德坐在一块石头上，看着我："母神会让你的妈妈明白，她必须原谅她自己，你也需要原谅你自己。"

我说："为什么？我没有做错过任何事。我杀死了妈妈的男朋友，他叫罗伯特，但是那并没有错。他打我妈妈，他还打我和佩帕。而且自打我满十岁之后，他就叫我舔他的老二，只要他想，任何时候我都得听他的。他还说，他打算让佩帕也这么做，所以我用刀捅进他的喉咙，捅了三次，然后我们跑了，躲了起来。我把事情都处理好了，这事不会牵扯到妈妈身上。"

英格丽德用胳膊拥住我，紧紧地拥抱着我，我想我又要哭了。这时候，她说："你没有做错任何事。神会赐予你力量与爱。"

佩帕站在高高的山脊上，挥舞着胳膊冲我们喊，然后她笑着朝我们跑下来。

"我们叫她谢丽尔吧！"她说。

英格丽德想了想，然后说"好"。

石头周围很安静，很明亮，一丝风也没有。寒冷的空气软软地挂在石头上，积雪像珠宝一样熠熠生辉。英格丽德在石圈中央站直身体，高举双手，用德语念念有词。我绕着每一块石头走了一圈，试着去感受，但是我只能感觉到吸气时灌进肺里冰凉的空气。突然间，我感到小腹中似乎涌动着什么，然后传来了一阵刺痛。裤裆里全湿了，同时又带着一股暖意。我拉开裤子，一眼就看见了血。我在那儿站了好一会儿，感到裤子里湿漉漉的，但是挺暖和。我没有带超洁舒来。

佩帕跑了过来，对我说："你还好吗，索尔？"

我说："我初潮了……"

佩帕扯着大嗓门喊起来："哇哇哇！英格丽德！索尔的初潮来了！"然后她开始在雪地里手舞足蹈，肆意奔跑。

英格丽德朝我跑过来，她说："索尔！太好了！真是太好了！是母神！你是一个女人了！"

我说："我需要一个超洁舒。我现在一团糟，英格丽德……"血顺着我的腿缓缓往下淌。英格丽德扯下自己的丝巾，就是包过水藓的那条，说："用这个。"

我把它塞进裤子里，拿着它从下往上擦。英格丽德再次用胳膊拥住我。她说："真神奇。你真神奇，索尔。"

佩帕跑到我们身边说："你现在可以生宝宝了，索尔！"然后她又跑开去，绕着石头转起来。

我们开始下山了，我感到小腹酸痛，还一阵阵地恶心，英格丽德一边走，一边用胳膊搂着我，佩帕拿着拐杖和气枪。

我们回到营地，英格丽德烧了一大锅的水，我在火边把自己清洗干净，放上一片超洁舒，然后穿上干净的长裤和运动裤，一件背心、套头毛衣和抓绒衣。英格丽德把三个土豆放进柴灰里烤着。我把那条沾上血的长裤点上火烧了，然后把外裤放在溪流聚集而成的池塘里泡着。我们坐在火边，土豆烤熟了，我们就着黄油、豌豆和面包一起吃掉了。肚子很痛，我吃了一片布洛芬和可待因，英格丽德用一条毛巾包上一块热石头，我把它揣在肚子上，感觉好些了。

我们坐在火堆旁，英格丽德拿了一床毯子把我包住，我盯着火焰，看着中间的木块被烧得近乎变成白色，然后是黄色、橘黄色，然后是暗红色，小小的蓝色火苗从橘黄色中间轻轻弹出来，顺着木块游走起来。我感到火焰扑在脸上的热气，还有肚子上的石头传来的暖意。我的脑子转得很慢，这一次我几乎什么也没有想，只是吸进冰凉的空气，还有从木棍上冒出来的烟。

英格丽德在小溪里把所有的锅洗干净，然后堆放在火边烘干。佩帕拿了一床毯子，把自己裹好，坐在一块木头上，点着那盏灯读书。天色暗了。天黑的时间越来越早，我意识到，现在已经是十一月了。

英格丽德拿了一块长木头，坐在我旁边，用胳膊搂着我，我靠在她的肩上，她抱着我。我过去讨厌人们碰我，现在却喜欢被英格丽德搂着的感觉。

然后，英格丽德说："我们是否该去接你们的妈妈？"

佩帕从书上抬起头，说："我们可以吗，索尔？"

英格丽德说："她在哪儿？"

我说："她在一家酒精成瘾康复中心。我们逃跑之后，有人把她送到那儿，帮助她戒酒。离这里不远，大概 26 英里。"

佩帕说："真的吗？我们现在能去吗？"

英格丽德说："如果她想离开，她就能离开。那种机构的病人是来去自由的。她知道你们在哪儿吗？"

我说："不知道。她可能以为我们死了。"

英格丽德说："好吧，如果她在参加一次排毒和康复治疗，疗程一般需要四个星期。但是在那之后，她应该会需要一些帮助，比如参加匿名戒酒会或匿名戒毒会之类的脱瘾会，他们有团体性的治疗程序，效果可能很不错。"

我说："如果她真的戒了酒，就可以和我们一起住在这里。我们可以照顾她。"

佩帕站起身，兴奋地跳起舞来，"我们可以给她搭一个庇身棚，教她怎么给兔子剥皮！"

我说："你能看着妈妈给兔子剥皮吗，佩帕？"

佩帕说："索尔，要把妈妈接出来，而且保证你又不被抓走，该怎么做？如果他们看到你或我，我们就暴露了，我们会被分开，从妈妈身边被带走……"

英格丽德说："我们可以弄一辆车，开车到那个地方去。我们可以等，一直等到看见她。她抽烟吗？"

我说："抽。"

英格丽德继续说："好了，我们见机行事，我们一直等到她出来抽烟。那种地方，病人总是跑到外面来抽烟。等她出来的时候，我去跟她说，问她是否想跟我们走。我偷偷把这事给办了，没有人会知道。她就可以溜出来和我们会面，然后我们再回到这里。"

我说："我们上哪儿去弄一辆车？"

英格丽德说："我去偷一辆。从公路旁的修车厂里偷，只要是老式车，我就能得手。"

佩帕说："太好了……哦，求你了，索尔。我们干吧。"

我说："我有一张地图，能看到具体位置。"

英格丽德说："不错。"

我说："你怎么偷车？"

英格丽德说："只要一截铜丝和一把螺丝刀，再有一个锤子用来打破车窗。我男朋友在八十年代教过我。"

佩帕说："你有过男朋友？他帅吗？"

我说："你能教我吗？"

英格丽德拍着巴掌大笑起来："我可以把故事的最后一段讲完吗？"我们说"好的"。然后佩帕去帮英格丽德拿了一条毯子。

叛逃之后，英国人与她谈了好几个星期，接着又过了好几个星期，他们分给她一套伦敦的公寓，她则必须把自己所知道的有关民主德国和德国统一社会党的事全部说出来。她详细地交代了和自己的研究工作相关的一切，还有她在柏林认识的人，还有史塔西。一个找她谈话的男人说："你现在很危险。史塔西有时候会在国外杀死叛逃者，只是为了杀鸡儆猴。在英国还没发生过这种事，但是凡事都有第一次。"

英格丽德独自住在伦敦的那套公寓里，去医学院进修了一年，学习如何适应英国的国家医疗服务系统，如何当一个医生。有一段时间，英国间谍跟踪她，当她拨出电话时，还会被监听，但是很快这种事就停止了。他们以为她可能是一个假扮成叛逃者的间谍，但她不是。

她总是独来独往，不久便再次陷入忧郁之中。她开始思考自己小时候的事，还有发生在她家公寓里的事，还有离开德国，不去建设社会主义的事，虽然她自己年轻时曾有那样的雄心壮志。她想到自己的妈妈，试着回忆拉脱维亚语，但是无论如何也想不起来。她想到俄罗斯人伴随着隆隆的炮声到来时，自己是多么害怕。她越来越忧郁，最后彻底崩溃了，她哭个不停，还产生了自杀的念头。她被送到一家疯人院，吃了药，还接受了一些心理治疗，与人谈论许多有关自己人生的事，特别是关于她的妈妈，以及她对自己的所见和所为的感受。

她在那家医院待了两年，那是乡下的一栋漂亮的大宅。两年后，她好多了，他们就让她离开了。她找到一份工作，在一个小镇的医院里做医生，照顾那些患有糖尿病、癌症和心脏病的病人。

她还是喜欢嬉皮士，喜爱流行音乐，而且她开始参加各种有乐队现场演奏、人人都疯狂嗑药的活动。她遇到许多嬉皮士，买了一辆面包车，夏天去参加活动，在当地野营。他们去了巨石阵①，在仲夏节那天，太阳会从阵中一块特别的石头上方升起，所有的嬉皮士和德鲁伊教②徒都会去那儿，喝得烂醉，载歌载舞。她感觉好极了，与那些嬉皮士在一起，她再也感觉不到忧郁。不久，她就开始每个周末都跟他们待在一起。她认识了一个叫马特的男人，他的年龄比她小，还留着脏辫。她成了他的女朋友，虽然她说自己老得足够当他的妈妈了。

当时还有一种叫作"和平车队"的活动，许多住在老式面包车和公共汽车里的嬉皮士一起开着车在英国各地游荡，参加各种各样的活动，喜欢哪儿，就在哪儿扎营。有成百上千的人住在巨大的营地里，制作音乐，用木头编篮子，做其他的手工，然后拿去售卖，他们也会从政府领取救济金。他们只待在乡村，不住在房子里。

最后，英格丽德加入了他们。她放弃了医生的工作，开着自己的面包车，与嬉皮士们一块儿游荡，一起生活。她和马特开着车，加入

---

① 巨石阵，欧洲著名的史前时代文化神庙遗址，位于英格兰威尔特郡索尔兹伯里平原上，一些巍峨巨石呈环形屹立在绿色的旷野间。

② 德鲁伊教，西方世界最古老信仰之一，分布在英国及欧洲大陆的古老民族凯尔特人的宗教，信徒崇拜大自然，如山河日月、植物及动物等。

了他们的面包车和公共汽车的长队，周游整个英国。停下来休息的时候，她就照顾那些生病的人，帮助嬉皮士中的女孩接生。嬉皮士们称她为"叛逃医生"，还把这称号涂在她的车上。她为他们当中的许多人治好过感染和皮疹之类的病，有时候也帮助他们缓解嗑药太多产生的后遗症。

有时候，他们会在贵族和富有的农夫所拥有的土地上扎营，警察便常常来侵扰他们。有时候，警察会把路堵住，阻止他们扎营，并且用常用的两个借口逮捕他们，一个是吸毒，另一个是他们汽车轮胎上的花纹已经磨平了。

跟嬉皮士们在一起生活，英格丽德学到很多本领。她学会不用火柴就能生火，用柳条编篮子，敲打松树收集松脂，挖出黏土做成锅，然后放在火里烤，这样就能防水。她所有的衣服都是在慈善二手店里买的，她任由头发长长，乱作一团，她还在头发上插上羽毛、花朵和蝴蝶结。

她跟着马特学了一整套修车的本领。马特是个机械修理工，他教她怎样用短路点火的方法发动汽车，这样根本用不着车钥匙。她学会了换轮胎、修理刹车。有一次，她和马特为了修理变速箱，甚至把面包车里的发动机整个取了出来。

她爱马特。他是个魁梧的男人，不怎么洗澡，每当附近有河的时候，英格丽德就会叫他跳进河里泡一泡。她总是烧水把自己和自己的衣服洗干净，因为她不喜欢身上有臭味儿。

她与嬉皮士们在一起大概生活了两年后，他们已经走遍了整个英国，参加了各种各样的活动，在各地的野营地住过。他们打算去巨石阵，参加一个夏至日的庆祝活动，那天是 6 月 21 日，是一年中白昼最长的一天。许多面包车和公共汽车朝着巨石阵开去，但是警察封堵了所有的道路，把他们全部堵在路上不准离开，然后驱赶着他们把车开到一处空地。那是一个温暖的夏日午后，嬉皮士们聚集在一起，一大群人打算走着到巨石阵去参加庆祝活动。

这时候，成百上千的警察拿着防爆盾牌和警棍攻击了他们。那天的嬉皮士大概有七百人，而警察的人数是他们的两倍，他们从整个英国赶来殴打这些嬉皮士。他们骑着警马冲入人群中，用警棍敲破人们的脑袋，殴打妇女和儿童，甚至是孕妇。英格丽德想帮助一个女孩回到车里去，却被一个警察打中了脸。警察包围了所有嬉皮士的车，砸破车窗，划破轮胎，把车子打得稀巴烂。英格丽德和马特被逮捕了。马特的一条胳膊被两个警察打断了，他躺在地上，他们对他拳打脚踢。那两个警察打算带走马特，英格丽德冲上去反抗，可是她被踢倒在地，然后也被戴上了手铐。

好几百名嬉皮士被逮捕，他们被带到附近城镇的警察局关押起来，以妨碍警察执法和袭警的罪名受到起诉。在英国的历史上，这是被逮捕人数最多的一次事件，英格丽德说报纸上称其为"豆田之战"，但是她说那更像是一场屠杀。

后来，警察把他们全都放了。英格丽德和马特走了回去，找到他们的面包车。虽然车子已经被打得不像样子，挡风玻璃全被砸得粉碎，但他们还是开着那辆车上路了。他们开着车离开了那些嬉皮士。

马特必须上医院，断掉的胳膊需要赶紧打上石膏。然后他们在一个小镇外露营了几天，马特弄来一些零件，把面包车修好，他们决定往北走。

政府在巨石阵周围竖起了围栏，建立了一个游客中心，向那些赶来看石头的人收费，而嬉皮士从此不准入内。

从那之后，英格丽德又陷入了抑郁。她原本以为英国是安全的，英国的警察是善良的，不会无缘无故攻击普通人，不会毫无缘由地把人关进牢房，或是强迫人们到不想去的地方去。她以为这种事只会发生在民主德国或纳粹德国，可是它却在英国发生了。这是一个民主国家，她本以为这是片自由的土地，人们可以做自己喜欢的事情。

他们的车一路向北开，她的情绪越来越低落。他们来到湖区，在一个路边停车处待了几个星期。马特在一家修车厂打工，修理轿车，挣一些钱。这时候，当地市政委员会的人叫他们搬走，说如果继续待在停车处，就逮捕他们。

英格丽德说他们决定朝苏格兰进发，因为苏格兰的法律不一样，你能在自己中意的任何地方露营，只要没有把周围搞得乱糟糟的，或是烧毁森林，就不会有人要求你搬家，或者要逮捕你。

她仍旧心情低落。他们一路艰难求生，挣钱买食物和汽油。时间渐渐到了冬天，但是一路上的景色十分美丽。那里比英格兰要美多了，有优美的山峦、宽阔的湖泊和沼泽。英格丽德说她从未到过那样美丽的地方，她喜爱苏格兰人，尽管她一开始听不懂他们说话。他们一路驾车驶入了苏格兰高地，找到露营的地方，住在面包车里。

他们在靠近威廉堡的森林里度过第一个冬天，从车窗里能够看见本尼维斯山。下雪了，天气变得冷极了，不过他们车子上有一个木头炉子，而且不久后他们就领取了救济金。

马特找到一份工作，开着一辆庞大的伐木机，拿着链锯在森林里伐木。然后他们租了一栋小木屋，在里面住了几个月。木屋里的房间比车里多，而且他们有了一个真正的床。英格丽德平时就做衣服、编织篮子。

到了春天，他们修好面包车，再次上路，走遍了整个苏格兰，然后乘渡船到奥克尼群岛，参观了岛上的每一块立石，有四千年历史的老房子，还有墓室，老酋长与所有的家人都在这里长眠。

他们住在车上，在奥克尼待了一个冬天。马特为一位农夫工作，英格丽德编篮子，有时候拿到镇上去卖掉。但是整个冬天都阴雨绵绵，白昼太过短暂，英格丽德有时会感到抑郁。马特有时候会和在农场一起工作的小伙子们进城到酒吧去喝酒。英格丽德没有去，因为她比他们所有人都要大，她认为马特应该与同龄人在一起。

到了春天，他们回到了大陆，朝着南边和西边游历。他们再次穿越高地，然后下撤到阿盖尔，又在马尔岛上住了几个月，那儿海水十分清澈，是绿色的，整天都阳光灿烂。他们住在一块海滩上，游泳、捡贝壳、蛤蜊和螃蟹吃。马特去钓鱼，钓上过鲭鱼。晚上，他们用浮木在海滩上点起硕大的火堆。一次，一个渔民把没有卖掉的一大袋大虾给了他们，他们一边在海边滚烫的石头上把虾烤熟，一边看着太阳渐渐从大海上沉了下去。英格丽德说那是她这辈子吃过的最美味的食物。

　　到了秋天，他们再次南行，开车穿越艾尔郡，进入加洛韦，到达惠特霍恩岛，那是苏格兰人迹可至的最南端，从那儿能看见英格兰、爱尔兰和马恩岛。

　　然后，他们回到加洛韦，开车进入了加洛韦森林。那里有林间公路，能够把人们带进森林，远离一切人和事。他们在离英格丽德现在的营地不远处过了一个冬天。

　　英格丽德为马特感到担心，他还很年轻，而她已经快五十岁了。她知道他爱孩子，想拥有自己的孩子。但是他爱她，他善良又风趣，总是照顾她。他的身体非常强壮，甚至能够抬起他们面包车的一侧。她知道，总有一天他会走的，他会离开她，也许会找到另一个女人，比她更年轻的女人。总的来说，她不介意，因为这似乎是一件很自然的事。

　　他们走遍了这里的森林和沼泽，也去了麦格纳布拉。他们捡木柴，下索套抓兔子，在湖里钓鱼，有时候也去镇上。几个月之后他们开始领取救济金。英格丽德读了很多从图书馆借来和二手书店买来的书，有的与医学和科学有关，有的与上帝和宗教有关。她也读小说，她喜欢一本叫《呼啸山庄》的书，作者是艾米莉·勃朗特，她也喜欢查尔斯·狄更斯写的那些和孤儿与济贫院的人有关的故事。

　　到了春天，当树叶绽出嫩绿、天地焕然一新的时候，马特说他想离开这儿，回到英格兰去。英格丽德想留在苏格兰，因为在苏格兰的这些日子里，从没有警察或市政委员会来打扰他们。她喜爱自己身边的森林和群山。她告诉马特，他可以走，没关系，他哭了起来，然后就离开了。

英格丽德独自在面包车里过了好几个星期，然后她去了镇子上，在河边租了一套小小的房子，决定在那儿待上几年。她让市政委员会给她付房租，领取救济金，读了很多书。大概两年后，她决定重操旧业，做医生，于是就写信给一个为医生发放资格证书的委员会。她必须到格拉斯哥培训一年，不但要上课，还要在医院工作一段时间。她照做了，然后就获得了行医执照。

这时候，她听说加洛韦镇上的老医生去世了，他们需要一位新的医生。她提出申请，得到了一份在主街上的一家小诊所当医生的工作。她搬了回去，找了间小房子住下，成为一位医生。那一年她五十三岁。

在接下来的十四年里，她一直在那儿当医生。她不再穿嬉皮士的衣服，开始像普通人一样打扮，剪了头发，不再穿靴子，而是穿普通的外套和鞋子。她与镇上的人交朋友，大家都喜欢她。大部分老人都觉得她的口音有趣，把她当成英国人，但是他们对她还是很友善。她是个好医生，总是阅读很多有关医学的资料，常常去上课，学习新的疗法。她不像从前那样容易抑郁，几乎从来没有想起小时候的事，也不会想起民主德国、马克斯、叛逃、豆田之战和马特。那个时候，民主德国已经不叫民主德国了，而是直接叫德国，柏林墙已经被推倒，人们可以自由来去了。英格丽德并不想回柏林去看看，她在镇上做医生，住在小房子里，已经觉得很开心了。她有一个花园可以种蔬菜，与一个叫唐纳德的老人交了朋友，他住在她家附近，喜欢种菜，他的妻子因为癌症过世了，他很孤独。他和英格丽德成了有点儿像男女朋友一样的关系，只是他们都老了。唐纳德带她到克里河边，用蝇饵钓鱼，她钓上了鲑鱼，他还教她怎样绑蝇饵。她细心地照顾他，因为他有严重的心脏病，不能跑步，不能吃黄油。他们常常聊天，对彼此讲述自己的人生。在 20 世纪 60 年代，他曾经在德国军队服役，参与建造柏林墙。他能说一点德语，她就教他说更多德语。唐纳德有一只老狗，叫基珀，他们牵着它到处溜达，有时候会走到森林里去，让基珀追兔子。

他们听 20 世纪 60 年代的老嬉皮士音乐，有时候会在她的小屋里跳舞，唐纳德假装自己演奏吉他。

唐纳德向她求婚，但是她说，自己太老了，不适合结婚，而且她喜欢单身。唐纳德说镇上已经有各种流言蜚语，她说无所谓。她爱唐纳德，与对马特和马克斯的爱不同，她爱他，更像是把他当成一只可以拥抱的和善的大狗。

英格丽德学会了做面包。她还买了一个炉窑，在工棚里一个转盘上做了陶罐，然后给它们刷上颜色，再放进炉窑里烤制，让它们变得闪闪发亮。她给唐纳德做了一个基珀的雕塑，有同样的白色和黑色的毛，还有耷拉下来的大耳朵。唐纳德种菜，他们两个人吃。有一次，他们吃了一顿星期天大餐，有烤牛肉，还有唐纳德种植的所有的蔬菜。他们总是在餐桌旁给基珀留出一个位置，让它与他们共进晚餐。

作为一名医生，英格丽德看着许多人死去，她必须在死亡证明书上签字。每当有人离世，特别是女人，总叫她想起自己的妈妈。她甚至不知道妈妈是真的死了，还是逃跑了，或是被带去了俄罗斯。

当有人死去，当他们的生命终结的一瞬间，身体里所有的能量都会跑出去，就像一朵看不见的云，升起在离去者的上方。我就见过这东西从罗伯特的身体里飘出来，当时他在流血，躺在我的床上，发出"呃"的声音。那曾经存在于他的体内，而现在已经不在的东西离开了他，飘了出去，他死了。然后他就不过是一摊流着血的肉而已。

英格丽德说这一幕她看过许多许多次，她说这是灵魂回到了它的母亲那儿。有了灵魂，我们才有生命，才算得上是一个人。英格丽德说世上一切有生命的东西都有灵魂，甚至不是活物的东西，像石头和泥土，也有灵魂。灵魂是从母神那儿出生的，它们以不同的频率颤抖着，有不同的亮度，这要看它们颤抖得是快还是慢。你看到从一个人身上离开的就是那颤抖的灵魂。你看见和感觉到它们在颤抖时，就知道这是灵魂要离开了。

有的灵魂颤抖得很快，离开时会发光，有的灵魂颤动得很慢，看上去一团黑，离开时就像鼻涕虫一样。罗伯特的就是后者，它是蠕动着离开他的。

有的人拥有颤动得很快的灵魂，活着时也会发亮，佩帕就是那样。有的时候，在晚上，在一片漆黑的窝棚里，我能感到她在发光。

如果罗伯特的灵魂跑到母神那儿去，我希望她告诉它滚得远远的。

那些年，英格丽德与唐纳德和基珀一起在镇上过得很快乐，后来基珀生病死去了，唐纳德非常难过。然后，有一天，唐纳德在英格丽德的厨房倒茶，突然浑身发软，他捂着胸口，倒在厨房的椅子上，死了。英格丽德拼命按压他的胸腔，想让他的心脏恢复跳动，这时候，她看见他的灵魂缓缓地飘了起来。

从那以后，她又消沉了很长一段时间，想了很多小时候的事，还有自己认识的那些人和事。她太老了，不能继续在镇上当医生，就领了一笔养老金，退休了。没有了唐纳德和基珀，她只剩自己一人。她开始常常走进森林，坐在大树中间，思考有关神的事情。她想着当嬉皮士时候的生活，还有很小的时候，与克劳斯和汉斯在地下室的日子。她想起自己在柏林被轰炸过的大街小巷里寻找妈妈的日子。她想起马克斯离开了自己，史塔西逮捕了他，并且处决了他。她想起免疫学，还有一切她所了解的事情。

然后她决定离开，到森林里生活。她有一大笔钱存在银行里，本可以买一栋房子，但是她不想买。她想在丛林中搭一间棚屋，住在里面，设陷阱，捕猎，散步，夜晚在星空下点起篝火，所以她就这么做了。她卖掉所有的东西，把小汽车送给隔壁邻居。她把大部分衣服送给慈善二手店，买了靴子和一件肥大的油布夹克，还有一些帽子和一把匕首。然后她走进森林，建了营地，在这里住了下来。

然后她就遇到了我们。

13 滑雪

我和佩帕带上钓鱼竿、诱饵和鱼钩，打算到那一连串小湖边去钓鱼。英格丽德觉得很累，说后背疼，可能是因为她总是用脚去踩木头，因为她想让每一根木柴都保持合适的长度，这样才方便往干燥架上垒。

天气很冷，越是往高处走，积雪就越厚。我们绕着山顶森林的边缘走，来到一道山脊上，从那儿能望见一串湖泊在山谷里一字排开，山谷里白雪皑皑，看起来分外明亮。

我坐在山脊上，通过单筒望远镜四处张望，有一只老鹰在湖面上的高空处悬停着，仿佛一动不动。它双翅的末梢是白色的，翅膀上的羽毛就像人手上伸出的长长的手指。通过望远镜，能看到那些羽毛在空气中微微抖动。

佩帕沿着长长的山坡往下跑，她的目的地是第一片湖。只见她一会儿蹦蹦跳跳，一会儿坐在雪地里往下滑。她穿着黑色的海丽汉森，看上去就像一只帝企鹅，飞快地往下移动，越变越小。我从望远镜里看过去，看见每当开始往下滑，她都会咧开嘴，叫嚷着哈哈大笑起来。看到这一幕，我为自己杀死了罗伯特感到高兴，也让我产生了想要把妈妈接来的想法，让她也看看佩帕在雪地里撒欢的样子。

我跟着她往下走。湖面上已经结了一层灰色的毛茸茸的冰，冰下能看到巨大的白色泡泡。佩帕在上面走着，我对她大喊"要当心"。有时候，你一脚踩在冰面上，它会"嘎吱"一声裂开。顺着岸边的冰面走倒是没有问题。我告诉佩帕，不能继续朝湖中心走了，不能比我走得更远。我们就这样在湖边处溜着玩。有时候，一道参差不齐的白色裂缝会突然从我们脚下放射开去，发出像金属撞击一样的响声。鱼是钓不成了，我们沿着湖边一直走到尽头，佩帕找了些鹅卵石，用力一推，它们就会在冰面上滑起来，小石子儿打着转儿朝湖中心射去。水不深，就在冰下大概几英寸的地方，能看见水底灰色和棕色的鹅卵石。

佩帕跪倒在冰上，低头看着水底，那儿能看到鹅卵石，而且水非常清澈。然后她坐在冰面上滑了起来。她团团打转，就像那些石头一样。突然，佩帕朝我的身后一指，说："那儿有个人。"

我转过身，见一个男人正踩着滑雪板，从湖的另一侧朝我们这边赶来。他一路上跌跌撞撞，好不容易才从一块平坦地面上的积雪中穿过，径直朝我们走来。我有些慌了，不知道该怎么办。佩帕坐在冰面上，迎着阳光，眯缝着眼睛看着他。

他离我们越来越近了，是个年轻人，留着短短的金发，戴着护目镜，穿着一件蓝色的拉链衫，戴着滑雪手套，脚上穿着一双靴子。他大口地喘着粗气，嘴里不断呼出大团大团缭绕的白气。他一边拼命往前滑，一边咧着嘴笑。

我还没有决定要不要逃跑，他已经看到了我们，这时候，他停下来，把护目镜拉上去，用响亮的声音长长地呻吟了一声，摇晃着脑袋，让头发散落下来。

他微笑着，远远地冲我们喊："哇哦！真不容易！你们好！"

我没有说话，只是看着他。佩帕坐在冰上一动不动。

他朝湖面点点头，开始解自己的滑雪板。"冻得很硬实吧？"他瞥了一眼我放着钓鱼竿的石头，说，"不太适合钓鱼，对吗？"

他是英国人，而且是个上等人。他已经脱下了滑雪板，穿过积雪来到冰面上，自顾自地说起话来，好像我们认识他似的。

"大老远从格伦特鲁尔赶来的。最后这段路真难滑。走那条路回去——经过那些石头，那下面的坡陡些。"

佩帕站起来，盯着他看。他长得很好看，他的头发是那种发红的金色，蓬松、细软，盘绕在脸庞周围。他的眼睛很大，嘴唇很厚，是粉红色的。他的脸颊粉粉的，睫毛又长又黑。他走上冰面，使劲跺了跺脚，一道缝隙豁然裂开，伴随着"咝咝"声从他脚下射出去，他往后一跳，喊道："哇哦！酷！"

他接着跺脚，那一大块冰往上一弹，"哗啦"一声，从他制造的洞口脱落，湖水泛着泡沫涌了出来。他踢着冰块，冰块旋转着，朝着站在对面的佩帕滑过去，他说："太好了！冰球！"

佩帕把它往回踢，他从她身边滑开，伸出一条腿挡住了冰块，再次踢回给佩帕。佩帕笑着滑过去，把它往回踢。冰块在他们之间的冰面上来回滑动，在阳光下泛着银光。

我退回到岸上，看着他们踢冰块玩。佩帕没踢着，大喊了一声："不！"那男孩又是笑又是嚷地滑来滑去。他们之间隔着将近20米的距离，他从脖子上取下护目镜，放在冰上，然后取下一只手套，放在2米远开外，然后指着它们喊："嘿！射门！"佩帕踢着冰块，一路朝他滑过去，就像足球运动员一样。然后，她用力一踢，冰块朝"球门"里的他射去，他伸开双臂，往上一跳，"哎呀"一声，结结实实地摔了个四脚朝天。跌倒的时候，把冰面砸开了，水沿着裂缝涌出来，他连滚带爬地往后退去。佩帕仍在朝他飞奔，踩到水之后同样摔翻在地上。他大笑起来，双手撑着冰面，想要站起来，但是双腿在身下不停地打滑。佩帕也连连打滑，一次又一次被绊倒，她笑得前仰后合，在湿了的冰面上连滚带爬。她说："啊，我的屁股湿了！"

他也坐了起来，腿朝前伸开来，说："我也是。我叫亚当。"他整个人都沐浴在阳光里，远远地朝我笑着。佩帕站起来，滑到他旁边，在我还没来得及阻止她之前就说："我是佩帕，她是我姐姐索尔。"接着又问，"你是英国人吗？"

他伸出一只手，她一把抓住，拉着他站起来。他说："是的。你们是苏格兰人吗？"

佩帕从他旁边滑开，回到岸上，跟我站在一起，说："是啊。我们来度假。"

他朝岸边滑过来，说："我也是。我跟大学同学住在格伦特鲁尔的另一边。这里真冷，不是吗？"

佩帕说："是啊。你是上等人？"

他皱了皱眉，然后重新露出笑容，说："嗯，不，我不会说自己是上等人。我是个学生，我喜欢越野滑雪，还有在结冰的湖面上跟有趣的小女孩玩曲棍球。"

佩帕现在站在我旁边，半个身体都藏在我身后，笑着偷偷看他。他看着我，微笑着把护目镜戴回到脖子上。他朝佩帕点点头，然后对我说："她可真是一个小火球，对吗？"

我无话可说。我甚至不知道他这话是什么意思，所以只是继续盯着他。他的脸上有金色的雀斑，没有刮过胡子的地方冒出小小的泛红的金色绒毛。他个子很高，肩膀很宽，手掌很大，手指又长又细。佩帕蹦到他前面说："你有女朋友吗？"

他大笑起来，甩着滑雪手套里的水，凝视着我，摇摇头，仿佛在说"孩子气，对吧"。佩帕已经跑到他身边继续追问："有，是吗？她漂亮吗？"

他一把抓住她，开始给她挠痒痒，她尖叫着，他把她掉了个个儿，上下颠倒地抱着她。我眼睁睁地站在那儿，一动不动，甚至当他抱住佩帕的时候也没有动。她在尖叫、大笑，他把她放下来，她朝他跳过去，他再次抱住她，她用一根尖尖的手指拍着他的前胸，说："那么，你有女朋友了，还是没有？"

他说："有。"

她说："她漂亮吗？"

他说："不如你漂亮。"

她说："她叫什么名字？"

他说："赫敏。"

佩帕哈哈大笑，从他的怀里跳下来，说："是吗？像《哈利·波特》里的那个？"他说："没错。"佩帕说："她是个巫师吗？"他说："是的。"佩帕说："你在撒谎！"

他掉头朝自己的滑雪板走去，开始把它们穿在脚上。佩帕又跑了过去，她说："你读过罗伯特·路易斯·史蒂文森的《诱拐》吗？"他停下来，想了一会儿，说道："是的，我读过。戴维和艾伦。"

佩帕说："对，那就是我和索尔。"

他说："谁是戴维？"佩帕说："我。"他微笑着朝我看过来，说："那我得提防着点儿索尔——她善于使剑吗？"

佩帕说："不，但是她会用匕首，而且会射击、套兔子、钓梭鱼、搭庇身棚和生火。我们是逃犯。你可以当索尔的男朋友，她是个女人了，她都有过初潮了。"

我终于说话了，我大吼一声："佩帕！"我的脸很烫，一颗心怦怦直跳，佩帕笑嘻嘻地滑开了，亚当还是笑着摇头。他又朝我看了过来，一副很温和的样子。他的眼神很和善，他说："我有一个像她一样的妹妹。她们有时候真叫人抓狂，对不对？"

我仍旧浑身发热，只说了句："是。"

突然，佩帕大喊一声："看球！"然后一个雪球飞过去，砸在亚当的胳膊上。他哈哈大笑，戴上护目镜，开始往远处滑，一边滑一边喊着："再见，佩帕！"她又朝他扔了一个雪球，喊道："再见，亚当！"他停下，把护目镜拉起来，回头看着我说："再见，索尔。"我也说了再见。他沿着我们来时经过的山坡向上滑了一段，然后便用力朝着山脊和沼泽往上走。

佩帕走过来，站在我旁边说："索尔，我喜欢他。你呢？"

我说："走吧。"我们开始往回走，走在他的滑雪板压出来的小沟里。我们看着他努力上坡的身影变得越来越小，最后在最高处翻过山脊。我们慢慢地往坡上走。佩帕说："他会告发我们吗？"

我说："你刚才不该把我们的名字告诉他，佩帕，也不该说我们是逃犯。"

她说："他不会说出去的。他人很好，而且他很帅，不是吗？"

"他很帅并不能说明他人好，佩帕。"

佩帕说："是的，没错。我喜欢上等人。他胳膊上的肌肉很结实。你喜欢他吗，索尔？"

我说："不喜欢。"

她说："不对，你喜欢。你脸都红透了。"

我说："闭嘴，佩帕。"

我不喜欢叫她闭嘴，但是有时候被逼得没有办法。因为在佩帕看来，所有的事都好玩，她根本认真不起来。而且她不知道，不能因为自己觉得某件事有趣，就强迫别人也跟她一样嘻嘻哈哈。大部分事情都需要严肃对待，提前做好准备，但佩帕才十岁，她还不懂。她太小了，许多发生在公寓里的事她都记不住了。而且，当妈妈状态特别糟糕、罗伯特打妈妈或是晚上闯进我的房间时，我从不会让佩帕看见，更不允许她在场。可是，有时候你必须采取行动，解决问题，让一切井井有条，就像野外生存时的营地一样。如果一个营地整洁有序，并且安排得当，我们就能生存下来，精神状态也会更好。

　　登上了山脊，能看到亚当的滑雪板留下的痕迹，它渐渐远离我们和我们那沼泽地里的树林，滑入低处的山谷，然后再次朝着麦格纳布拉爬升。天色越来越暗，在高耸的苏格兰松树林上方，西边的太阳变成了粉红色。我决定不再为他是否会告发我们而担心，他根本不知道我们在哪儿。如果不是知道了明确的位置，想找到英格丽德的营地是不可能的。

　　回到营地，英格丽德已经点燃了篝火，做好了面包和汤，但是因为背疼，她走起路来踉踉跄跄的。我们喝完了茶，她坐在我面前的一条长木头上，我帮她揉后背的底部，她说那儿最疼。她吃了些布洛芬和可待因，然后我用毛巾包了块热石头，贴在她的背上。过了一会儿，她让我抓些积雪，放在她的整个后背上搓，让背上凉下来。她后背的皮肤很光滑，她的身体有一股松树的味道，然后我又把热石头放了上去。她说这办法可以解放受困的神经，促进血液循环，她说她老了，所以血液循环变慢了。我继续揉她的后背，帮她按摩，她说："真好。索尔，你有一双回春的妙手。"

我们在火边坐着感到越来越冷，所以都裹上了毯子，佩帕戴上了她的兔皮帽。我们又谈起接妈妈的事，英格丽德说，我们应该尽快行动，趁着她的背疼得还不是特别厉害就行动。我也认为应该试一试，尽快把她接来。她戒酒很快就要满四个星期了，也许他们会把她送离康复中心。佩帕说我们应该给妈妈搭一间拱形庇身棚，所以我们决定了：明天搭庇身棚，后天去接她。

14 车

那天晚上我们觉得很冷，所以我从火堆里拿了块石头，用毛巾包好，睡觉的时候把它放在我们两个中间，真的挺管用。天亮后，我起床、生火、煮麦片粥和茶，然后去砍给妈妈搭棚子需要用的树干。

搭棚子是个辛苦活儿，所以我们让英格丽德躺在床上，放松后背，我们去砍树干垒石头给床做基底。这一次没有油布可以当棚顶，所以我砍了许多的云杉枝当保护层，无论如何也要把它垫得厚厚的。我花了一整天的时间才把云杉全部拖回来，然后和佩帕一起为棚子铺上厚厚的屋顶。如果再下雪的话，隔热效果一定非常好。妈妈的庇身棚在火堆旁，靠近小河那一侧，与我们的和英格丽德的挨着。这里看上去像一个真正的印第安营地，中间是一个火堆，周围围绕着三个庇身棚。佩帕把地上的积雪和落叶扫开，我们在地面铺上厚厚的云杉枝，把它们踩平，我们又用一些平石给她做了一张桌子。英格丽德给了我们一些毯子和一床被子。佩帕用羽毛和丝带做了一颗星星，我们把它挂在门上，看起来非常漂亮。我们还在门上挂了一大块绿布，这也是英格丽德给我们的。我们还拿了些英格丽德的桦树皮蜡烛放在棚里。英格丽德给了我们一个篮子，妈妈可以把那个篮子放在那张桌上，把她的零碎物品放在里面。我们还在床上铺了些英格丽德的围巾，那张床看起来很温馨。

英格丽德一整天背都在疼，她说只要好好休息就能好，所以她一直在休息。我们吃了米饭、豌豆和面包，喝了很多加糖的茶。我一想到要把妈妈接到营地来和我们一起生活，就兴奋不已。

第二天，我们都起了床，英格丽德说她的背好了，可她还是走得比较慢。她打开自己的许多个盒子当中的一个，拿了一把螺丝刀、一截铜丝，还有一把小锤子，把它们装在大外套的口袋里。她没有戴帽子，只是用一条围巾绑住头发。

我背着背包，包里装着地图、指南针、刀子，还有我的单筒望远镜。

我们喝了粥，又喝了茶，天还没亮，但我们已经戴上两顶头灯朝着公路出发了。穿过树林往下走的这段路又湿又滑，在朦胧的晨光里，我们看到在河的上方那长满树木的小小山谷里，那只獾正朝自己的洞穴跑去。

从林子里一出来，恰好就在修车厂和"小厨师"的旁边，不过我们在树林里沿着公路走了一段，来到后方的停车场。我和佩帕站在树林里，英格丽德说："我得去找辆老式汽车，新式车我发动不了，只能发动老式车。比如大众或是沃尔沃。"她走出树林，来到停车场，那儿停着一些汽车。"小厨师"和修车厂里的灯是亮着的，但是从入口看不见停车场。我们看着英格丽德在停车场走来走去，打量着每一辆汽车，有时候她会弯下腰，仔细查看保险杠或是车尾。然后她消失在入口旁的一排汽车中，又过了一会儿，我们看到她直起身，双手竖着大拇指，笑着朝我们走来。

　　我们朝她跑过去，这时候，我听到轻轻的"砰"的一声，然后是一连串"噼里啪啦"的响声。我们走到那辆车旁，见她已经用小锤子打碎了车窗，车门口的柏油路上撒了一地的碎玻璃。她把车门上那像锁一样的东西拔开，飞快地打开门，然后伸手到后车门，拔开了锁，说："上车。"

　　英格丽德蹲在方向盘下面捣鼓了一阵，只听见一阵"哒哒"声和"砰砰"声，然后她开始用德语念叨着什么。我和佩帕坐在后座上，红皮座椅很宽敞。这辆车很漂亮，也很老，车身是银色的，座位光滑又柔软。后座上放着两床带方格图案的抓绒毯，佩帕紧紧抱着自己的那块毯子。我担心会有人走过来，就坐直了身体，朝后车窗外张望。突然，英格丽德说了一声："啊哈！"然后我们听到一阵"隆隆"的汽车发动声。她跳上司机的座位，"砰"地关上了她那侧的车门，扭过头说："好！我们有车了！"佩帕说："太好啦！我们去接妈妈！"

英格丽德在一些旋钮上摆弄了一阵，车灯亮了起来，她又自言自语着："手刹……啊哈……好的。"车向后倒去，然后哐当一声，车子开始向前开了。我看着我们的车从"小厨师"旁开过，开上了公路。

这辆车很大，气味儿很好闻，门上和小桌板上的木头都打磨得十分光滑。我从车子中间那像盒子一样的东西上爬过去，和英格丽德一起坐在前排。这辆车有一个很长的银色引擎盖，引擎盖的尽头还有一个长着翅膀的银色天使，像是要起飞似的。

我说："高级车啊，英格丽德。"

她说："这是一辆劳斯莱斯，可能是 1980 年的，高级车，自动变速，动力转向，但是没有安全带，所以我必须小心驾驶。我保证会开得比最高限速慢上那么一点。"

佩帕在后座到处蹭来蹭去，裹着毯子打滚，喊道："它好舒服。妈妈会喜欢它的。"

车子一路向前开，我拿着地图，对照路上看到的路标，发现我们离转弯的地方还有 22 英里左右的距离。英格丽德看起来很开心，她开着车，风从破了的车窗里吹进来，扬起了她的头发。

路上的车很少，只看到几辆卡车从对面驶来。我们的车往前行驶着，积雪越来越少，但是路面泛着霜冻的银光。我们超过了一辆撒砂子的货车，然后就一直开在它前面。

大概开上二十五分钟，就能到拐弯的地方，然后通往我们的目的地艾比，它的附近有一个叫基拉甘的村子。我留意着路标，感受着身处汽车中那种滑翔般的感觉。一辆汽车从我们后面开上来，英格丽德从后视镜里看着它。它超过了我们，继续往前开。她说："太好了。不是警察。"

又有两辆车超过我们，也不是警察。不多久，我们就开到转弯的路口附近，我看到了标志着"基拉甘"的路标，英格丽德驾着车转了个弯，驶上了一条笔直的长路，路的两侧长满了树。我们还得找到另一条路，拐进去之后再开一段距离，右侧就是那个村子。这附近周围全是树，我们找了下一个转弯处，那条路就像一条小胡同，车子沿着它慢慢前进，开过了一架隆起的桥。这条路七弯八拐的，英格丽德驾驶着这辆大车开得很慢。现在天已经亮了，大地上的一切都凝上了一层白霜。

我们沿着那条窄道开了2英里左右，然后又是一条窄路，往右拐，开了进去，路边的树林和干砌石堤把一些土地围绕得严严实实。继续往前开了一会儿，我们看到一块木头牌子，上面写着"艾比治疗中心"。

那儿有石头门柱，还有条车道通往树林里。我们停下来，英格丽德说："我们得把车子藏起来，走进去。"

我们找到一块平整的草地，把车子开进去，停在灌木丛旁。英格丽德把车子停住，灌木恰好能够挡在它上面。她说："找些树枝来，我们把它挡住。"我们下了车，这里很冷，很宁静，除了乌鸦的叫声之外，什么也没有。英格丽德说："去找树枝。"

我和佩帕走进树林，从里面把树枝拖出来。我从一棵山毛榉上扯下一根巨大的枯枝，上面还留着棕色的树叶。我们把枝条堆放在车身靠近车道的那一侧。佩帕找了些羊齿蕨，铺在车身后面，挡住保险杠的银光。我们在树林里跑出跑进，把树枝往外拖，把带着棕色树叶的山毛榉折断，动作很快。

英格丽德走出树林，退回小路上看了看，说："很好。但是我们在霜上留下了车辙印。"在车子驶过的地方，车道的白霜上印着两行轮胎印。英格丽德用脚把它们蹭掉，说，"太阳一出来就会把它们晒化的。"

我叫佩帕从车上把毯子拿下来，又背上自己的背包，一起掉头朝大门走去，走进了树林里。我们一路穿过树林，来到一堵围墙跟前。这堵墙在林子里延伸开去，高度大概有 1.5 米。佩帕直接跳上墙，翻到另一边，但是我得帮着英格丽德翻墙。然后，我们落在了车道旁的一片树林里。我们蹑手蹑脚地走过去，透过树丛，能看到一块巨大的草坪，中间有一个许愿池，然后是那栋房子。是那种老房子，有着尖尖的屋顶，还有小小的城垛，就像一座城堡。屋顶的瓦片上长着青苔。有一个石头砌成的大门，房子里有些窗口亮着灯。房子前方的砂石路上停着四辆小汽车。

我们从围绕着那片草坪的树林中穿过，来到房子的背后。这儿延伸出一块新的场地，有一个巨大的滑动门，还有一个庭院，里面有桌子和椅子，就像户外酒吧。

英格丽德低声说："那儿就是他们抽烟的地方。"

我们藏在树林里，躲在长着肥厚绿叶的巨大灌木丛后面，在毯子上坐下来，从这里能看到那个院子和大楼的后门。佩帕用一块毯子裹住自己，我们坐在那儿，观察着，等待着。

太阳从那栋大房子的上方升起来，在远处的草坪上画出一个巨大的三角形。我们安静地等待着。大约一个小时后，一些窗户里有灯亮起，然后又熄灭了，接着一团巨大的亮光在滑动门后的房间里亮起来。有人把门滑开，两个男人走了出来。一个很瘦小，穿着皮夹克，一个是大个子，穿着格子呢大衣，拿着一个茶杯。他们都坐在长椅上，点燃了香烟。我们看着他们，没有动弹。然后一个很胖的大块头女人出来，对他们说了几句话，又进去了。两个男人抽完烟，走进去，把门关上了。

院子里再次安静下来，我们继续等待。大概又过了一个小时，两个女人走出来，站在院子里，她们的目光越过草坪，朝树林里张望。她们在聊天，一个用胳膊搂着另一个。离得太远，我听不清她们在说什么。其中一个女人有着长长的黑发，另一个留着很短的金发，穿着一件很长的灰色大衣。她们在那儿站了一阵子，又聊了一会儿，然后穿灰大衣的女人走上草坪，朝着树林走了几步。她转过身，对那个在草坪上后退的女人说着什么，我看到她的呼气飘出来，凝成了小小的云团。黑发女人拿出一些烟叶，开始卷纸烟，她把一根纸烟递给那个朝她走来的女人，对方接了。穿灰大衣的女人一直都在说话，上下挥动着胳膊，抬起双手，就像在展示一条鱼有多大。她拿过烟卷，用打火机点燃，重新回大草坪上，把烟往上吹，仰头看着树林。黑发女人留在院子里，一边对她说着什么，一边摇着头。然后一个留着胡须的高个子瘦男人走出来，斜倚在滑动门旁边的墙上，对她们说了些什么，他指了指身后的房子，走了进去。

穿灰大衣的女人站在那儿眺望着树林，黑发女人朝她喊了句话，只能听到她的声音，却听不清说话的内容。然后她转过身，回到房子里，很生气似的。草坪上穿灰大衣的女人仍然望着树林，然后她缓缓转身，沿着树林环视了一圈，目光转到我们所在的方向。佩帕低声说："那是妈妈！"

我也从单筒望远镜里看到了她。她的头发很短，几乎成了寸头，而且变成了偏黄的金色，但那的确是她，你能看到她那长得快要拖到地面的大衣下隆起的胸部。她瞪着对面的林子，仿佛在看我们一样。佩帕差点儿站了起来，我抓住了她。"我要去找她……"她低声说。

我说："不行，再等等。"

英格丽德说："我可以去……"

可是就在这时，她转过身，扔掉了手里的烟头，朝房子走去，走进了那扇门。

我说："是她。她换了发型。"

佩帕说："她穿了一件新大衣。像男人的大衣。"

这不是妈妈会穿的那种大衣，她爱穿紧身的小皮夹克和牛仔夹克，而且总是穿着高跟鞋和裙子。还有她的头发。她过去有一头很棒的棕色长发，但现在剪得很短，而且成了金色。

佩帕低声说："索尔，她的头发就像是单向组合里的尼尔一样。她是想打扮成男孩吗？"

英格丽德变成跪着的姿势，她说："我的背很疼。对不起，我得站起来了。"

她缓缓站起身，从树林的边缘退回到林子里，一边走动，一边向前伸展身体，同时捂着后背靠近尾骨的地方。

我看着那两扇门，很长时间过去了，一直没有人再出来。佩帕裹紧毯子，盘腿坐着，英格丽德平躺在树林的地上，双手举在头顶上。太阳已经升到草坪正上方，霜冻的草叶上开始冒出水汽。四周再次安静下来，只是偶尔响起乌鸦或某种鸟儿的鸣叫。英格丽德四肢撑在地上，一上一下地弯曲脊背，短促地呼吸着。佩帕裹着毯子，斜靠在我身上，我想她可能要睡着了。我只是坐着，举着望远镜，看着滑动门。

从太阳投下的树影在草坪上开始拉长的现象，我判断出来，我们已经等了将近四个小时。就在这时，滑动门开了，刚才和妈妈一起出来的女人和那高个瘦削的男人，还有一个留着白色短发、穿着抓绒衣的男人走出来。他们都坐在长椅上，抽着烟，我能听到一阵若有似无的笑声从他们那边传来。瘦男人站起身，挥舞着手臂，像是对他们讲一个故事，他们哄堂大笑。然后，我听到一辆汽车开上了车道，几乎停在那房子的正前方。我紧张起来，担心那是警察。佩帕也听到了，她说："我去看看。"她沿着我们来时的路悄悄往回走，走到能看见房前门的地方。英格丽德坐在地上，紧闭双眼，下巴搭在膝盖上。我们听到佩帕钻过灌木丛回来了，她在我旁边坐下来说："是一辆白色货车，有个人从车上搬下来一些盒子，放在房子前。"

长椅上的三个人全都站起来，像是要进去。然后，妈妈又一次出来了，她站在院子里，他们对她说话，她摇着头，不断用手捂着嘴。

我们看着她，希望别人进去，把她留在外面，但是她手里连根烟也没有。不一会儿，她就跟着他们一起进去了。

佩帕说："这样太蠢了，索尔。我们直接冲进去找她。"

我说："不行，佩帕。那儿还有别人。他们会认出我们，会给警察打电话，我们会被抓住的。"

英格丽德爬到我们这边，用胳膊搂着我们说："她还会再出来的。别担心，放松，顺其自然。如果她不出来，我就进去，没有人认识我。我告诉她，我是个医生，你们在这儿接她，要她跟我走。"

她正说着，妈妈又一次从门里出来了，这次是一个人，手里还拿着一个烟草袋。妈妈开始卷烟，佩帕一跃而起，我没有来得及拉住她，她就已经跑到草坪上，飞快地朝妈妈冲去，口中喊着："妈妈！是我们！"

我站了起来。妈妈站在院子里，目瞪口呆地伸出双手，佩帕直接冲进她怀里，拥抱着她，差点儿把她撞翻了。她嚷嚷着什么，搂住了佩帕，然后佩帕拉住她的手，带着她朝我们这边走来。我走出了树林，朝她们走去。妈妈看见了我，我挥挥手，她发出一声大喊，然后任由佩帕拉着自己往前走。我跑过去，她用力抱着我，哭着说："哦，索尔。哦，索尔……"

我们把妈妈拉进了树林，她浑身颤抖，摇摇晃晃，像是要昏过去了似的。佩帕说："跟我们走吧。我们和英格丽德住在森林里，你来和我们住在一起。我们给你搭了个棚子。"

妈妈说："什么？我不能。等等，我不能……"

这时候，她看见了英格丽德。英格丽德走过来，用双手捧起她的脸说："我们救了你。你可以跟我们一起走，我们会照顾你。"

　　妈妈仍旧颤抖着，她说："我们要去哪儿？"我们拉着她穿过树林往回走。我们像是把她当成了一个盲人，觉得她不知道自己身处何方，所以必须握住她的手，拉着她，对她说："走吧，对了，走，走这儿……"我们走到围墙边，这才听到一个声音开始大喊："克莱尔？克莱尔？"

　　我们带着她翻过了围墙。我跑在最前面，把所有的树枝从劳斯莱斯上面扒拉下来，英格丽德再次拿着她的铜丝钻进了方向盘下面。佩帕拉着妈妈，让她上车。她看见这辆车，打量了一下说："这是辆劳斯莱斯。"佩帕说："没错，我们偷来的。"

　　我打开路边一侧的后车门，等妈妈上车后，我叫她躺在座位旁边搁脚的地方，佩帕用一块毯子把她盖住，然后自己也跳上了车。英格丽德用德语朝车子吼了一句什么，然后它发动了，她接着又喊了一声："啊哈！"

　　英格丽德将车子倒出草地，车子轰鸣着快速冲上那条小路，我坐在前座上，回头看是否有人追上来。我们冲出一段路，然后英格丽德一个急转弯，把车子开上了一条车道，顺着艾比治疗中心入口处的小路往回开，并且开始加速。车子拐弯时，把我们颠得左摇右晃。佩帕对妈妈说："你待在那儿，没有人会看见你。"

　　开上另一条路后，英格丽德减了一点速。天色又变暗了，但是没有人跟着我们。我们顺着原路拐个弯，回到了主路上，然后一路直行，妈妈在后座上坐了起来。她还是一副很惊讶的样子，时不时地哭一会儿，然后又拥抱着佩帕笑起来。她说"我以为你们死了"，然后又开始哭鼻子。

妈妈的短发很好看，染成了金色，看起来很年轻。虽然妈妈哭个不停，但她的眼睛清澈又明亮。我坐在前排座位上，扭头看她。

她说："你们去哪儿了？"

我说："我们逃跑了，住在森林里，而且遇到了英格丽德。"

佩帕说："她是德国人。她教我用德语说脏话，比如用德语说'屁股'，其实跟苏格兰语的'屁股'差不多。"

妈妈说："所有人都在找你们。我以为你们死了。警察告诉我，他们认为你们或许死了，也可能被什么人抓走了……"

我说："没人抓我们。我们逃跑了，藏在森林里。"

然后妈妈朝前靠过来，用手捧着我的脸说："索尔，我很抱歉。"然后她又哭了。

我说："我不后悔杀了罗伯特，妈妈。"

妈妈说了句"哦，索尔"，又哭了起来。

我们就要回到"小厨师"附近了，我对英格丽德说："我们拿这辆劳斯莱斯怎么办？"

她说："把它留在这儿，留在附近的车站，我会在车里放些钱给车主，作为赔窗户的钱，还有汽油钱。"

妈妈说："我们要去哪儿？我住在那家治疗中心，而且……"

佩帕说："妈妈，你要跟我们一起住在树林里。我们有一个营地，晚上还有火，可棒了。"

我说："妈妈，你不能喝酒。"

她说："索尔，我在控制。我已经戒了，我会一直戒下去的。哦，索尔……"她说着又哭了一气儿，然后说道，"这可真疯狂。"

佩帕说："妈妈，你有烟吗？"妈妈说："有，是卷烟。"佩帕说："给我一支。"妈妈大笑着说："不行，佩帕。"我也说："不行，佩帕。"然后妈妈说："烟我也打算戒掉。"

我们在车站停下车，那儿离"小厨师"大概有半英里远，周围一个人也没有。英格丽德把铜丝从方向盘下拔出来，汽车便停了下来，车灯也熄灭了。天色很黑，英格丽德从口袋里掏出一个笔记本，撕下一张纸，写道"谢谢你的车，这是赔偿车玻璃的钱"，然后她把一卷10英镑的钞票夹在纸里折起来，留在前座上。她说："我留了100英镑。这辆车的窗玻璃很贵的。"

我们把毯子留在车里，英格丽德戴着一顶头灯走在最前面，我戴着另一顶走在最后面。我们翻过一道围墙，穿过一片荒地，走进后方的树林。妈妈穿着帆布运动鞋，不像她从前跳脱衣舞的时候总是穿着高跟鞋，走起山路来还算合适。她跟着我们在树林里穿行，走得很稳，有时候她说"哎呀，有点恐怖"，然后又笑起来。我们爬了一会儿坡，沿着一条小径走到坡顶，透过树林能看到下方是"小厨师"的灯光。然后我们找到了一条小路，顺着它能走到有小河流淌的那片山谷的高处。我们埋头穿过树林往上走，谁也没有说话，只听见脚踩在积雪和树枝上发出的嘎吱声。天上只有半个月亮，月光很清淡，但是星星全都出来了，林子里很亮。

我们开始从山坡的另一侧下山，佩帕握着妈妈的手，盯着她的脚步，一会儿说"这里要小心，妈妈"，一会儿说"只要一小步就好"，我知道，佩帕喜欢给她带路，喜欢告诉她我们要去的方向。

英格丽德比平时走得要慢，一路上都捂着后背。这时候，她停下来，弓着身子，发出一声长长的呻吟。我走到她身边，碰了碰她，她说："疼死了，索尔。"

我说："我们的营地里还有止疼药。"她摇摇头，在月光下，她咬紧了牙关，整张脸疼得完全扭曲了。妈妈说："是后背疼吗，亲爱的？"英格丽德点点头，然后长舒了一口气，直起身说："走吧，我们走。我走最后，我走得慢。"

我把自己的头灯给佩帕，让她带着妈妈，我和英格丽德一起走在后面，我挽着她的胳膊，她使劲抓着我的手。我们花了好长时间才回到营地，上坡的时候我得使劲把英格丽德往上推，她这一路上走得非常痛苦。

到了营地后，我把火生起来，点燃英格丽德的蜡烛，然后让她坐在火旁，还为她拿来了毯子。我在火里放了些石头烤热，给英格丽德两片布洛芬和可待因，她说："不，全部拿来。"然后把袋子里剩下的六片全都吞了下去。

佩帕戴上头灯，给妈妈展示她的庇身棚，妈妈说："你们搭的吗？太棒了。哦，一张小桌子！"妈妈有一间自己的草棚，这叫佩帕感到非常兴奋。她领着妈妈，让她坐在火边，用毯子把她包起来。我给大家泡好茶。英格丽德坐在火光中，脸上带着笑意。

我们吃了咸牛肉、豌豆和面包，还吃了些邓迪蛋糕，然后妈妈卷了一个烟卷，点燃了它。火光中的她看起来年轻、美丽，我坐在她身旁，她用胳膊拥着我和佩帕。英格丽德说："克莱尔，可以给我一根烟吗？"我根本不知道英格丽德会抽烟，她是一位医生。但是妈妈给她卷了一根，她点燃它，咳嗽了一会儿，说："我已经四十年没抽过烟了，但这是个特殊的夜晚，它让我想起了年轻时的感觉。在民主德国，人人都抽烟。"

佩帕说："英格丽德很老很老了，妈妈。她七十五岁了。"

妈妈说："不会吧！"

"她是个医生，是1979年从民主德国叛逃过来的。而且她从前是个嬉皮士，还跟着嬉皮士车队一起被警察打过。"我说。

佩帕说："还有，她爱上一个叫马克斯的男人，他出轨了，她很难过，就去做研究。她有一个叫马特的男朋友，年轻得足够做她的儿子。而且她会说各种各样的'德国脏话'。"

英格丽德大笑起来："我把一辈子的事全对她们说了，克莱尔。我以前从没对别人讲过我的这些事。"

妈妈也笑起来，然后她说："我很抱歉。把她们扔给你照顾。"

英格丽德说："是她们照顾我。她们是天使，她们使我快乐。"

佩帕说"我是个天使"，然后双手合十，一脸虔诚地做出祈祷的样子。

妈妈说："你真的是医生吗？"

英格丽德说："是的。我在全科诊所工作了十五年，然后才退休，跑到这儿来的。"

佩帕说："英格丽德会做蛋糕和蜡烛，她还会缝帽子、做罐子。她把三颗梭鱼的牙齿从我手里取出来，我和索尔在另一个湖里钓的梭鱼，它咬了我一口，我发烧了，病得很厉害，她治好了我……"

妈妈说："你被梭鱼咬了？"

佩帕说："是啊，它真是个大浑蛋，而且它在我手上留下三条很大的伤口。索尔把它给吃了。"

英格丽德说她得去睡了，我帮她包好一块石头，陪她一起走到她的棚里。她脱下大外套和靴子，上了床，我把石头贴着她的背放好。她摸了摸我的脸说："我们找到你们的妈妈了，索尔。"我吻了吻她，让她睡觉。

妈妈把我们逃跑之后发生的事讲给我们听。她和平时一样带着宿醉醒来，想去上卫生间，但是房门打不开。她拍着门喊我们和罗伯特，喊了好半天，然后她冲着窗外大喊，还使劲拍窗户。她发现了自己的手机，打给罗伯特，却听到铃声在客厅里响起来。然后她试着打给我们，却一点反应也没有。她打给两个在酒吧上班的女孩，她们没有接。她想不起还能打给谁，然后在拨打记录里发现了伊恩·莱基的电话号码，就打给了他。

他说马上就来。伊恩赶到公寓，按了门铃，他说恐怕只能破门而入了，妈妈说"好"。她已经知道事情不对劲了。这时候，妈妈听到大门开了，伊恩在公寓里到处喊她的名字，然后听到他说"天哪！"。接着他开始叫我和佩帕的名字，然后发现了地毯上的钥匙，打开了她的房门，还说"不要进索尔的房间，克莱尔"，她以为我们死了或是受伤了，尖叫着推开他，跑进去，看到罗伯特死在我的床上。

伊恩打电话报了警，警察来了。一大堆警察挤进我们家，他们让妈妈待在客厅里，不断问她我们在哪儿，她说不知道。她甚至想不起前一夜发生了什么事，她只想喝酒，但是他们不让她喝。

我们的公寓被警戒带整个封锁起来，他们开始问附近的人是否见过我们。伊恩·莱基还有其他一些人开始在公寓附近、游乐公园和铁路后面搜寻我们。他们把妈妈带到镇上的警局，不断问她发生了什么，我们前一晚做了什么。他们详细询问她有关罗伯特的事，说他们在公寓里发现了偷来的手机和银行卡，还有毒品。他们关了她一夜，还找伊恩·莱基谈话，拿走了他的电话。第二天一个来自社会服务机构的女人和一位律师来找妈妈，妈妈无法应对这一切，她只想喝酒，整个人又慌张又颓丧。

妈妈去看病，然后他们就把她送进了一家医院，给了她一个房间和一些药物，让她平静下来。警察和她在一起，继续问她关于我们的事。然后，警察说，她必须离开这儿，对媒体谈这件事。她被带到警察局，她在那儿当着所有摄像机和记者的面号啕大哭，请求我们回家。

然后他们逮捕了伊恩·莱基，审了他两天，怀疑是他杀了罗伯特。后来他们因为没有证据，所以放了他。这恰好证明了这些警察他妈的有多蠢。

妈妈在医院又待了三天，警察总是跑来找她谈话，告诉她还没有找到我们。他们问了很多有关罗伯特的事，告诉她，在跟她认识之前，他就因为性侵儿童而被判过罪。她哭了又哭，恨不得杀死自己。他们问了很多有关佩帕的爸爸和我的爸爸的事，方方面面的都有，还有关于她工作的酒吧，在那儿认识的女孩的许多事情。医生和社工常常去看她，告诉她一些事情，给她做检查。然后，律师去看她，告诉她，她没有受到任何指控，但是他们以后也许会因为她疏于照看儿童而指控她。医生说她必须去专门的治疗中心，因为她一直有畏缩和颤抖的症状。医生说他们会付账的。妈妈说费用是一个星期2000英镑。

我们离开一个星期之后，他们告诉她，她马上要被送去一家治疗中心。酒吧的几个女孩和伊恩·莱基来看望她，她与伊恩有过一番长谈，把自己喝酒后的所作所为全部告诉了他。伊恩说我们一定会被找到，会安然无恙，而她必须到治疗中心去。警察不肯把与搜寻结果有关的消息透露给她，也不告诉她他们认为我们可能在哪里。

去治疗中心之前，伊恩给她买了些衣服，包括那件长长的灰色大衣，他还给了她一些香烟。警察把她的手机收走了。

她坐在车里，两名社工陪着她到那家治疗中心。一块儿去的还有一位女警察，她告诉妈妈，警察认为是我杀了罗伯特。妈妈知道是我杀了罗伯特。到了治疗中心之后必须搜身，不能带任何酒精和药物，然后她分到一个房间和另一个女孩一起住，她叫杰基。那一天，她已经七天没有喝过一滴酒了。

杰基就是我们看到的和她一起在草坪上抽烟的女人，她是个发型师，帮妈妈剪了短发，还帮她染黄了。她们一起参加了很多会议，与医生们谈了一次又一次。三天后，警察来看妈妈，告诉她仍旧没找到我们，再一次问了她一箩筐关于我们的问题。

妈妈远离了酒精，开始有所好转，她对别人讲述自己曾经怎样和我们相处，讲述罗伯特，她总是哭。有一天，伊恩·莱基开车来看她，她与他聊了很久。他告诉她，她在做正确的事情。她说通过保持诚实，做到坚持戒酒，过好每一天。她说这说起来很简单，但不容易做到。

那个晚上，我们全都睡在我和佩帕的庇身棚里。佩帕脱衣服的时候，妈妈看了看我们的野外生存装备，比如睡袋、水壶和打火石。我给她头灯，方便她晚上小便。她说："你是从哪儿搞来这一切的？"

我说："大部分是从网上买的，还有一些是我偷的。"

妈妈拿起背包，抱在胸前问："你拿什么钱买的？"

"我从罗伯特那儿偷钱，而且偷他带回来的银行卡。"

她说："你早就开始策划了，是吗？"

我说"是"，她叹了口气。

我说："我现在还剩了些钱。瞧，有 50 英镑，可以用来买吃的。"我把钱从拉链口袋里拿出来，她瞪着它们。

妈妈说："我一直没见你笑，索尔。"

佩帕在床上嚷嚷着："只有我才能逗笑她，她有时候也会笑的。如果我说我会长姜黄色阴毛，她就会笑。"

不过，这一次我没有笑，妈妈一脸的难过。

她脱下大衣和帆布鞋，和佩帕躺在一起，我也加入了她们。

三个人一块儿睡得确实有些挤，但是感觉很好，很暖和。我们都累坏了。我开始对她们讲述法国大革命的事，他们本来只是把上流社会的人抓起来砍头，可是到了1793年，一个叫罗伯斯庇尔的律师认为，必须把每一个不想革命的人都抓来砍头，于是恐怖统治开始了，他们开始砍所有人的头。

　　妈妈听着听着，低声问我："索尔，这些知识你是从哪儿学来的？"

　　我说："网上。"

　　妈妈躺在床上，很长时间都没有睡着。我躺在那儿，听着她的呼吸。我很高兴能把她接到这儿来，很高兴她戒酒了，我开始放松了。佩帕睡在我们两人中间。

15 霜

第二天早上，妈妈不见了。

我感觉到她在夜里起床，拿着头灯，穿上了大衣和帆布鞋。我以为她是去小便，我挨着佩帕躺着，等她回来，等着等着就睡着了。当我醒来时，天正在放亮，妈妈却不见了。

天气冷得刺骨，就连火堆的灰烬上也蒙上了一层霜。四下里一片宁静，没有风，冰霜就像一层白色的绒毛，覆盖着大地和万物。我穿上抓绒衣，站在那儿，在庇身棚外聆听着。妈妈在霜面上留下了脚印，先是通往便坑，然后又折了回来。我看到她的脚印从英格丽德的棚子旁经过，然后伸进了树林里。我站着，听着，呼出的气在脑袋周围制造了一团团僵滞的云朵。这里安静得我能听到自己血液流动的声音。

我在冰冷的柴灰旁等待，一边听着动静，一边思考应对方案。猎人总是会预测猎物的行为，所以他们很清楚猎物在什么时候会去什么地方，他们知道猎物想要什么，比如水和食物，他们还会改造猎物的行为。捕食者探索猎物的需求，在它们最软弱的时候捕捉它们，比如上厕所或进食的时候。

我知道妈妈不会是去散步，也知道她不是在上厕所。我走到英格丽德的棚子旁边查看那些脚印。帆布鞋在霜冻过的草地里留下了脚印，而且这些脚印很深，仿佛她在用力跺脚。一层新的松松的霜凝结在凹痕上，所以我知道它们是一个小时左右前留下的。脚印有些凌乱，朝一个方向走一走，然后又调整路线，朝林子里去了。她离开的时候天依旧很黑，她是跟着头灯的灯光走的。

我感到很冷，很漠然，很平静。我走进我们的庇身棚，低声对佩帕说："我和妈妈去散步。你起床后记得烧水，给英格丽德泡些松针茶，还要煮粥。我们一两个小时就回来。"

她翻个身，嘀咕一声"好的"，接着又睡着了。她的身体很暖和，我又帮她把毯子掖了掖。

背包口袋里的钱已经不见了。我带上了匕首、气枪还有单筒望远镜，在背包里装上急救箱，还有一些伞绳和一袋葡萄干。

我把火生好，添好足够的柴，去看了看英格丽德。她在床上坐着，身上围着一床被子。她微笑着，看着我走进去，我说："妈妈走了。"

她说："哦，索尔。"她在吃力地喘息。

我说："我要去找她，她留下了脚印。佩帕会帮你做早餐。"

英格丽德说："她会回到你身边的。"

我深深地凝视了她一眼，然后说："不，不会的。"

在树林的最高处，要跟上她的脚印很容易，她用力地踩着地面，走过的地方周围尽是破树叶和断掉的树枝，这是个愚蠢的错误。她朝着有獾，还有一条河流过的小山谷那一侧往下走。我跟着她在树林里留下的脚印，发现她一开始就绕了一个大圈，所以她朝着河的上游走，错过了最佳的过河位置。我能看到在她摔倒的地方、膝盖着地时留下的凹痕，还有被她的大衣扫落的树叶和松针。树林的缝隙间透出了阳光，从寒冷的雾气上方照下来，但是等我走到低处的山谷里，发现雾气变得更加浓重了，地面凝着一层霜，看上去是一片粗糙的白色。

我看到了她过河的地方，那儿的冰裂开了，泥地里还有一个脚印。她一定是在几块石头旁滑了一下，那儿的霜被扫开，留下一个三角的图形。在她努力站起来的地方，还有手指扒拉的痕迹。树叶堆里有一个手印。

经过了獾窝和这片树林之后，脚印就没那么容易追踪了，因为她找到了我们前一晚来时走的路，路上也有我们留下的脚印，但是那些脚印上覆盖的霜比她的更厚，所以我能分辨。我不时地停下脚步，留神细听。

她在第一个大坡上停了下来，然后在一棵桦树旁抽了烟，那儿有一根烟卷头儿，被碾进了泥土里，还在白色树皮上留下一个泥糊糊的手印。

我开始兴奋起来。每个人，无论去哪儿，都会留下脚印，可是有些人留下的脚印更容易跟踪。我能够估计她打算去哪儿了。我加快了脚步，远远地避开这条通往公路和"小厨师"餐厅的小路，穿过更加浓密的树丛，循着同样的方向往前赶。妈妈的装备不如我的方便，速度也没有我快，我想我能后来者居上，在她走上公路之前拦住她。我知道她要去哪儿，而且我知道为什么。她拿了钱。

我必须不时爬上高处，在苏格兰松树之间跑来跑去，观察、聆听，留意那条小路拐弯的方向。当我赶到最高处，太阳已经刺破迷雾，照亮了松树林的树冠。不过在下方的小路上，仍旧笼罩着呆滞而朦胧的雾气。

我努力地计算她大概走了多远。如果她已经上了公路，就可能已经去了"小厨师"。我不知道他们卖不卖酒，或者一大早她能不能在那儿买到酒。但是话说回来，酒鬼总能想办法弄到酒，只要他们想喝。你不能相信酒鬼。如果他们说他们喝了一瓶，实际上是喝了十瓶。如果他们说根本没喝，其实已经喝掉了二十瓶。

我来到"小厨师"上方的坡顶，这里比下方的小径高了10米左右，是一个很陡的坡，从这里能看到我们偷那辆劳斯莱斯的停车场。我伏低了身体，沿着陡坡的边缘从一棵树走到另一棵树旁。我先听到她的声音，然后才看见了她，那是哭泣声。那声音从雾气中传来，像是干巴巴的咳嗽，还泛着回音。我几乎是全身趴在地上，蹑手蹑脚地朝那个声音走去。

她坐在那儿，背靠着斜坡边的一棵树，看起来是灰色的，像一个幽灵。她一抽一抽的，像病了一样，哭泣的声音在整片小树林里回荡。我爬到离她大概15米远的地方，在一块结了霜的草丛后趴下来，盯着她。我拿起枪，端平，让准星、表尺缺口的 V 字形和她的头成一条直线，等待着。

她还是没有动。我把手指放在扳机上，枪泵了十次气，枪膛里有一颗子弹。在这个距离上，泵气十次后的气枪子弹能穿透9毫米的胶合板。我看不清她的面孔，只是闭着一只眼睛，使准星瞄准那一团灰色，也就是裹在雾气里的妈妈。

我深吸一口气，瞄准她，等待着。我想起她过去的所作所为，想起每一个她睡着后与喝醉后的日日夜夜。我紧紧咬住牙关，咬到发痛，我趴在地上，寒冷刺得我浑身都在痛。

然后我喊："妈妈。"

她扭过头来，我的双眼离开了准星，看到她的脸。她张着嘴，流着鼻涕，她的双眼发红。她小声喊："索尔？"

我吼了出来："你离开了我们。你离开了佩帕。"

她整张脸都皱起来，像是很疼似的，她一边咳嗽一边哭泣，那哭声回荡在我的耳边。

我再次吼道："你离开了她，妈妈。她把你接来，你却离开她。"

她缓缓站起身来，朝四周张望着，慢慢地挪着步子。我的枪依旧对着她，她喊道："索尔，对不起。对不起。"

我站了起来，她看到我在她的上方，便朝我转过身来，伸出双手。我吼道："你把钱带走了吗？"她点点头，眼泪从她的脸颊滚滚而下，落到地面的白霜上。她把一只手伸进口袋，将一把现金掏出来。她朝面前的陡坡走近了些，陡坡下方就是"小厨师"和那条小径。

我往前走了一步，枪还是对着她。她站在陡坡旁的那棵大树边，扭头看着高处的我。我穿过雾气往下走，能够把她看得越来越清楚。她的脸皱了起来，闭着眼睛，满脸泪水和雾气。我手里的枪一直对着她，我的心每一下都跳得很沉重。"你是去喝酒吗？"我说。

她转过身不看我，摇晃着再次点点头，她哭得全身都发起抖来。然后她踏前一步，从坡的边缘掉了下去。

先是树枝折断的声音，伴随着一声闷哼，然后是"砰"的一声和"沙沙"声。我扔下枪，跑到坡边上朝下看。她侧躺在一层白霜上，大衣披散开来，像一条裙子似的围绕在她周围。她一动不动，一条胳膊朝上举着，像是在指着什么，另一条胳膊扭在身后，两条腿缠在一块儿。

我的心"怦怦怦"越跳越快，胸口紧紧地憋着一团气，前额冷汗连连。我头晕目眩地往后退，胸口和胃里一阵翻腾。我抓住一棵树站起身来，努力地呼吸，感觉空气戳在喉咙口，就是不肯进去。我无力地靠在那棵树上，手指感觉到树皮上一道道突起的棱条，终于吸进一口气，然后屏住了呼吸。我脸上的汗水已经冻住了，心里却火烧火燎的。我把脸埋在树皮上，任由上面的突棱和凹陷挤压着我的皮肤。我就这样待在那儿，憋着一口气，胳膊紧紧抱住树干，好让自己能够站起来。我吸进一口气，满满的全是树的气味儿，树皮刮着我的嘴唇。眼前的世界变成了黑色，只剩下一些小小的亮点。

这时候，我听到一个男人的声音喊："索尔？"然后又喊了一遍。我站在树边没有动，却听到脚步声跑到了下方的小径上，然后他说，"天哪！你还好吗？待着别动。索尔？索尔？"

我放开那棵树，爬到边缘朝下看。

亚当站在妈妈旁边，抬头看着我，他说："我从停车场看到你在那上面。我看到她摔了下来。"他跪在妈妈旁边，用手放在她前额上，同时在摸她的脖子。他再次抬起头来，"她的头部可能受到了震荡。得让她坐起来。"

我站起身，顺着长满树木的长长的斜坡跑到小路上，然后往上跑，冲到妈妈躺着的地方。亚当扶着她坐起来，她晃着脑袋，眨着眼睛。他扶住她的脸，盯着她的眼睛说："你没事。能听到我说话吗？她叫什么？"

我说："克莱尔。"

他说："克莱尔……你摔了下来，摔在地上。能听见我说话吗？"

妈妈转了转眼珠，然后晃晃头，说："索尔。"

亚当说："索尔在这里。"

然后，妈妈的头往后一仰，翻起了白眼，亚当扶住她的后脑勺。他轻轻拍着她的脸。她的脸沾上了湿泥，一脸的脏污，她的头像是太重了，脖子撑不起来似的。亚当用柔和的声音不断地说着："克莱尔……克莱尔……"

他穿着一件蓝色的抓绒衣和牛仔裤。他脱下抓绒衣，披在妈妈的肩膀上，里面还剩一件 T 恤衫。他的胳膊很粗，肌肉很结实，但是他捧着她的脸的样子真的很温柔。他转过头来对我说："她被吓坏了，其实掉下来的地方很软，她可能是被风吹得有些头晕。我本来要上车的，一抬头正好看到她摔下来，然后看见了你。我知道那是你。"

一堆结了霜的树叶散落在她摔落的地方。如果佩帕在，她会说是一记漂亮的"屁墩儿"。我说："她是我妈妈。我们在说话，她没留意这儿有个断崖。"

他说："在雾里是容易这样。"妈妈看上去像是睡着了。亚当满脸担心地看着我说："我把她重新放下来吧。"

我说："你可以拍她，那样也许能叫醒她。"

可是他动作轻柔地把她放低，说："看上去她头部没有受伤。她在呼吸。"

我说："让她躺成复苏体位吧。"

他让她重新躺下，然后用手放在她一条腿的膝盖后，往上一拉，将她的身体转为侧躺。妈妈的眼睛睁开来，她突然浑身一抖，像是感觉恶心似的，张开嘴干呕起来，但是什么也没有吐出来。她再次深呼吸，然后说："索尔。"

我说："我在这儿，妈妈。"

她紧紧闭上眼睛，但是她在用力呼吸，亚当把抓绒衣从她身后拉出来，盖在她身上。她那样躺了几分钟，侧躺着，闭着眼睛用力呼吸，然后突然睁开眼来，说："天啊，我刚才干了什么？"

亚当说："你摔下来了……从那上面。"

她说："索尔。"

她试着想要起身，亚当扶着她坐了起来。她慢慢地坐直，大张着嘴，拉长了脸，像是在喘气一样。她瞪圆眼睛，抬头看着我。

亚当蹲在她旁边，开始按压她的腿，妈妈叫唤了一声"哎"，轻轻地抽动了一下。她的脸被弄得很脏，又哭得发红，但是她看着亚当。他竖起一根手指在她面前晃动着，她的眼神跟随着他的手指。他说："几根手指？"

她说："一根。"

他说："几个我？"

她说"一个"，然后笑了起来。

亚当再次捧起她的脸，凝视她的眼睛，然后拉起她的指尖，问："有感觉吗？"

妈妈说："有。"

然后他说"告诉我你的名字"，妈妈说"克莱尔·布朗"，然后亚当说："你的女儿叫什么名字？"妈妈说："索尔马瑞娜和宝拉，但是我们管她们叫索尔和佩帕。"

亚当转过头来看我，说："佩帕呢？"

我说："她很好。她和我们的奶奶一起待在营地里。"

亚当说："我们在冰湖上的一堆石头旁遇见的。我当时在滑雪。没错，我认识佩帕。佩帕叫人过目难忘。"他笑起来，眼睛睁得很大，眼中闪闪发光，我在心里说他可真好看。

他扶着妈妈站起来，说："哪里痛？"妈妈说"屁股疼"，他再次大笑起来，"你很幸运，从那么高的地方摔下来都没事。"

妈妈说："好饿啊，肚子好饿。"她看着我，把我拉过去，抱住我。我说："别说对不起。"她把嘴埋在我的脖子上，说："我不会的。"她把钱塞进了我手里。

我们朝"小厨师"走去，妈妈的腿有些一瘸一拐，而且一直揩着后背。亚当告诉我们，他要回去上大学了，他来这儿吃了个早餐，从餐厅出来去上车的时候恰好看到了我们。咖啡厅里很安静，我们在离门比较远的地方选了个不会受到打扰的座位，从这儿还能看到大门。我和妈妈都点了一大份早餐，亚当要了一杯咖啡。

他对妈妈说："你得小心，留心得脑震荡。如果感觉恶心或是感觉要昏倒，那就必须去看医生了。"

我说："好的。我们认识一位医生。"

亚当问我多大了，我告诉了他，他说："哇，你看起来比实际年龄要大。"我感觉自己的脸红了。妈妈把手放在我的头上，说："不，她还是个小孩。"我说我不是，亚当大笑起来。

妈妈去上卫生间，我和亚当单独待了一会儿。我说："亚当，不要告诉别人你遇到过我们，好吗？我们不应该出现在这儿，有人在找我们，我们得在树林里躲一阵子。不要把我们的事告诉任何人。"

亚当说："我不会的。谁在找你们？我能帮你。"

我说："不，我们很安全，只要没人打搅就好。我照顾她们，妈妈和佩帕。我有一把刀，我能保护她们。我什么也不怕。"

亚当直视着我的眼睛，说："不，我认为你不是这样的。这么说你们确实是逃犯。"

我说"是的"，他微笑地看着我说："真是无法相信你才十三岁。"他站起身来要走，妈妈正好回来，对他说"谢谢"，与他握手，他叮嘱她要记得去看病。

我们目送着亚当开着一辆小小的蓝色汽车从停车场离开，车顶行李架上绑着滑雪板。妈妈说："他很帅，索尔，真的很帅。"

我说："佩帕喜欢他。"

妈妈说："我也喜欢他。"然后笑了起来。

她伸手到桌子对面来握住我的手，低声说："我太饿，太愤怒，太孤独，太累了。而且太害怕了。当我害怕的时候，我就逃跑，跑到一个能把这一切都挡住的地方。索尔，我一直以来就是这么干的。我看到你和佩帕，看到你们做的事，明白你为什么做，可我只想逃跑，装作什么都不知道。"

她的脸色很柔和，双眼重新变得明亮起来。她没有化妆，刚才在洗手间把脸洗了洗，现在又恢复了神采奕奕的模样。

她说："我以为你打算朝我开枪。"

我说："我是这么打算的。如果你离开佩帕，我还是会那么做。"

她深深地叹口气，抓起我的手，吻了吻它们。

我们付了钱，我从小店里帮英格丽德买了些布洛芬，又买了牛奶，然后开始往回走。我跑到"小厨师"上方的小山丘顶上，捡回了我的枪。我们走上了通往那片山谷的小路，妈妈说她的腿很疼，所以我们走得很慢。

妈妈告诉我她小时候的事。因为她的妈妈没有抚养能力，所以把孩子寄养在一对老夫妻家里，他们叫克里夫和玛丽。妈妈从没见过自己的妈妈，也不知道爸爸是谁。克里夫告诉她，她的爸爸是个匪徒。克里夫和玛丽人还不错，但是他们很老了，她觉得他们只是为了钱才答应把她寄养在家里，所以一直没有收养她。她认为自己总有一天会找到妈妈，看看她是个什么样的人，或者是否还活着。他们住在一套新房子里，有花园和车库，他们还去教堂。妈妈说她喜欢教堂和主日学校，她学习《圣经》，他们有一年去西班牙度假，那时候她大概十一岁。克里夫在当地市政当电工，玛丽在学校当膳食服务员。

她上学时认识了我爸爸。他比妈妈高一个年级，名字叫吉米，但大家都叫他马斯。妈妈说她讨厌学校，她脑子笨，经常逃学。她常常和学校的孩子一起去公园、喝酒。她说第一次喝酒的时候感觉好极了，就像是有人把世上所有的灯都打开了一样。

她说："索尔，我不像你那么聪明。我什么也不懂，我甚至不知道该怎样把戒酒坚持下来。"

我说："只要不喝就能做到。一口也不喝。"

她说"是的"。我们越过小河，她在一块石头上休息了一会儿，抽了一支烟，我则去找白蜡树的幼苗，因为我打算把树干削成薄片，然后做一把弓。最后我砍了一根大约和我的手腕一般粗细的幼苗。

我们朝着营地往回走，太阳升得很高了，冰霜和积雪渐渐开始融化。我让妈妈别对佩帕说亚当的事，也不要说她今天跑到"小厨师"去的事，妈妈说她不会的。

我们回到营地时，英格丽德正坐在火堆旁边，她裹着一床毯子，一边雕着一块小木头，一边教佩帕德语，佩帕同时也在用她的新匕首把一块细细的棍子削尖。

佩帕说："我在给索尔做箭，说不定哪天你会有一把弓。能管用吗？"

我看了看佩帕做的箭，说它们还需要尾羽，末端需要加上一点重量，箭才飞得直。她说："德语里的箭是'Pfeil'。他们总在一些单词里把'P'和'F'放在一起，就像 Pepper 这个词——不是我的名字，而是加在哈吉斯①里的那种东西——就有一个'P'和一个'F'，写成 Pfeffer，读的时候念 Pffeffer，所以我的名字就变成了 Pffeffereppa。为什么每个国家对每样东西都有不同的叫法？"

我说"不知道"。我确实不知道，但这是个聪明的问题。妈妈坐在英格丽德旁边，英格丽德用胳膊搂住她，平静地说："还好吗？"妈妈点点头，可是接着就哭了起来。

我和佩帕看着她。我见她哭过很多次了，不会再因此而烦恼，但是佩帕看起来很担心。她说："妈妈，你想去看看那个叫谢丽尔的女神吗？"

妈妈笑起来，说"好啊"。英格丽德吃了些布洛芬，回到棚里去睡觉了。我们穿过树林，朝沼泽地和麦格纳布拉走去。我把枪留在营地，但是带上了望远镜和匕首。我背着背包，里面有葡萄干和伞绳，为了防止脱水，我还从水壶里装了一瓶水。

---

① 哈吉斯，一种苏格兰的特色菜肴，以羊杂和燕麦为主料，制作时先将羊的胃掏空，再塞入剁碎的羊心、肝、肺和燕麦、洋葱以及香料的混合物，最后用水煮直至完全鼓胀。

爬坡的时候，我走在最后，佩帕一直滔滔不绝地说着话。她对妈妈说英格丽德提起的那位女神，还有英格丽德小时候在柏林，找不到妈妈，跟克劳斯和汉斯住在一起的事。她告诉妈妈许多德国单词，还有各种各样的脏话，妈妈一会儿被它们逗得开怀大笑，一会儿又在佩帕说脏话的时候不断地说："佩帕！"

在沼泽朝石圈抬升的那一侧，积雪很柔软，我们在那儿看到了一只秃鹫。我们往上爬，积雪越来越厚，有些地方被吹成一道道的冰脊，冰脊的顶端被冻成了冰块。越是往上走，风就越大，而且冷得更加刺骨，此刻刮的是凛冽的北风。我们坐在一排干砌石堤的避风处，吃葡萄干、喝水。回头俯瞰来时走的路，能看见我们留在雪地里的脚印。风把云吹得飘忽不定，一团团硕大的灰色在雪地上空浮动着。突然，妈妈指着前面说："那是什么？"

在我们下方大约 15 米远的地方有一道冰脊，一只长着黑耳朵的白兔子正坐在那里。我们都坐在原地不动，我通过望远镜观察它。我说："是一只雪兔。冬天它全身都会变白。"

它在嗅着什么，鼻子一抽一抽的，耳朵贴在头顶，看起来完全没有因为我们而受到惊吓。佩帕说："别杀它，索尔。"我说："我没打算杀它。"虽然它的肉可能很好吃，皮可以用来做一顶不错的帽子。

妈妈说："它真可爱。"

雪兔就坐在那儿，看着我们，然后用前爪在雪里挠了一阵。那是一只很大的雪兔，比普通兔子要大得多，通过单筒望远镜，我能看到它身上的白毛之间仍然夹杂一撮一撮灰毛。它的眼睛是黄色的，长长的睫毛忽闪忽闪的。我们站起身继续赶路，雪兔一下子浑身僵硬，警觉起来，然后一头钻进冰脊，朝远离我们的方向逃走了，最后留在我的脑海里的，只有它那宽大的脚掌底。妈妈冲我笑了笑，我们继续往上走。

一来到石圈旁，佩帕就开始绕着它们跑啊跑，一边还嚷嚷着"你好啊，谢丽尔"。我和妈妈眺望着远处和下方那面朝湖泊的山谷，森林形成的线条看不清了，下面是开阔的原野，小河在其中蜿蜒。镇子被一座小山挡住了，更远处是一片平坦的蓝灰色，可能是海。

妈妈说："这地方真大。"

我说："这里的总面积有 370 平方英里。从太空中的卫星上都能看到，因为那儿没有光污染。它只是黑色的一块，在苏格兰西南部，索尔威湾旁边。"

妈妈抚摸自己倚靠着的那块石头的顶端，上面覆盖着一层冰，冰下的苔藓看上去像是隔着一层玻璃。她扭头看着绕着石头跑个不停的佩帕，说："佩帕知道罗伯特做的那些事吗？"

我说："一点点。"

她叹口气，握住我的手，捏了捏。佩帕跑到我们身边，说她饿了，然后我们转身，往下走。在回去的路上，佩帕告诉妈妈有关滑雪的亚当的事。她说："他活力四射，妈妈，而且他让索尔脸红了。"妈妈回头看着我，微笑着，我也冲她微笑。

佩帕加快脚步，冲下小山，朝我们的树林跑去。妈妈走在我旁边，她说："你知道的，我把你们真正的名字告诉他了。"

我说："我知道。他不会说出去。"

回到营地里，英格丽德睡着了。天黑了，我做了米饭、豌豆和咸牛肉配茶。我们给英格丽德做了吃的，但是她不想吃。妈妈去陪她，她们聊了一会儿，这时候我在削白蜡树的杆子，佩帕打开了阅读灯，在读书。

妈妈说她要睡在自己的棚里，我们就用毛巾包了块热石头给她暖床。佩帕上床睡觉了，妈妈也是，但是我坐在火旁，看着妈妈的棚子，直到深夜，我听到猫头鹰尖厉的叫声。

16 薄雾

早上，我确认过妈妈仍旧在她的棚里，就穿上抓绒衣出来生火，这时候太阳刚刚露头，她们都还在睡觉。我烧了一壶水，给英格丽德泡好加糖的松针茶拿到她的棚里。她睡得正香，我把茶放在她的床边。

妈妈的帆布鞋很潮湿，我把它们拿来放在火边烤。然后，我拿起枪和望远镜，打算去周围转一转，希望能打只兔子回来。我沿着营地上方的山脊往上走，经过了云杉林，继续走，直到山脊侧面出现一个陡坡，坡底是一片树林。我发现有一条弯弯曲曲的小径，就连爬带滑地顺着它往下走。下去了才知道，这地方长着许多榛树，它们的树干和树枝全都长得笔直，用来做箭非常合适，假如能有一把弓相配就更好了，就像我看雷·米尔斯曾经做的那样。继续往下走，我看到一所小房子，房子早已经塌了，有树从里面长出来。房子附近有一堵石墙，还剩下一小截烟囱。一条比较宽的小道朝着另一个方向，伸进一片更大的树林，我走上这条小道。这是一条很老的林间步道，但是没有任何轮胎碾过的印记。

过了一会儿，我来到一片空地上，周围有一圈石墙包围着它，墙里是一些大块的扁石头，上面盖着薄薄的一层积雪和霜冻。我看到一只兔子的尾巴一闪而过，穿过空地，跑到一棵松树背后藏了起来。我坐下来，等待着，慢慢地拿出望远镜。在空地的对面，石头墙下，有几个兔子洞。一个洞口旁边有新土，我移动着望远镜，看到一只兔子恰好坐在那附近。那是一只支棱着耳朵的大兔子，我能够看到它的胡须在抽动。接着又出现两只，而且蹦到了它身边。紧接着又是一只兔子从洞里冒了出来，最后一共有四只坐在那儿。那只大兔子开始扒拉积雪，一只小兔子紧紧跟在它旁边。大兔子突然换了个方向，朝我这边蹦了过来，又转过身，朝另一棵树看去。它们开始在雪地里挠地，互相推挤，小口小口地吃着积雪下的小草。大的那只竖着耳朵坐在那儿，朝远处蹦了蹦，依旧面对着我，再一次坐下来。它负责站岗放哨，只能看着其他兔子活动。那三只小兔子不停地蹦蹦跳跳，这里抓抓，那里挠挠，吃着东西，但它只是坐着。

这时候，从很远的地方传来狗吠。大兔子的后腿在地上使劲拍了三下——砰、砰、砰——四只一块儿朝那个洞飞奔而去，消失了。

我坐在原地，那只狗又开始叫了。我站起身，很高兴自己没有杀死那些兔子。我不想杀那些兔子。

我重新穿过树林往回走，走到那片山脊上，沿着它来到那片峭壁的最高处，俯瞰着下面的空地。你能看到森林在下方伸展开去，因为盖着一层霜，看上去是灰白色的。两团巨大的雾气像一双臂膀，躺在谷底。在一道沟壑中，透过雾气，我能看见一条公路在树木之间时隐时现，一辆小小的灰色汽车沿路奔驰，消失在雾气里。此时此刻非常安静，我坐在峭壁的边缘，俯瞰着眼前的景象。那只狗在叫，现在声音更远了，像是一个粗嗓门在小声喊着"噢！"。

我坐在那儿，双腿耷拉在岩壁外，寒气和宁静充满了全身。我开始感觉身体变轻了，失去了知觉，一开始是臀部，然后是双腿，接着那感觉渗入上半身。我好像再一次从一个巨大的空间里往外看，看着雾气蒙蒙的银色山谷。细小的亮光像雨点一般落下，我就这样窥探着它们。它们组合成细小的直线和曲线，在我眼前的风景之上舞动着，我的双眼是两个孔，再后面什么也没有，甚至没有我。

一声乌鸦的叫声把我惊醒了，它就在我头顶的一棵高高的苏格兰松树上"哇哇"地叫着，接着又有两只跟着叫起来。我不知道自己在那儿待了多久，但是双腿和屁股仍旧很麻木，站起来之后必须使劲搓才行。

佩帕、妈妈和英格丽德——在我的脑海里闪现，我跑了起来。我很慌张，心怦怦直跳，听到脑子里有个声音开始说"你不能那么做"。它伴着我奔跑的节奏，说了一遍又一遍。我左手拿着枪，挂在胸前的单筒望远镜一下一下地击打着我：你不能那么做，你不能那么做。我的脚步重重地踏在山脊上，下方就是森林，山脊在高大的树丛之间时隐时现，我踩着结了霜的积雪一路飞奔，脚下发出"咯吱咯吱"的响声。

跑到通往英格丽德营地的那条小路上，我已经累得上气不接下气了，但仍旧冲了下去，任由疼痛刺痛着胸口和脚踝。我朝着营地跑去，树枝抽打在脸上，两只野鸡从灌木丛里冲出来，拍打着翅膀，叽叽喳喳地逃进树林里去了。来到营地附近时，我闻到了火的气味儿，那个说话的声音也消失了。到了平地上，我便放慢脚步，走过最后一段路，跳过池塘旁的小溪，看到妈妈和佩帕都裹着毯子坐在火边喝茶。

我说："英格丽德在哪儿？"妈妈说："还在睡呢。你还好吗，索尔？"我喘息未定，感觉脸上很热。我走进英格丽德的棚子，摸了摸她的额头，很温暖。

她睁开眼睛，朝我微笑："我很好，索尔。你别担心。"我钻进她的被窝，抱着她。我感觉她很轻，骨瘦如柴，就像婴儿一样瘦小。她的头发有烟熏和松树的味儿。

等英格丽德再次睡着后，我下了床，走出棚外，来到火堆旁。妈妈正在搅拌一罐粥，佩帕拿着碗和一罐果酱。妈妈说："索尔……你还好吧？"

我说："英格丽德病了。"

佩帕说："她的背很不舒服。她总是用脚去踩木头，所以后背疼。"

妈妈说："我们会照顾她的，索尔。"

我们喝过加了果酱的燕麦粥，佩帕说了声"我要去跑步"，就急匆匆跑进树林。我喊她："当心！"但是她已经跑远了。

我和妈妈坐在那儿，她抽了一根烟卷。我还有好多事情想要对她说，于是就说："我们去看獾吧。"

妈妈说："好的。"起身的时候，她看见靠在我们棚子外面的气枪，说，"是罗伯特的吗？"我说："是的。我偷了，带出来的。"妈妈盯着它看了一会儿，然后说："那我们走吧。"

我用没有燃尽的木炭当笔，在火边一块用来当凳子的平石上，写下大大的"看獾"两个字，然后用木棍做了个箭头，指着下方的山谷。妈妈说："她会看见的。"

出发时，我带上了一条毯子。风是从西北边吹过来的，所以我们沿着小河朝下游走了一段路，然后踏着一些石头过了河。妈妈在林子里走路和跳跃时都很自如。我原本以为她会娇滴滴的，担心把脚弄湿或是不愿意走在泥地里，但是她和我一样。她很强壮，穿着那件灰色的大外套，下摆扫来扫去，仍能飞快地爬坡，踩着石头跳过河，一点也用不着我帮忙。我们穿过平坦的山谷，这儿的树林里依旧弥漫着雾气，生长着橡树和矮矮的榛树，还有一些桤树和桦树。

我说："我们慢慢走上去，保持在下风向，也许能看到它们出来。"妈妈小声说："好的。"

我们蹑手蹑脚地朝獾窝所在的山坡走去，然后停在一棵高大的橡树旁，离窝大概有 15 米的距离。窝的外面有一大堆泥土和干草，雪地里还有脚印。獾在冬天不像其他季节那样活跃，但是它们也会出来，特别是能够找到没有冻结的地面时，它们可能出来挖虫子和蛞蝓吃。

我们坐在毯子上，就在那棵树的背后，能看到獾窝的地方，然后我把毯子拉起来裹在我们身上。我告诉妈妈怎样用望远镜瞄准目标，她开始拿着望远镜看了起来。几乎没有风，隔着雾气，獾窝看上去有些模糊，但是我们能看到洞口的黑色，在白雪的衬托下，那儿很是显眼。

妈妈放下望远镜，扭头看着我笑着说："佩帕说你初潮了，索尔。"

我说："她逢人就说。她觉得这很好玩。"

妈妈说："你还好吗？"

我说："挺好。英格丽德照顾了我。我把那条长裤给烧了。英格丽德给我吃了止疼药，还给我一块石头暖肚子。"

妈妈说："对不起，宝贝，没能和你在一起。有点吓人，是不是？"

我说："还好。英格丽德说我现在是个女人了。"

我们观察着獾的窝。周围很安静，就连乌鸦的叫声或沙沙的树叶声也没有。万籁俱寂。妈妈坐在我身边，远远地盯着獾窝。然后她用一条胳膊揽住我，我们就那样坐了好久。

突然，一只獾的脑袋出现在洞口，它上面长着两条黑色的条纹。它朝外面张望着。妈妈一下子紧张起来，她说："索尔……"

獾走了出来，停下脚步嗅探着，另一只跟在后面走出来，然后又是一只。第三只出洞后，跑到那两只的前面，然后坐了下来。它们全都整齐划一地抽着鼻子。第一只的个头最大。我以前只在电视上见过这种动物，它们比我想象中的更大，行动非常迅速，跑起来后背一起一伏的。两只较小的獾开始在雪地和树叶里拱来拱去，其中一只在那两只獾之间来回地跑动着，像是想玩什么游戏似的。最大的那只到处嗅来嗅去，然后沿着一条几乎直冲我们而来的脚印走了过来。另外两只跟在它后面，三只一起朝我们走来。妈妈抓住我的手，用力捏住。我看着她，见她双眼瞪得溜圆，眼睛闪闪发亮，一副目瞪口呆的模样。三只獾离我们身旁的这棵树越来越近了，我们只能一动不动地坐着。它们继续往前走，我们能听到它们踩在积雪上发出的声音，看到它们身上灰色和黑色的毛随着脚步而摆动。来到离我们大约4米远的地方，大的那只停下来，把头抬得高高的，瞪着前方的我们。它直直地盯着我们的眼睛，身后那两只小的依旧鼻子冲着地面嗅探和扒拉着。突然，后面那两只獾也抬起头来，三只獾齐刷刷地盯着我们看。我真想笑，因为它们全都带着满脸的惊讶，小小的耳朵全都竖得笔直。妈妈非常缓慢地呼出一口气。我们坐在那儿，在安静的树林里待了好一阵：我和妈妈，在一棵树下，盯着三只獾。

这时候，下方的小河边突然响起一阵轻快的脚步声，我知道那是佩帕，她正在飞奔着穿过树林。我扭头去看她。大个子的獾慢慢转身，带着两个小家伙一溜烟儿地朝窝里跑去。我听到佩帕在喊："妈妈！索尔！"她冲出树林，朝我们跑过来。三只獾正径直朝它们的窝跑去。

妈妈大笑起来，说："真是不敢相信！"

我说："我也是。它们一般晚上才出来。这应该是一个妈妈带着两个孩子。两个孩子一岁左右，它们是在二月出生的。"

佩帕跑过来，听到我的话，她说："就像我……我就是在二月出生的。"然后她出溜着朝我们撞过来，我们三个摔成了一团，妈妈大喊着："佩帕！"

我坐起来，把佩帕从我身上推开，说："英格丽德准会说那太神奇了。"妈妈说："确实神奇。我从没见过那样的情景。"

佩帕站起身，把身子沾着的积雪和树枝拍打下来。她说："你们刚才看见它们了？"我们说："是啊。"

我们站起来，把毯子抖干净，开始往回走。妈妈告诉佩帕我们看到獾时的情景，佩帕想要回去，亲自再看上一遍，但是我说现在去没用了，因为它们受到了惊吓。我们应该在月亮很明亮的晚上来。

佩帕说："它们想见你，妈妈。"

"一定是的，"妈妈说，"大家都想看到我戒酒。"

我们回到营地，英格丽德还在棚里。我们进去看她，她坐起来，告诉我们她很难受，后背的整个下半部分都很疼。妈妈和佩帕再次把火生起来，然后她们去捡了些柴火，我烧了水，就去陪英格丽德。她把毯子放在身后，支撑自己在床上坐起来。她的脸是灰色的，很疲惫的样子。她不想吃东西，我给了她可待因和最后四片布洛芬，然后给她喝加了糖的松针茶。

我给她讲了獾的事，她笑着说："我白天见过它们很多次。这一窝獾喜欢白天，很特别。六月的时候，我见到过它的宝宝，那时候它们很小。它们喜欢玩。大的那只在夏天的晚上闯进过这片营地。你想知道它们冬天去哪儿吗？它们顺着河水往下游走，在泥地和沙子里挖洞，翻大石头找昆虫和蛞蝓吃。它们是很强壮的动物，在很冷的天气里也能过河。"

我说："它们会游泳吗？"

"哦，是的，它们是游泳健将。到了夏天，宝宝们会在河里游泳。我见过。"

我说："我们可以教妈妈做面包吗？"英格丽德说："可以，她得学会。"

英格丽德累得没有力气出来，所以我、佩帕还有妈妈拿了面粉、酵母和大碗，到火边来做面包。妈妈不停地笑着问："你们确定应该这么做吗？"我不停地跑进英格丽德的棚里去，给她看面团，她告诉我们接下来该怎么做。揉面是个辛苦活儿，我们三个轮流揉，妈妈和佩帕把面团当球一样扔来扔去。面团在火边膨胀起来的时候，我往火里放了几个土豆，并且把火种加进面包炉里。佩帕把在那本新书上读到的内容转述给妈妈听，故事的主角是一个男孩，他的妈妈得了癌症，即将去世，每天晚上有一个怪物来到他的房间给他讲恐怖的故事。妈妈说这故事听起来怪难过的，但是佩帕很喜欢。她还给妈妈讲了《诱拐》，把那本书里苏格兰方言一句一句讲给她听，把妈妈逗得大笑不已。

面团发好后，我把所有炉灰扫到后面，再把面放进炉子里。妈妈坐在地上，通过那个小洞看着它一点点被烤熟。她不停地喊："它变大了！整个都变成棕色了！"我们把面包拿出来，放在一块石头上放凉，这时候妈妈真是兴奋极了。面包很好吃，还散发着一股香味儿，是这个世界上最好闻的香味儿。

我们把英格丽德送到便坑去上厕所，然后把她单独留在那儿，因为她说想要独自待着，等听到她叫我们，我们再把她带回来。然后，她要我们把水烧开，灌进一个大盆里，她打算洗个澡。天色渐渐暗了，我们在她的棚子里点了几根她亲手做的蜡烛。

我、佩帕和妈妈吃了土豆、奶酪和面包，但是英格丽德说她不饿，就留在棚里没有出来。喝完茶后，我戴上头灯，去周围的林子里转了转。我又找到一棵白蜡树苗，砍下了一段大约 2 米长的长杆，然后坐在火边用刀修整它的形状。我打算把白蜡杆的一面削平，在两根白蜡杆的平面上用松脂各贴上一片云杉木。然后，用伞绳把它捆起来，等松脂干掉之后就把它做成一把弓。我在 YouTube 上看到有人这么做，关键是要把两头削薄，越是靠近中段越要留得厚一些。用贝尔·格里尔斯刀削木头很轻松。胶合板很结实，这是伊恩·莱基教我的。

佩帕点亮了阅读灯开始读书，妈妈走进英格丽德的棚子去看她，周围很安静，只有火燃烧时发出的声音。在这个世界上，我最喜欢这样的时刻。夜晚，坐在火堆旁，听着火苗的声音，雕着木头。一股微风吹过，那是西风，很暖和。

我能听见妈妈和英格丽德在说话，但听不清说的是什么，烟草的气味儿飘了出来，她们一定在抽烟卷，英格丽德还咳了一阵。妈妈在里面待了很长时间，我一直在雕木头，佩帕一直在读书。

妈妈走进她自己的棚子。下雨了，我担心她的棚子会漏雨，所以戴上头灯去看她。她睡着了。云杉枝很管用，棚子里一滴水也没漏，妈妈很暖和。

17 迷雾

雨停了，所有的积雪都已消融，只在石头与石头之间，还有庇身棚的后面残留着弯月般的灰色残冰。大雾弥漫起来，一片白茫茫的，站在棚口，连那些树也看不见了。天色开始放亮，我设法点燃了一捆引火柴。架子上放着的柴火外层都湿了，不能用，我只能从柴堆中间找出许多木柴，把其中一根干木柴削成引火物，然后加了些干燥的小树枝进去。火点燃了，烟很浓，一股又一股地涌到雾气中，在营地上方形成一大团云朵。

从营地俯瞰下方的河，就像一大片白色的海洋，几乎看不见树，它们在浓雾中只剩下一些隐约的灰线。没有风，棚上的云杉枝上悬着一颗颗银色的小水珠，我在火边添柴，抓绒衣袖上也凝结着这样的小水珠。我在火堆的两边各堆了一堆柴，烤干备用，然后从小溪里打来了水。

妈妈从她的棚子里走出来，到便坑去小便，然后她跑回到火边，穿着她的灰大衣坐下来，卷了一支烟卷。我煮好了茶，因为没有牛奶，不论是超高温灭菌奶还是鲜奶都没有，所以我们的茶是黑色的。

妈妈坐在那儿，烤着火，然后说："索尔，昨晚我和英格丽德好好谈了谈，我把我们的事、公寓的事，全都告诉她了，还有罗伯特的事。我把喝酒的事也都说了，她对这种事很了解，她治过酒精成瘾的病人。事情是这样的，索尔，我不能待在这儿，而且她也不能，你也不能，佩帕也不能。"

我说："为什么？"

妈妈又点了一支烟，揉搓着额头。她的大衣上到处都是凝结而成的小水珠。"听我说，索尔。我知道你想在野外生活，想要躲起来，你也做到了，而且因为我的失职，你把佩帕照顾得很好。我都知道，我为此感到很抱歉。我是个酒精成瘾患者，只有戒了酒才能活下来。所以，嗯，对我而言，最重要的是与能够帮助我戒酒的人在一起。"

我说："我就能帮助你戒酒，再说这儿也没有酒。"

妈妈说："我知道。我知道你想帮助我，可是你做不到的，索尔。只有我自己能做到，而且只有和那些在治疗中心认识的人在一起时，我才能做到，还有伊恩。你没有义务要帮我戒酒。自从去过治疗中心之后，我才知道自己出了什么问题，我不能把所有事情都丢给你，不能永远都让你照顾我和佩帕。"

我一言不发，站起来，拿起我的弓，拿着刀再次坐下，开始削那把弓。妈妈继续说："还有一件事，英格丽德觉得自己病得很重。非常、非常重。她觉得自己可能得了癌症，她的后背之所以那么疼，就是因为癌症。她疼得非常厉害，索尔，她需要去医院，需要合理的治疗。她需要好的医生和药物。"

我说："她会死吗？"

妈妈说："会，是的……如果不带她去治病的话。医生能让她的身体好转起来，但在这片树林里，在她的草棚里是绝对做不到的。"

我说："我不会离开佩帕的。我绝不会和佩帕分开。"

妈妈说："听着，索尔。我不知道接下来会发生什么。好吧。你瞧，在治疗中心，我只需要做两件事。第一是不喝酒，第二是诚实，仅此而已。我只需要做到不喝酒和诚实。所以，我必须面对自己做过的一切，谈论它们，而且是诚实地谈，我对你和佩帕做过的一切。你明白了吗，索尔？我必须诚实，说实话。如果你能够诚实，能够说实话，你就能好起来。我变好了，不是吗？"

我站起来，走到英格丽德的棚子里。她正坐在床上，闭着眼睛。我站在那儿，看着她。她张开双眼，笑着说："我很好。"她揉了揉脸上那道小伤疤。我走了出来。

风渐渐变大了，山谷里的树冠变得清晰了些，并且随风摆动起来。雾气像波浪一样翻涌着。我的心渐渐开始加速跳动，我感到自己在发热，我的胸口感到憋闷，我用力呼吸，想要让胸口松快一些。我的腿开始颤抖，我从火堆旁走开，走远了一点，然后开始奔跑起来。

我听到妈妈在大喊："索尔！"但是我没有停下，而是沿着营地所在的平地跑出去，往下冲进了生长着草丛、羊齿蕨和圆石头的树林里。低处的雾还是很浓，我跑进了雾气中，完全顾不上迎面会碰上什么，只是在潮湿的空气中一个劲地奔跑和喘息。地面布满了小水坑和草叶间的细流，我把它们踩得水花四溅。我手里仍旧拿着刀子，胳膊上下摆动时，刀刃就在我的眼角时隐时现。我继续跑，感到血液在耳朵里有节奏地冲刷着，双脚以同样的节奏踏在大地上。

我来到河边，沿着它往下游跑了一段，在河面变窄的地方跳了过去，然后从一堆岩石当中跑过，从另一面跑进树林。雾中突然闪出一根树枝朝我扑来，我赶紧转弯避过。

然后我停下了脚步。

脑子里的噪声仍在继续，"砰砰砰"，那与我的脚步和血液的冲刷一致的节奏。我在雾里一动不动地站着，呼吸着湿气。我站在一个由雾气和灰色白桦树组成的山洞里。脑海里的砰砰声变得越来越小，然后它停了下来，我深深地、缓缓地呼吸，什么也不去听。

进入我肺里的空气轻柔而顺滑。我的皮肤有轻轻的刺痛感，很温暖。妈妈说过的话在我脑子里来回弹动。戒酒，癌症，不能躲起来，野外生存，诚实，事实，痛苦。

这时候响起了一声狗吠，而且就在附近，然后我听到一个声音，一个男人的声音在喊着什么。另一个男人的声音，声音很平淡，透过雾气传过来，听上去干巴巴的。脚步声和跺脚的声音。一片明亮却模糊的黄色移动着。噼啪声，哔哔声。一个从对讲机里传来的声音，然后是一个男人平静的声音说："好的。"

我转身往回跑，那只狗叫得更起劲了。我拼命地跑，纵身一跃，反方向从那条小河上跳了过去，然后飞也似的跑进了树林。山顶的雾气已经很薄了，我的血液在耳朵里"突突"地响着。

我冲上最陡的山坡，跑上了通往英格丽德营地的小道。当我冲进营地时，雾气又散了些，佩帕和妈妈坐在火堆旁。妈妈看见了我，她喊道："索尔！把刀子放下！"我手里仍旧拿着刀，看着她。佩帕朝我跑过来，她刚才一直在哭。我抱着她，朝火边走去。妈妈说："我告诉佩帕了。"

雾气从营地的周围彻底散去了，到处都是闪着光的晶莹的小水滴。我走到英格丽德的棚子里，她仍旧坐在床上。

她说："索尔，林子里有人，还有狗。我能闻到他们的味道。"

我说："我知道。"

她的脸笼罩在一片阴影里，我走上前去，在她面前跪了下来。她抬起头，微笑着，我看见她又大又长的白牙齿，还有脸颊上的那道小疤。她只是凝视着我，对我微笑。过了一会儿，她说："索尔，有些事总归要发生的，这一次你也许无能为力，但你已经尽力了。有时候，有些事我们阻止不了。"

眼泪突然就莫名其妙地冒了出来，可我的表情没有一点变化，只是有眼泪从眼睛里流出来，然后顺着我的脸颊流下去而已。英格丽德伸出手抚摩着我的头顶，她说："索尔，谢谢你给我带来了光明。"

我的头顶感受到她的手掌传来的暖意，我站起来，走了出去。我擦掉了眼泪，不让佩帕看见。她咬着嘴唇和妈妈一起站在火边。火就要熄灭了，感觉很冷，只有一小缕青烟缭绕在火堆上。

　　我环顾三个庇身棚——我们的、英格丽德的和妈妈的，还有火堆上方用云杉枝搭成的伞，储存柴火的架子和烤面包炉。晾衣绳上挂着长裤和一件 T 恤，罐子和杯子放在火边那个大大的锡碗里。那把气枪靠在我们的棚子外面，钓鱼竿靠在妈妈的棚外。用来做弓的三个木块被削到一半，靠在我们用作凳子的一块石头上。英格丽德装松脂的罐子放在冰冷的火堆旁。空气凝滞不动，安静极了。妈妈的手搭在佩帕的肩膀上，她们都看着我。

　　直升机是突然间出现的，我们甚至没有听到它靠近的声音，它就猛然间"突突突"地从我们身后的树林上空冒了出来，噪声大得我们只能喊话。我能看到坐在直升机里的那个人，他从侧面俯视着下方，对着一个手机说着什么，然后他看见了我们。我抓住佩帕的手，说了声"跑"，佩帕大喊一声："妈妈！"我和佩帕先跑，妈妈紧跟在我们后面。

　　我对佩帕喊："上去。到沼泽地去！"她拔腿就跑，冲在最前面。我跟在后面。妈妈一边跟在我后面跑，一边还喊着："索尔！"

　　我们排成一条线，从树林里跑上了斜坡，佩帕在最前面，她一边跑，一边回头看我们跟上来没有。妈妈喘着粗气往坡上跑，我等着她，抓住她的手，拉着她一起跑。

　　直升机仍旧停在营地的上方，但是它飞高了一些，我们能看到它悬停在那儿，机身侧面印着"警察"两个字。我们跑进了高大的苏格兰松树林，地面上落满了长长的针叶，我们踩在上面，它们发出"咯吱咯吱"的响声，往外喷出水来。

我的脑子里一片空白，只有一个念头"快跑，不要被抓住"，然后是"跟佩帕在一起"和"跟妈妈在一起"，然后是英格丽德。

佩帕穿过松林往上跑，在沼泽的边缘停了下来。我和妈妈踏着树枝跑到她身边，也停了下来，朝沼泽地里张望。那儿依旧有一片片的残雪，越是靠近麦格纳布拉和那些石头，雪就越多。

佩帕说："往哪边跑？"

妈妈说："我们跑不了的。他们会追上我们。"

我站在那儿，抬着头一个劲地看着那些石头，那儿的积雪聚成了又大又厚的长条，夹杂在石楠丛的中间。在山顶上，依旧是纯白一片。一阵风吹过，太阳从云层后露了出来，阳光洒在整片沼泽地里，但仅仅是一秒钟而已，然后阳光就消失了，沼泽上又是一片灰暗沉闷。直升机的"突突"声依旧在我们身后响个不停。我深呼吸，再深呼吸，拼命让自己停下来，做好应对的方案。我希望自己能想出个方案来，我急需一个方案。眼下只需要一个很小，但是能够实现的方案就可以，而且是能够帮助我们逃脱的小方案。

佩帕说："索尔，往哪边走？他们就要来了。"

积雪是灰色的，像是褪了色，我无法继续往前走，周遭的声音全部退到了遥远的地方。落叶松的松针躺在我脚下，它们是黄色的，冰冷的空气似乎在灰色的天空下凝固了。有什么在我的内心深处飘荡起来，白色的，宁静的东西。

我说："我不会把英格丽德扔下！"

妈妈抱着我说："我不会把你扔下的。"

佩帕说："我们会被分开吗？"

我说："不会。"

我的手里还拿着那把贝尔·格里尔斯刀，我看了看它，然后用尽力气把它朝沼泽里扔去，它消失在石楠丛和积雪中。

我们开始往回走，我们穿过苏格兰松林，穿过一片树林往下走，再顺着一个陡坡往下走。雾气被风完全吹散了，太阳再次露出脸来，将一切镀上了一层金黄。

我们走上营地上方的山脊，直升机依旧悬停着，那儿有三个警察。一个站在英格丽德的庇身棚外面，用对讲机说着什么。一个牵着一只狗，狗戴着项圈，在营地周围到处嗅探着。还有一个是女警察，她看着我们朝他们走来，冲着对讲机说了一句话，就走上前来迎接我们。

18 家

妈妈在打电话，我透过窗户看着房子前方的小花园，佩帕穿着长裤在房子里到处蹦跶着，一边看 YouTube 播放的椒盐女子团的歌，一边扭着屁股跟着唱："哦，往外推……推得很好……哦，往外推……"

又下雪了，外面的花盆和小小的长椅全都被雪盖住了。花园里是一片洁白柔软的雪，太阳刚刚下山。

妈妈挂了电话，说："伊恩五分钟之后到。佩帕，穿上你的牛仔裤，还有你的新运动鞋。"

佩帕用美国腔说了句："好的，妈妈。"

伊恩·莱基的车在外面停下，我看到他下了车，打开小小的院门，走了进来。我走过去打开房门，他说："哦，瘦巴巴的索尔。"然后抱了抱我。他拥抱了下妈妈问道，"一切都好吗？"妈妈说："是的。"佩帕穿着牛仔裤和运动鞋从我们的房间里跑出来："伊恩·莱基你好酷……"伊恩对她说："你好，佩帕。"

妈妈说："那我们就出发吧，到那儿需要一小时呢。索尔，穿上你的抓绒衣，外面很冷。"

我走进那间备用卧室，我把衣服放在了这里。房间里有一张床，还有从英格丽德的棚子里拿回来的横栏，上面挂着她的所有衣服和那件中国夹克。她的靴子全都放在床边的塑料盒里。

佩帕坐在副驾驶的位置，我和妈妈坐在后座。

社会服务组织为我们付了这套房子的钱，我们现在有三间卧室，就跟从前的公寓一样，而且它们都在同一层，没有楼梯。伊恩总是到我们家来，带着我们到处跑。他带妈妈去参加面谈，带我去面谈，与心理医生会面，明天他还要带我出庭，到时候我就会知道自己要入狱多长时间了。我打算独自一个人跟伊恩去，妈妈很担心我，怕我觉得孤单。我告诉她：我有一位律师、两位社工、两位教育心理医生、一位警方的心理医生、一位心理健康保健员和一位警民联络专员陪着。还有伊恩。我不会孤独的。

我已经与警察面谈过四次，与心理医生面谈过四次，与社工也面谈过三次了。我知道妈妈不会被起诉，所以我对警察把一切都说了，从我什么时候开始想着杀了罗伯特，直到我们从树林里走出来那一刻。我不得不把英格丽德偷劳斯莱斯的事也说了出来，因为他们已经知道了，而且他们正是通过那辆车找到我们的，不过那也花了他们三天的时间。第一天，他们只是在路边那片树林进行了搜寻，没有到我们的营地附近来。我问是不是亚当告发了我们，可是警察甚至不知道亚当是谁。找我谈话的是两位女警，她们很和善，而且不像男警察那么迟钝。

我有一位律师，她叫菲欧娜·麦肯基，她时时刻刻跟我在一起。她很爱我，帮我争取到了保释。她说，像我这样的案子，能争取保释很不寻常，但是法庭听取了社会服务组织和心理医生的报告，我被列为有一个监护人的受监护人。

她总是说我不会被关进监狱的，但是我得去一个为心理有问题的孩子准备的安全的地方，在那儿，我们会做些划独木舟或是攀岩之类的事情，我觉得那也许还不错。现在我们还不知道我得在那儿待多久，但是她说，这要看我对心理医生和社工是怎么说的，而且也要看法官是怎么想的。

我的两位社工，他们分别叫凯瑟琳和尼尔，他们也总是陪着我。他们问了我很多有关罗伯特的事，如果我不想说某个词的时候，比如"老二"或是"睾丸"之类的，我可以指一指洋娃娃，但是我说了出来。他们详细地问了我有关妈妈的事，这方面我就得小心一点了，因为我不希望她因为忽视我们而受到起诉，所以我把一切都推到罗伯特身上，我告诉他们，妈妈什么也不知道，我还说，妈妈做饭给我们吃，照顾我们，还给我们做面包，最后这点也不全是撒谎，因为在树林里她的确做过面包。他们问我是不是很愤怒，我说不是，但是当他们谈到佩帕，问我佩帕是不是遭遇了什么不幸的时候，我真的有些愤怒了，我说她什么事也没有。我做好了安排，我把一切都处理妥当了，所以她什么坏事也没遇上，从她出生的那天起，直到今天为止，都是这样。

他们问我伊恩·莱基的事，他们说他接受了核查，法官可能会让他做我们的监护人，然后他会开车带我们到各处去，并且在妈妈喝醉的时候照顾她。

他们问了一堆又一堆和英格丽德有关的问题，我把她的人生故事讲给他们听，从一开始，直到她遇到我们那一天，尼尔不断地打着哈欠。我没有告诉他们的是：她拥抱过我，我钻进过她的被窝拥抱过她，而且我吻过她。因为他们会认为她是个老同性恋，她侵犯了我们。我告诉他们，英格丽德是怎样照顾我们的，她教会我们很多事情，带我们去看女神。我告诉他们，当我初潮时，她是怎样帮助我，她怎么做蜡烛、烤面包、帮佩帕做帽子，给我买单筒望远镜，而且这个礼物把我惹哭了。我告诉他们我爱她，她是我在这个世界上遇到的最好的人。

凯瑟琳和尼尔都是好人，但是他们也都是傻 ×。凯瑟琳把头发染成绿色，穿着一件嬉皮士毛衣，尼尔的头发是白色，不停地打着呵欠说："哦，啊哈……哦，啊哈。"他们说他们在为我和佩帕制订一个托管计划。我想告诉他们我已经做好了，但是我没有说。

佩帕依旧管女神叫"谢丽尔"，她谈起她来，就好像她是真的存在，只要诚心祈祷的话，她真的会帮助我们似的。如果我丢了东西，或是伊恩找不到停车位，佩帕会说："只要向谢丽尔祈祷，她就会给……"我知道她是胡说，但是伊恩认为她是认真的，他还问我："她真的那么虔诚吗？"我说："是的。"有一次，那是伊恩第一次带我们出门去参加儿童小组会议，到了那儿伊恩找不到停车位，佩帕说要向谢丽尔祈祷，这时候，一辆汽车真的从大楼前面开了出来，我们得到了那个位置。佩帕说："谢丽尔的力量……"伊恩一副大惑不解的样子。

他们找佩帕和妈妈面谈了很多次。他们曾经把我们三个留在一个房间里足足四个小时，让我们玩桌上游戏、看书、读杂志，妈妈说她认为他们在观察我们，看她是不是个坏妈妈。她不是。

他们问佩帕，到底她手上的疤是怎么来的，她给他们讲了梭鱼的事，他们又不断问她，我们在森林里的时候，她是不是被吓坏了，她说只有在他们来抓我们的时候，她才会害怕。

伊恩和妈妈一起去参加与警察和社工的面谈，他对他们讲了妈妈的病，告诉他们她是怎样好起来，最后成功戒酒的。

心理医生总是问我有什么感受，问我对妈妈和佩帕是不是感到愤怒，我说没有，为什么我要对她们感到愤怒呢。然后他问我杀生的事，问我杀生时是什么样的感觉，我说这要看杀的是什么。我告诉他我是怎么杀死罗伯特的，也告诉他我是怎么杀兔子、鱼和松鸡的。我还告诉他，我见过一头鹿之后，就不想杀鹿了，看见一只兔子为同伴报警后，也不想杀兔子了。他说我总是描述已经发生的事，却不谈自己对发生的事情有什么感受，我说这是同样一件事情。

说实在的，我当时真的不知道自己的感受，现在也还是不知道自己的感受，只是有时候会觉得胸口或脑袋里"突突"直跳，一阵一阵地痛，或是感觉自己消失了，从一个黑暗的空间里看着眼前的一切。

我没有对他说这些。我不知道为什么每个人都这么担心自己的感受，你的感受其实并不重要。重要的是知道一些事情，然后去行动。

佩帕在车上对伊恩说着德语，她指着车上的各种零部件，告诉他用德语该怎么说。离开森林之后，她已经在网上学了好多的德语，有时候还会对我和妈妈说德语句子。有时候妈妈问她问题，她会用德语回答，等到把妈妈惹得生气了，她会用德语说："你为什么生气呀，妈咪？"她不怎么用英语说脏话了，但是用德语说脏话的时候多了。在车上，她又教伊恩怎样用德语说脏话，而且她说的那些话真是粗鲁极了。伊恩开着车，她非要教他说一句德语脏话，我不知道那是什么意思，伊恩也不知道，但是当他说出来的时候，佩帕差点儿笑得尿了裤子。她跪在座位上，不时地扭头看我和妈妈。她一路上都在上蹿下跳，眼睛发着光，露出可爱的白牙。

如果社工认为妈妈、罗伯特和那个家给佩帕留下了心理阴影，他们真该看看她现在的样子。她"咯咯"笑着，蹦蹦跳跳地对着我和妈妈喊："你们听懂他说的话了吗？"我们也大笑不止，虽然我们并没有听懂。

凯瑟琳和尼尔是傻×，但有件事他们说对了：我们会生活在一起，就算我被关在那个为有心理问题的孩子准备的地方，佩帕也会和妈妈生活在一起。只要妈妈不再喝酒，我们就会一直在一起。

再过一个星期，我就十四岁了。佩帕说她打算用德语唱《平安夜》，因为我的生日就在平安夜这一天，但是我知道，明天开过庭之后，我就不会在家里了。妈妈也是这么想的，但是她不让佩帕看到自己哭。

妈妈说，明天早上，当我跟伊恩出庭的时候，她在治疗中心认识的女孩杰基会到家里来给她和佩帕剪头发。妈妈的发根已经露出来了。

伊恩开始减速了，他朝周围打量了一圈，看到了医院的标志。雪还在下。我们安静地坐在车里，车子停在停车场。我看不清楚大门的样子，因为有一片片灰色和银色的雪花打着旋儿，飘飘洒洒地落下来。大门透出的灯光是金色的，很温暖，把周围照得很亮。那儿有一棵没有树叶的树，只是一棵小树苗而已，它伫立在前方的草地上，挂着一串银色的小灯。在树苗的旁边是一个池塘，雪花飘落在水面上，消失不见了。先是白色，然后就消失了。

我们全都下了车，朝大门走去。

（全文完）

致 谢

　　我非常感谢我美丽的妻子吉尔，没有她，我就不会想到，也不会写完这本书。她是我在这个世界上遇到的最好的人。同样的爱和感激也给我了不起的孩子们：吉米、莫莉和苏西。感谢家庭中的每一位成员，尤其是我的哥哥吉姆和他的妻子贝弗，还有帕迪、梅利卡、塞思、赛迪、以斯拉、戴夫·帕克、珍妮·弗莱、理查德和塔姆辛、安德鲁、克莱尔以及所有威尔士的菲尼根家和奥布里恩家的人。

　　感谢所有愿意容忍我的朋友，他们多得简直无法一一列举，但我非常愿意尝试一下：约翰·塞克斯顿、弗雷迪·诺兰、詹妮·弗雷泽、艾伦·麦克里迪、乔·麦克里迪、艾利德·科尼、鲁珀特·克里斯维尔、凯特·吉伯逊、凯瑟琳·科尔迪宁、佐伊·达比西亚、皮特·基尔、特伦特·贝克、约翰·切希尔、尼克和尼基·克劳赫斯特，还有鲍勃·特拉维斯。

最后，非常感谢我的经纪人卡斯·萨默哈亚斯和所有卡农盖特出版公司的工作人员；感谢拉斐拉·诺马亚、罗伯特·汉特、珍妮·弗里、乔·丁格利、罗娜·威廉森、艾丽森·瑞伊和洛林·麦肯，感谢你们的才华、支持和热情。